歌人　古宇田清平の研究

――与謝野寛・晶子との関わり――

小清水裕子

鼎書房

目次

資　料

序　古宇田清平の研究にあたって

文学史上、与謝野鉄幹（「鉄幹」は雅号。明治三十八年より与謝野寛と名乗る）が中心となって明治三十三年四月に創刊された雑誌『明星』は、当時の文壇にとって大変画期的な雑誌であったことは既に周知の事実であり、その功績から文学史上でも必ず注目され、現在も尚いわゆる第一次『明星』の研究が進められている。この明治三十三年四月に創刊された雑誌『明星』は、明治後期の文壇において、西欧的浪漫性の志向を持ち、その内容も文学といった狭囲に留まらず、文学・美術の総合雑誌といった性格を持っていた。更にこの『明星』は、社会においては文学・芸術の啓蒙雑誌たるを目指した。当時にあっては画期的な雑誌であった。また、当時の文壇の第一人者である森鷗外、上田敏らのバックアップを得て、高村光太郎、北原白秋、石川啄木、萩原朔太郎、吉井勇、木下杢太郎、堀口大学、佐藤春夫、与謝野晶子、山川登美子をはじめとする一流の執筆陣を抱えて、内容の充実を計り、多くの影響を文壇にもたらしたことは、周知の文学史的事実である。ところが、自然主義文学の大波が雑誌『明星』に覆いかぶさると同時に、明治四十一年一月、重要な執筆陣の北原白秋、吉井勇、木下杢太郎らが、寛に反感を抱き、新詩社を脱したことをきっかけに、明治四十一年十一月に百号をもって、第一次『明星』は一応の廃刊となった。この『明星』を称して、第一次『明星』、あるいは第一期『明星』などと呼んでいる。しかし『明星』は、その後、寛・晶子によって復活した、大正十年十一月から昭和二年四月までの第二次『明星』と、与謝野寛・晶子亡き後与謝野光によって復活した、昭和二十二年五月から昭和二十四年十月までの第三次『明星』が発刊されている。

また、昭和二年に途切れてしまった第二次『明星』を復活させる間の過渡的雑誌の役割を担い、主に新詩社の詩歌の発表雑誌として、『冬柏』という名の雑誌が寛・晶子を中心に昭和五年三月から発刊された（『明星』として内容や金銭的な面で準備が整ったならば、『冬柏』から『明星』に切り替えることを前提にしていた）。また、寛・晶子没後は近江満子が中心となって刊行され、昭和二十七年三月までとうとう『冬柏』は『明星』に切り替えることなく廃刊を迎えた。

第二次『明星』および『冬柏』は、文学史上大変功績のある、寛・晶子が中心となって発刊した雑誌であり、あの第一次『明星』に次いで発刊した雑誌であるにも関わらず、文学史上、その意義についての研究が進められていない。確かに、第一次『明星』ほど、文壇に対して大きな衝撃を与えることは無かったというのは事実である。だからといって、第二次『明星』や『冬柏』の内容がお粗末であったとは認められない。第二次『明星』は第一次『明星』から引き続き、森鷗外のバックアップのもとで発刊され、その執筆陣も第一次『明星』を廃刊に追い込んだ、新詩社脱退事件の北原白秋や吉井勇や木下杢太郎らをはじめ、第一次『明星』で執筆していた者が多くを占めている。それらの執筆陣に加えて、文学の範疇を越え、社会学、刑法学、などの当代一流の学者等も執筆に名を連ねている。しかし第二次『明星』はその存在意義を軽視されがちである。確かに、第二次『明星』の発刊された大正十年前後の歌壇は『アララギ』の全盛時期であった。この『アララギ』全盛を打ち破るほどの第二次『明星』の歌壇での隆盛が認められなかったことは、文学史上で第二次『明星』の存在をかすめさせていた大きな要因のひとつであろう。しかし、第二次『明星』は内容が多岐に亘っていることから、その発刊意義を

「文化のオーガナイザー的役割を負うもの」と、新しい視点を加えて見ることで、文学史上も、大変評価すべきものであることが認識されるのではないだろうか。実際、平野萬里、近江満子、中原綾子、深尾須磨子ら新詩社の同人が第二次『明星』や『冬柏』で寛・晶子によって育てられ、それぞれが次代の後継者と成長したのである。

近年の研究では、次第に第二次『明星』や『冬柏』の意義が見直されつつある。その研究が進む中で、新詩社の同人で、寛・晶子が注目した人物、例えば新潟の渡辺湖畔や九州の白仁秋津などが注目されてきている。なぜなら、これら寛・晶子が注目した人物の研究は第二次『明星』や『冬柏』の発刊意義にも関わってくるからである。寛・晶子が注目したということは、その人物の作品は勿論のこと、その人物そのものに、寛・晶子の求めるところ、期待するところが存在するはずであるし、彼らを採り上げ、雑誌で世の中に紹介したいだけの何かが彼らの中に必ず存在するからである。それはとりもなおさず、寛・晶子の志向と必ず連動しての注目であり、第二次『明星』や『冬柏』における寛・晶子の志向はそれらの発刊意義と当然ながら深く関わってくるのである。

そこで、第二次『明星』と『冬柏』で寛・晶子に注目されて活躍していたにもかかわらず、その名が歌人として世間に知られていない（農業人、農業技師としてはその専門分野で名前が知られている）古宇田清平（以降「清平」と称す）という人物について、取り上げて論じて行きたい。さらに清平について論じることで、第二次『明星』並びに『冬柏』の発刊意義についても言及を進めたい。

尚、本稿では明治期に創刊された『明星』と、大正期及び昭和期に発刊された『明星』との混同を避けるために、便宜的に第一次・第二次・第三次『明星』と称していきたい。

第一章　古宇田清平その人物像と与謝野寛・晶子との関係

古宇田清平は、与謝野寛・晶子の信頼を得て、歌壇に登場した新詩社の同人である。しかし、その名前は、現在まで大きく注目されることが無かった。清平の研究・職業のフィールドは農業であった。特に日本の食糧難の打開に精力を尽くし、現在のササニシキの原苗となった藤坂五号の開発や、冷害地における農作物の栽培研究に功績がある。また、雑穀の研究では高い評価を得た。特に荒れ地の開墾をし、稲や雑穀の栽培の北限に挑み、食糧難の打開に努めたことは現在でもその業績が高い評価を得ている。山形県の最上郡戸沢村に山形県立農事試験場分場が大正九年四月に開設され、第二代分場長技師として大正十二年十月二十四日、岩手県農会より抜擢され、昭和十年七月三日に、青森県に招かれるまでの約十二年間を山形県で過ごした。この分場長としての功績は不毛地開墾の鍬が入れられて七十周年に当たる昭和六十二年十二月十七日に「最上農業技術発祥の地」記念碑が建立され、古宇田清平の名前も刻まれ、たたえられている。

つまり、清平は、日本の食の産地である東北で食糧難の打開のために荒れ地に挑みつづけた農業人であったのだ。このような農業人の清平が、大正五年頃から本格的に与謝野晶子に師事したことをきっかけにして、着実に短歌のフィールドで寛・晶子にその力を認められていく経過が『摘英三千首』（大正六年十月に南北社から刊行された歌集で、晶子が選者となって、注目の新人の歌を集めたもの）、第二次『明星』、『冬柏』、に掲載された清平の歌を通して、また更に、寛・晶子が清平に宛てた書簡から見て取れるのである。

以下に清平の「作歌活動一覧」並びに「清平略年譜」、「清平宛寛・晶子書簡一覧」、「清平農業関係論文・著書一覧」を提示し、寛・晶子との関係について注目したい。

作歌活動一覧

注 「詠草題」とは雑誌に掲載された際の清平歌の題目のこと。
この一覧は清平自著『自然を愛し人間を愛す』を参考に作成した。そのため、作歌活動期を昭和四十四年現在までとした。

雑誌・書名	発行年	詠草題	採録歌数
『摘英三千首』	大正六年十月		18
『明　星』一巻一号	大正十年十一月	青涙集	34
『明　星』一巻二号	大正十年十二月	秋声集	12
『明　星』一巻三号	大正十一年一月	砂上の草	12
『明　星』一巻四号	大正十二年二月	萱の葉	12
『明　星』一巻六号	大正十一年四月	一燈抄	12
岩手日報	大正十一年六月	週詠録	42（合計六回通算）

『明星』二巻二号	大正十一年七月	野の人	12
『明星』二巻四号	大正十一年九月	噴　水	12
『明星』二巻五号	大正十一年十月	行雲抄	12
『明星』二巻七号	大正十二年一月	月光集	28
『明星』三巻二号	大正十二年二月	杜陵の冬	12
『明星』三巻三号	大正十二年三月	残月抄	12
『明星』三巻四号	大正十二年四月	或時の歌	12
『明星』三巻五号	大正十二年五月	樹下の雪	12
『明星』四巻一号	大正十二年七月	独り行く人	16
岩手日報	大正十二年十月	大沢遊草	46（合計二回通算）
『明星』五巻一号	大正十三年六月	大沢吟行	14
『明星』五巻二号	大正十三年七月	曠原より	14
『明星』五巻三号	大正十三年八月	山の夏	14
『明星』五巻五号	大正十三年十月	故　郷	14
『明星』五巻六号	大正十三年十一月	茅の穂	14
『明星』六巻一号	大正十四年一月	農人の歌	14
『明星』六巻二号	大正十四年二月	短歌六首	6
『明星』六巻三号	大正十四年三月	出羽の雪	14

『明　星』七巻三号	大正十四年九月	筑波と故郷	14
『明　星』七巻四号	大正十四年十月	孤　影	24
『明　星』七巻五号	大正十四年二月	日光と土	26
山形新聞	大正十五年一月	新春雑詠	5
山形新聞	大正十五年二月	農人を歌ふ	10
『明　星』八巻一号	大正十五年一月	枯　草	12
『明　星』八巻二号	大正十五年三月	出羽の雪	16
『明　星』八巻三号	大正十五年四月	野の人	14
『明　星』九巻三号	大正十五年十月	野の人	18
『明　星』十巻一号	昭和二年一月	野の人	14
『明　星』十巻二号	昭和二年四月	雪と黒点	14
『冬　柏』第二号	昭和五年四月	曠原の雪	9
『冬　柏』第二巻第一号	昭和五年十二月	立石寺の秋	39
『冬　柏』題三巻第二号	昭和七年一月	農場の歌	29
『冬　柏』第三巻第三号	昭和七年二月	母の喪に	35
『冬　柏』題三巻第四号	昭和七年三月	雪とスキイ	29
『冬　柏』第三巻第五号	昭和七年四月	出羽の雪	19
『いづかし』	昭和七年四月	庄内行	16

『冬　柏』第五巻第二号	昭和九年一月	出羽より	19
『冬　柏』第五巻第三号	昭和九年二月	出羽より	29
『冬　柏』第六巻第一号	昭和九年十二月	凶作の歌	26
『冬　柏』第六巻第二号	昭和十年一月	凶作地と雪	39
『冬　柏』春季	昭和二十七年三月	近江夫人を悼む	7
『浅間嶺』第一号	昭和二十六年一月	無　題	1
『浅間嶺』第二号	昭和二十六年三月	無　題	2
『浅間嶺』第四号	昭和二十六年四月	無　題	1
『浅間嶺』第五号	昭和二十六年五月	春近し	5
『浅間嶺』第六号	昭和二十六年六月	鞍馬行	6
『浅間嶺』第八号	昭和二十六年八月	湯田川温泉にて	6
『浅間嶺』第九号	昭和二十六年九月	鵜飼の歌	5
『浅間嶺』第十号	昭和二十六年十月	歌評に代えて	8
『浅間嶺』第十一号	昭和二十六年十一月	雲と風	10
『浅間嶺』第十二号	昭和二十六年十二月	秋深し	5
『浅間嶺』第十三号	昭和二十七年一月	奥羽の旅より	6
『浅間嶺』第十七号	昭和二十七年五月	春近し	10
『浅間嶺』第十八号	昭和二十七年七月	春の歌	7

『浅間嶺』第十九号	昭和二十七年八月	無　題	8
『浅間嶺』第二十号	昭和二十七年九月	立　秋	15
『浅間嶺』第二十一号	昭和二十七年十月	秋の野	10
『浅間嶺』第二十二号	昭和二十七年十一月	蜻蛉集	10
『浅間嶺』第二十三号	昭和二十七年十二月	秋の歌会	10
『浅間嶺』第二十四号	昭和二十八年一月	鳴子峡行	8
『浅間嶺』第二十五号	昭和二十八年二月	秋より冬へ	13
『浅間嶺』第二十六号	昭和二十八年三月	寒に歌ふ	11
『浅間嶺』第二十七号	昭和二十八年四月	旅と春	7
『浅間嶺』第二十八号	昭和二十八年五月	田園の春	7
『浅間嶺』第三十二号	昭和二十八年九月	雷　鳴	10
『雲　珠』第一巻第二号	昭和二十八年九月	向日葵	12
『浅間嶺』第三十三号	昭和二十八年十月	七句の春	8
『雲　珠』第一巻第三号	昭和二十八年十月	灰色の空	10
『浅間嶺』第三十四号	昭和二十八年十二月	秋　風	15
『雲　珠』第一巻第五号	昭和二十八年十二月	続不作の歌	10
『雲　珠』第一巻第五号	昭和二十八年十二月	秋より冬へ	10
『浅間嶺』第三十五号	昭和二十九年一月	青嶺清遊	10

『浅間嶺』第三十六号	昭和二十九年二月	青葉城跡あたり	10
『雲　珠』第二巻第二号	昭和二十九年二月	菊花展	12
『浅間嶺』第三十七号	昭和二十九年三月	冬の歌	10
『雲　珠』第二巻第四号	昭和二十九年四月	余　韻	9
『雲　珠』第二巻第四号	昭和二十九年四月	続上弦の月	11
『浅間嶺』第三十八号	昭和二十九年四月	霜　柱	25
『雲　珠』第二巻第九号	昭和二十九年九月	川渡温泉	30
『浅間嶺』第四十三号	昭和二十九年十月	慈悲心	15
『雲　珠』第二巻第十一号	昭和二十九年十二月	小原温泉	20
『浅間嶺』第四十五号	昭和二十九年十二月	野　菊	15
『浅間嶺』第五十六号	昭和三十一年一月	二口峡	16
『雲　珠』第四巻一月号	昭和三十一年一月	地殻の襞	18
『浅間嶺』第一〇一号	昭和三十五年五月	挽　歌	6
『浅間嶺』第一〇九号	昭和三十六年五月	伊勢熊野の旅	16
『浅間嶺』第一一〇号	昭和三十六年七月	南紀の旅	15
『浅間嶺』第一一一号	昭和三十六年八月	潮の岬	9
『浅間嶺』第一一二	昭和三十六年九月	宮嶋より四国へ	23
『浅間嶺』第一一三	昭和三十六年十月	四国遊草	15

『浅間嶺』第一一五号	昭和三十七年一月	身辺雑詠	10
『浅間嶺』第一一六号	昭和三十七年二月	愁人の歌	12
『浅間嶺』第一一七号	昭和三十七年三月	島根の歌人	12
『浅間嶺』第一一九号	昭和三十七年六月	川治の旅	15
『浅間嶺』第一二一号	昭和三十七年八月	伊香保の旅	22
『浅間嶺』第一二四号	昭和三十七年十月	献詠草	1
『浅間嶺』第一五二号	昭和四十二年二月	妻の葬り	28
『浅間嶺』第一五六号	昭和四十四年三月	形影抄	19
『自然を愛し人間を愛す』	昭和四十四年十月	歌集の部	1953（雑誌採録歌含む）

清平略年譜

注　清平著『自然を愛し人間を愛す』（昭和四十四年十月一日、浅間嶺発行所刊）の記事と清平第三子昭三氏の話をまとめて作成した。

明治二十六年（一八九三）二月十四日　茨城県真壁郡鳥羽村大字鷺島に生まれる

明治三十九年（一九〇六）三月　十三歳　茨城県村田高等小学校卒業
卒業後家業の農業を手伝いながら詩人・歌人に憧れる

明治四十二年（一九〇九）四月　十六歳　上級学校受験準備のために上京し、神田「正則英語学校」入学
明治四十三年（一九一〇）四月　十七歳　盛岡高等農林学校入学
大正二年（一九一三）三月　二十歳　盛岡高等農林学校卒業
四月　福岡県嘉穂農学校教諭として飯塚町に赴任
大正四年（一九一五）九月　二十二歳　飯塚高等女学校教諭藤井敏と婚約
大正五年（一九一六）一月　二十二歳　藤井敏と結婚の為嘉穂農学校を依願退職
三月　二十三歳　故郷茨城で藤井敏と挙式
四月　駒場「農科大学耕地整理講習生　乙種」に入学
谷中清水町に住む
妻、敏が東京市立第一高等女学校教諭となり、生計を支える
夏　根津宮永町に転居
若山牧水『創作』に入門するが、違和感を感じ、間もなく与謝野晶子に師事する
大正六年（一九一七）三月　二十四歳　農科大学耕地整理講習生を郡立石岡農学校に赴任するため中途退学する
茨城県石岡に転居

大正八年（一九一九）四月　二十六歳　岩手県農会に奉職。盛岡に転居

大正十二年（一九二三）九月　三十歳　関東大震災により、与謝野寛・晶子に出版の為あずけておいた歌集の原稿が焼失

大正十二年（一九二三）十月　三十歳　山形県立農事試験場最上分場長として、戸沢村に赴任。転居

昭和四年（一九二九）四月　三十六歳　山形県立農事試験場最上分場が豊里村に移転。それに伴って転居

昭和九年（一九三四）九月　四十一歳　東北地方は冷害によって記録的な大凶作となる

昭和十年（一九三五）四月　四十二歳　大凶作の対策として、冷害に強い「藤坂五号」の開発のため、青森県南部藩三本木藤阪村の農事試験場に赴任。転居

昭和十三年（一九三八）六月　四十五歳　宮城県農務課に赴任。仙台に転居

昭和十八年（一九四三）五月　五十歳　戦争の食糧不足対策のため宮城県食糧増産課長に就任

昭和二十四年（一九四九）四月　五十六歳　宮城県農業保険組合連合会常務理事就任

宮城県果樹振興会長就任

昭和二十五年（一九五〇）四月　五十七歳　宮城県立農業高等学校講師として着任

昭和三十二年（一九五七）四月　六十四歳　宮城県立農業短期大学講師着任

昭和三十三年（一九五八）三月　六十五歳　宮城県農業短期大学講師定年退職

十二月　次女の住む横浜が暖かいので転居
昭和四十一年（一九六六）一月　七十三歳　妻敏没
平成二年　（一九九〇）十月　九十七歳　清平没

清平宛　寛・晶子書簡一覧（古宇田昭三氏所蔵及び横浜学園所蔵）

書面の中には月日のみの記載のため、何年のものかを断定するに当たり、書簡の内容、使われている便せん、同時期の類似書簡などを手がかりにした。また封のあるものは消印などを手がかりにした。

①　大正四年十月五日　作歌の注意
②　大正九年十二月十三日　『明　星』復活と清平歌集出版の注意
③　大正十年二月二十五日　『明　星』復活の為、寄附の依頼
④　大正十年三月二十五日　『明　星』復活について
⑤　大正十年十月三日　『明　星』復活初号に載せる歌について
⑥　大正十年十月二十日　清平歌集添削について。添削に対する清平謝礼の礼状
⑦　大正十一年十二月十八日　清平歌集の添削について
⑧　大正十二年四月十九日　清平歌集出版に対するアドバイス
⑨　大正十二年五月三日　清平歌集添削状況について（未読文字多）

⑩ 大正十二年十一月十三日　清平の栄転を祝う
⑪ 大正十四年九月八日　十和田旅行について
⑫ 大正十五年三月十六日　新詩社同人、中原綾子の住所返答
⑬ 昭和三年七月八日　満州の旅の感想。さくらんぼ礼状
⑭ 昭和六年六月二十三日　『冬　柏』への原稿依頼
⑮ 昭和七年一月十二日　清平の母への弔意と励まし
⑯ 昭和七年六月二十九日　さくらんぼ礼状
⑰ 昭和八年六月二十六日　さくらんぼ礼状と作歌の勧め
⑱ 昭和九年四月十六日　作歌の心得
⑲ 昭和九年六月二十八日　さくらんぼ礼状（葉書）

（注　⑲書簡のみ横浜学園所蔵。⑲以外は古宇田家所蔵）

清平農業関係論文・著書一覧

発行年月日	論文・著書名	掲載雑誌・発行所
大正九年六月三十日	「将来の農業問題と共同生産組織」	「茨城県立農学校同窓会報」第九号
昭和二年二月二十七日	「On the ploftable limit of the use of machinery in the farm management」	「盛岡高等農林学校同窓会　学術彙報」第四巻

昭和二年五月十七日	如何にせば共栄の社会を農村にし得べきか	「社会叢書」第九輯　農村社会施設
昭和三年五月五日	「新墾畑地における畑作農業経営の事例並に開墾に関する数種の調査」	「盛岡高等農林学校創立二十五周年」記念論叢
昭和八年五月一日	「大小豆の播種期がその生育並に収量に及ぼす影響について」	「農業及園芸」第八巻第五号
昭和八年六月一日	「On the Use of Dynamatie efficient on Agricuture」	「農業及園芸」第八巻第六号
昭和八年七月一日	「On the Use of Dynamatie efficient on Agricuture」	「農業及園芸」第八巻第七号
昭和九年一月一日	「如何にせば陸稲作の安定を得べきか」	「農業及園芸」第九巻一号
昭和九年二月一日	「如何にせば陸稲作の安定を得べきか」	「農業及園芸」第九巻二号
昭和九年九月一日	「米作の収量と天候と技術と経済との関係」	「農業及園芸」第九巻九号
昭和九年十月一日	「米作の収量と天候と技術と経済との関係」	「農業及園芸」第九巻十号
昭和九年十一月一日	「米作の収量と天候と技術と経済との関係」	「農業及園芸」第九巻十一号

昭和十年一月一日　「凶作に善処すべき一方策」　「農業及園芸」第十巻第一号
昭和十年一月一日　「寒地における苧麻の栽培並に育苗法の研究」　「農業及園芸」第十巻第一号
昭和十年二月一日　「寒地における苧麻の栽培並に育苗法の研究」　「農業及園芸」第十巻第二号
昭和十年三月一日　「馬鈴薯発育相の研究とこれが合理的栽培法」　「農業及園芸」第十巻第三号
昭和十年四月一日　「馬鈴薯発育相の研究とこれが合理的栽培法」　「農業及園芸」第十巻第四号
昭和十年十月一日　「陸稲の分蘖に関する調査とこれが一二の考察」　「農業及園芸」第十巻第十号
昭和十年十二月一日　「冷害現象としての白稃及黒稃」　「農業及園芸」第十巻第十二号
昭和十一年一月一日　「東北地方における畑作の特異性」　「農業及園芸」第十一巻第一号
昭和十一年五月二十日　『畑作とその経営』　養賢堂
昭和十一年六月十五日　『新興作物ラミーの栽培』　富民協会
昭和十二年一月一日　「畑作における高畦及平畦に関する研究　「農業及園芸」第十二巻第一号
昭和十三年五月五日　「ラミー栽培の秘訣」　「富民」第十巻第五号
昭和十三年七月一日　「不良環境地帯における水稲の早期落水　「農業及園芸」第十三巻第七号

に関する考察」

昭和十四年一月一日　「主要畑作物栽培」　「農業及園芸」第十四巻第一号

昭和十四年二月一日　「主要畑作物栽培」　「農業及園芸」第十四巻第二号

昭和十四年三月一日　「主要畑作物栽培」　「農業及園芸」第十四巻第三号

昭和十四年四月一日　「主要畑作物栽培」　「農業及園芸」第十四巻第四号

昭和十四年五月一日　「主要畑作物栽培」　「農業及園芸」第十四巻第五号

昭和十四年六月一日　「主要畑作物栽培」　「農業及園芸」第十四巻第六号

昭和十四年七月一日　「主要畑作物栽培」　「農業及園芸」第十四巻第七号

昭和十四年八月一日　「主要畑作物栽培」　「農業及園芸」第十四巻第八号

昭和十四年九月一日　「主要畑作物栽培」　「農業及園芸」第十四巻第九号

昭和十四年十月一日　「主要畑作物栽培」　「農業及園芸」第十四巻第十号

昭和十四年十一月一日　「主要畑作物栽培」　「農業及園芸」第十四巻第十一号

昭和十四年十二月一日　「主要畑作物栽培」　「農業及園芸」第十四巻第十二号

昭和十四年六月二十日　『稗叢書第九輯』　農民更正協会

昭和十五年一月一日　「主要畑作物栽培」　「農業及園芸」第十五巻第一号

昭和十五年二月一日　「主要畑作物栽培」　「農業及園芸」第十五巻第二号

昭和十五年三月一日　「主要畑作物栽培」　「農業及園芸」第十五巻第三号

昭和十五年四月一日　「主要畑作物栽培」　「農業及園芸」第十五巻第四号

昭和十五年五月一日	「主要畑作物栽培」	「農業及園芸」第十五巻第五号
昭和十五年六月一日	「主要畑作物栽培」	「農業及園芸」第十五巻第六号
昭和十五年七月一日	「主要畑作物栽培」	「農業及園芸」第十五巻第七号
昭和十五年八月一日	「主要畑作物栽培」	「農業及園芸」第十五巻第八号
昭和十五年九月一日	「主要畑作物栽培」	「農業及園芸」第十五巻第九号
昭和十五年十月一日	「主要畑作物栽培」	「農業及園芸」第十五巻第十号
昭和十五年十一月一日	「主要畑作物栽培」	「農業及園芸」第十五巻第十一号
昭和十五年十二月一日	「主要畑作物栽培」	「農業及園芸」第十五巻第十二号
昭和十六年十月十日	『稗食の研究―稗の重要性』	農民更正協会
昭和十七年十月二十五日	『実験畑作増収精義』	養賢堂
昭和十八年五月二十日	「On the Idea of Sure Increasing of Food Production and the Readjustment of its Factors」	「盛岡高等農林学校創立二十五周年」記念論叢
昭和十八年七月一日	「畑作増収の計画栽培」	「有畜農業」第十三巻第七号
昭和十八年八月十五日	「雑穀類の乾燥と貯蔵法」	「農業世界」第三十八巻八号
昭和十八年九月十三日	『雑穀増収法』	富民協会
昭和十九年八月二十日	『雑穀の増産』	彰考書院
昭和十九年十一月一日	「蜀黍の栽培」	「農業及園芸」第十九巻第十一号

昭和二十二年一月一日	「開墾と新墾畑地の増産法」	「農業及園芸」第二十二巻第一号
昭和二十二年二月一日	「開墾と新墾畑地の増産法」	「農業及園芸」第二十二巻第二号
昭和二十三年四月二十日	『雑穀の栽培―蕎麦篇』	雑穀奨励会
昭和二十四年一月一日	「山村における蒟蒻栽培の経営実態」	「農業及園芸」第二十四巻第一号
昭和二十四年二月一日	「玉蜀黍の移植栽培」	「農業及園芸」第二十四巻第二号
昭和二十四年四月三十日	『雑　穀』	実業教科書株式会社
昭和二十四年四月三十日	『作物立地論とその実際』	養賢堂
昭和二十四年八月一日	「大豆の増収栽培」	「農業及園芸」第二十四巻第八号
昭和二十四年九月一日	「大豆の増収栽培」	「農業及園芸」第二十四巻第九号
昭和二十四年十月一日	「大豆の増収栽培」	「農業及園芸」第二十四巻第十号
昭和二十四年十一月一日	「大豆の増収栽培」	「農業及園芸」第二十四巻第十一号
昭和二十四年十二月一日	「大豆の増収栽培」	「農業及園芸」第二十四巻第十二号
昭和二十四年十二月一日	「稲作に折込まれたガラス室の経営」	「農耕と園芸」第四巻第十二号
昭和二十五年一月一日	「大豆の増収栽培」	「農業及園芸」第二十五巻第一号
昭和二十五年三月一日	「単作地帯の寒ゼリの栽培」	「農耕と園芸」第五巻第三号
昭和二十五年四月一日	「水稲単作地帯の生きる途」	「農業及園芸」第二十五巻第四号
昭和二十五年五月一日	「水稲単作地帯の生きる途」	「農業及園芸」第二十五巻第五号
昭和二十五年五月一日	「花の採種経営」	「農耕と園芸」第五巻第五号

昭和二十五年六月一日	「水稲単作地帯の生きる途」	「農業及園芸」第二十五巻第六号
昭和二十五年七月一日	「水稲単作地帯の生きる途」	「農業及園芸」第二十五巻第七号
昭和二十五年八月一日	「白菜栽培の苦心と出荷の改善」	「農耕と園芸」第五巻第八号
昭和二十六年三月一日	「農定副業を始める人のために副業の選択と経営の狙い」	「農耕と園芸」第六巻第三号
昭和二十六年六月一日	「農村とラジオ」	「放送文化」昭和二十六年六月号
昭和二十七年九月五日	「寒冷地帯の裏作をどうするか」	「富民」第二十四巻第九号
昭和二十九年三月十五日	「蕎麦の開花結実に関する研究　第一報」	「宮城県農業短期大学学術報告」第一号
昭和二十九年三月三十日	「畑地陸稲作に対する灌漑の効果に関する研究（文部省助成研究）」	「東北農業」第六巻第四号・五号・六号
昭和三十年三月二十五日	「大麦と大豆の組合わせ栽培様式に関する研究」	「宮城県農業短期大学学術報告」第二号
昭和三十年三月二十五日	「蕎麦の開花結実に関する研究　第二報」	「宮城県農業短期大学学術報告」第二号
昭和三十年八月一日	「東北地方における大豆増収栽培の基礎」	「農業と文化」第七十三号
昭和三十年十月九日	「馬鈴薯秋作種薯の再利用について」	日本作物学会　第一〇八回講演
昭和三十一年九月二十七日	「特用作物教室—楮と三椏」	「五城農友」第一一五号

昭和三十二年五月	「大麦と大豆の組合わせ栽培様式に関する研究」第二報	「宮城県農業短期大学学術報告」第四号
不　明	「農村娘離村考」	「帝国農会時報」第十九号第二十号
不　明	「農業資本財の共同構成」	「農芸新報」
不　明	「所謂農村の文化生活」	「農芸新報」
不　明	「農業永遠の政策を想ふ」	「岩手県農会報」第一六四号
不　明	「農村改造より見たる土地政策」	岩手毎日新聞
不　明	「農業経営と農家経済」	山形新聞
不　明	「戦時農業要員」	河北新聞
不　明	「増産と清掃」	河北新聞

清平の作歌活動一覧から、清平の作歌活動が本格的に始動したのは、大正十年の第二次『明星』の発刊からということが理解できる。そして昭和四十四年自著『自然を愛し人間を愛す』の発刊がされた時点で、少なくとも、三千首の詠歌があることを基に推測すれば、清平の九十七年の生涯を通じては、少なく見積もっても四千首程度は詠歌があるものと思われる。（しかし、現在のところ、昭和四十四年以降の清平歌の詳細は明らかではない。）

清平の詠歌は、小学校卒業の頃、明治四十年前後から歌人や詩人にあこがれてスタートした。そして大正三年頃には「萬朝報」などに投稿して、次第に深く短歌の世界に入っていったのである。この投稿時代には、晶子に入選として、清平歌が認められたことを励みに、特に誰かに師事することなく、自己流で、投稿を続けて、若山牧水撰にも佐々木信綱撰にも入選した。丁度その頃、大正四年、清平は晶子に書簡を送り、返事を晶子から大正四年十月五日に受け取っている。（「清平宛寛・晶子書簡一覧」①）この後しばらくの投稿時代を続け、大正五年に理由は不確かであるが、清平は若山牧水の『創作』の門を叩くが、すぐに違和感を覚えて脱してしまい、また、投稿が続けられた。そんな折、大正六年十月に南北社刊の『摘詠三千首』という、晶子撰の期待の新人の秀歌を集めた歌集に、清平歌が十八首採録されて、清平の歌人としての頭角がついに表されたのであった。そうして、清平は、晶子や寛の信頼を次第に得て、新詩社同人となり、第二次『明星』では、特に期待の同人として名が挙げられるまでに成長した。それから第二次『明星』の刊行されている間は、新詩社同人として、だいたいコンスタントに歌を発表し続け、『明星』購読の広告などにも同人として名前を掲げるほどにまでなった。しかし第二次『明星』の事実上の廃刊、即ち、昭和二年を境に、清平の作歌活動には二年間のブランクがある。これは昭和三年、四年には詠歌を発表する雑誌、第二次『明星』を失ったことと、清平の勤務する山形県最上郡戸沢村の県立農事試験場が、昭和四年に同郡豊里村に移転のため多忙になったことが、丁度、時期的に重なった結果であると考えられる。そして昭和五年に入ると、第二次『明星』を引き継ぐ『冬柏』が発刊したことで、清平の作歌の活動場所が再び得られることになった。しかし、清平は、第二次『明星』時代に比べて、歌をコンスタントには発表していない。これは、清平の農業人としての仕事が過酷で、多忙であったことによると考えられる。

そうして、昭和十年以降はぷっつりと作歌活動や、晶子・寛からの書簡が途絶えてしまう。これは東北地方が昭和九年に深刻な冷害になったことによって、日本が食糧難に陥り、米、雑穀の生産を高める急務を、清平をはじめ、農業技師たちが背負ったことによる。つまり、米、雑穀などの食糧を増産するために、山形よりもさらに北へと農地を広げる必要があり、特に冷害に強い作物の研究が科せられたのだ。そこで清平は昭和十年に青森の新設の実験農場に赴き、農業のフィールドでの多忙に傾斜していくので、作歌活動が見られなくなってしまうのである。しかし、それとは引き換えに、藤坂五号の栽培に成功したことを始め、「清平農業関係論文・著書一覧」にもあるとおり、昭和十年以降は農業関係の著作に追われ、農業人としての職務を全うした時期であったと理解できるのだ。この農業のフィールドでの業績が世間に認められ、現在では、農業人としての色彩が強く、歌人としての注目に欠けてしまったのだ。

しかし、終戦後、昭和二十二年の第三次『明星』発刊きっかけに、清平は昭和二十三年より再び作歌活動を農業のフィールドでの活動と共に積極的に行い、特に昭和二十六年発刊の『浅間嶺』ではさらに作歌に熱が入り、また、コンスタントな作歌活動が認められるのである。

以上のように、古宇田清平は与謝野寛・晶子に認められていた「歌人」の一人であり、今後、注目して行くに値する人物であることを提示したい。

そこでまずは、古宇田清平の短歌を、与謝野寛・晶子と関わってきた大正初期から、寛が没した昭和十年までの時代に絞って、論じていきたい。昭和十年という時期は、清平にとっては、短歌から遠去かるを得ない年であった。師である寛の死が三月二十六日であるが、この重大事件に際しても歌を詠めなかったほど清平を多忙に駆り立てたものは昭和九年に起きた東北地方の冷害による大凶作であった。

清平はこの件について自著の中で、

昭和十年以降久しい時期に亘って、職務その他の都合でブランクが続き詠草がなかった。（中略）歌のブランクといえば、昭和十年三月二十六日、寛先生の逝去の時も、昭和十七年五月二十九日、晶子先生逝去の時

も共に哀悼歌を詠まずに過ごし、今でもそれが悔やまれる始末である。(注1)

と、述べている。農業試験場長としての仕事に没頭せざるを得ない状況に追い込まれていった時期であったのだ。清平は食糧難の打開を使命として、青森県に渡り「藤坂五号」の開発などに尽力したのである。当然のことではあるが、歌人としての活躍と反比例して、農業関係の業績が増加するのである。従って、歌人としてのブランクを迎えるのだが、この農業の業績が世間に認められて、現在でも大変評価が高く、農業史に名を残している。前掲の「作歌活動一覧」並びに「清平略年譜」、「清平宛寛・晶子書簡一覧」、「清平農業関係論文・著書一覧」見ると一目瞭然である。

このように、与謝野寛、晶子との関わりに注目して、古宇田清平の短歌を見ていく場合、昭和十年でもって、ひとつの区切れとみなすことができるのだ。

また更に、大正初期から昭和十年までの作歌時代を、古宇田清平の歌人としての主な活躍が見られた、新聞や雑誌を軸に次のように三期に区切ってその短歌を見ていきたい。

投稿時代(大正三年～大正十年十月)
第二次『明　星』時代(大正十年十一月～昭和四年)
『冬　柏』時代(昭和五年～昭和十年)

注1　古宇田清平『短歌と随筆　自然を愛し人間を愛す』(昭和四十四年、浅間嶺発行所)

第二章　清平の投稿時代（大正三年〜大正十年十月）

第一節　投稿時代とその作品

清平が短歌と出会ったのは、和歌や俳句を好んだ風流な祖父の影響であったと、自著の中で清平は述べている。

花が咲くころになると、毎年のように、和歌や俳句の書かれた何枚かの短冊が吊り下げられるのが常であった。私が昔の尋常小学校の頃なのである。作者は源七郎という私の祖父である。（中略）私が短歌の好きな気質を負って生まれたとしたら、幾分なりと正しくこの祖父の血の流れが伝わったのかもしれないと思っている。（注1）

このような家庭環境の中で、清平は学生時代から自ずと短歌を詠むことになり、卒業の大正初期ごろには主に「萬朝報」などに投稿をして自身の短歌の腕試しを行っていたのである。

そしてさらに清平の回想の続きによれば、清平の歌が晶子の目に留まったのは、

たしか大正三年だったと思うが、その萬朝報の和歌の与謝野晶子選に、

幽霊も狐も海も山川も分ち知らざる恋となりゆく

という一首が、第五句目は全然別に直されて、入選として載った。相当な数の歌を投稿しても、なかなか入選はむづかしいのだったが、初めてこの歌を紙上に見た時は、さすがに嬉しかった。それから作歌に張り合いが出て来た。(注1)

ということだ。「幽霊も狐も海も山川も分ち知らざる恋となりゆく」の歌であるが、この清平の歌人としての出発点となった歌は、晶子によって、「第五句目は全然別に直され」たものだった。それは大正六年刊行された『摘英三千首』の中に「筑前　木宇田《ママ》紫峯」のペンネームで採録されているので知ることが出来る。

幽霊も狐も海も山川も別ち知らざるわれに君なし

晶子の手直しでは「分ち」を「別ち」に、「恋となりゆく」を「われに君なし」として、その歌意が一変している。しかし、恋をしている作者の恋ゆえの孤独感が「君なし」に変わったことで切実に表現され、歌意に奥行きが感じられる。また、この晶子の手直しによって清平の歌は、歌意が明解になり、理解しやすい歌になっている。

さて前記の「萬朝報」に載った歌が古宇田清平の作歌として現在見られる最も古いものである。清平は大正二年三月、二十歳の時に盛岡高等農林学校を卒業して、同年四月より、福岡県嘉穂農学校教諭として九州に赴任し

た。そこで同じ町とはいえ、かなり遠い場所にある、嘉穂高等女学校の藤井敏という女教師と出会い、熱烈な恋愛をした。

この「幽霊も狐も海も山川も分ち知らざる恋となりゆく」の歌は大正三年の作として「萬朝報」に掲載されたものなので、歌の主体が清平であれば、恋をしている相手は当然、藤井敏と考えられるのである。清平は農業の教師であるから、科学的な思考が日常要されるわけだが、第一句目で「幽霊」といった、非科学的な語を用いて、読み手を非日常の世界へと誘っている。これは清平が農業教師という日常から遠く離れ、非日常の恋愛に、大きく心を寄せていることと関係が深いと考えられる。また、時代は大正八年となるが「晶子歌話」の中で晶子は、

幻想の実感を生の光栄とします(注2)

と説き、時代が写実主義に傾斜している中での、浪漫主義を自称している。この歌は大正三年ではあるが、晶子の歌に寄せる根底は、この時期にも同じであると考えられる。すなわち、「幽霊、狐（化ける）」といった「幻想」と「海、山、川」といった「実感」が、この歌には表現されているのである。また、「幽霊」と「狐」は、いずれも「化ける」ものとして対照している点、漢詩で言うところの対句的表現もユーモラスである。他に、九州の田舎の「日常」の景物として「海、山、川」を描き、「非日常」の「幽霊、狐」と対照させた漢詩的技巧にも注目したい。

さて、こうして清平の投稿が、晶子に認められたことをきっかけにしてなのか、晶子から書簡を貰うようになっている。

大正四年十月十五日の晶子から清平に宛てた書簡には、短歌の心得が述べられている。（以降、清平宛て書簡の紹介においては、前掲の「清平宛寛・晶子書簡一覧」の通し番号を付与する。また、翻刻不能文字は□で表した。）

① 大正四年十月五日

封筒　表　消印　大正四年十月五日　麹町

　　　　　住所　筑前市飯塚町字筑里

　　　　　宛名　古宇田清平様

　　　裏　差出　東京　与謝野晶子

和紙　巻紙　毛筆

拝復

歌は自身に會切することが尤も大切かと

存じ申候。

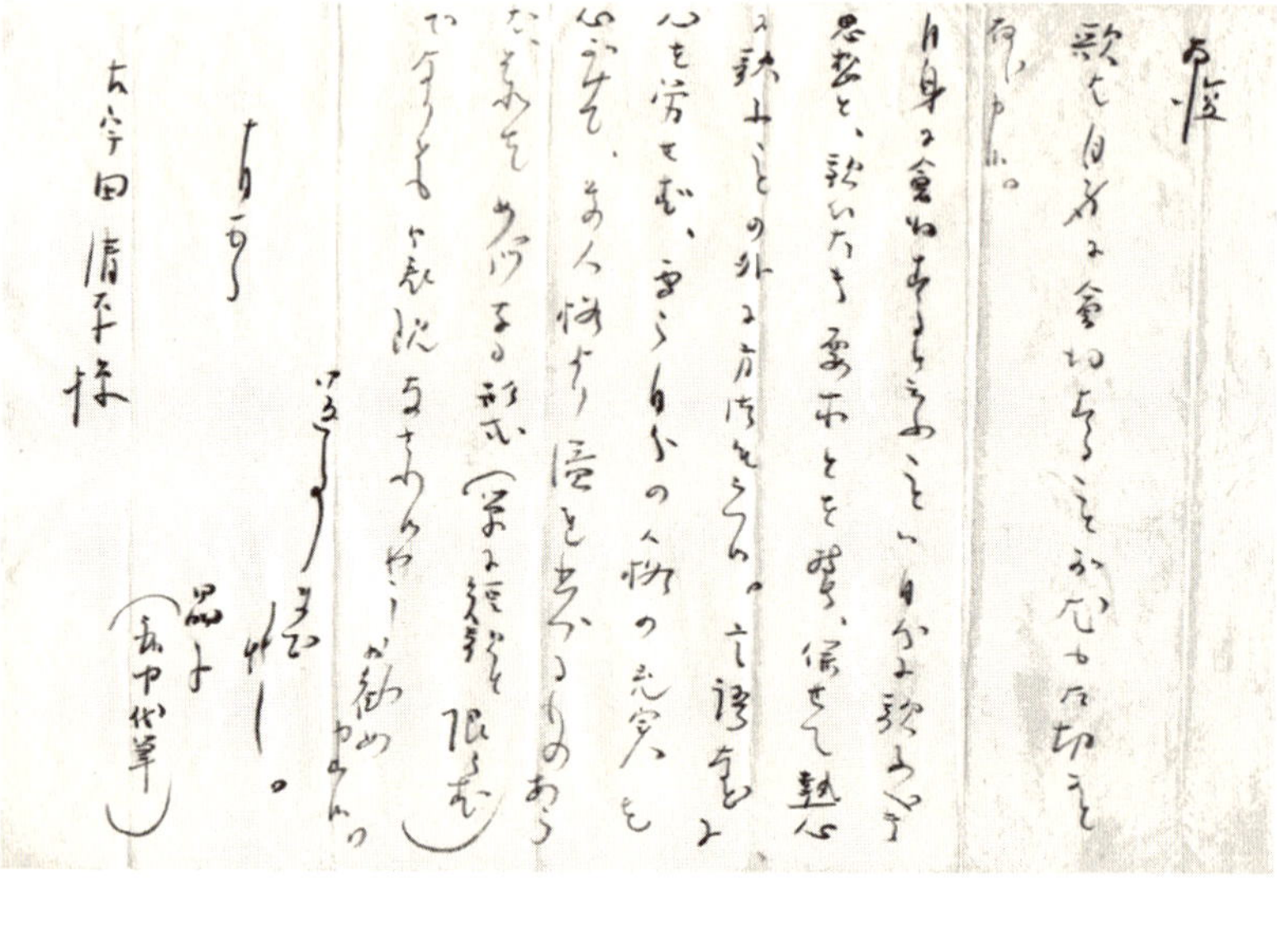

自身に會切すると云ふことは自分に歌ふべき思想と、歌ひたき要求とを持ち、併せて熱心に歌ふことの外に方法無しや。言語などに心を労せず、専ら自分の人格の充実を心がけて、その人格より□を出づるものあらば、それを如何なる形式（単に短歌と限らず）で有りても御表現なされるやうお勧め申上候。

お返事まで　艸々。

十月五日　晶子

（□□代筆）

古宇田様

晶子は「歌は自身に會切することが尤も大切」「専ら自分の人格の充実を心がけて」と、表面的な技巧よりも、内面的な人間根本の充実を説いていることが理解できる。

同年十二月に晶子は『歌の作りやう』を出版しているが、その中の「著想について[注3]」の項では、「梅に鶯」のような使い古された詞にこだわらず、「詞づかひ」が変わっても、「自己の感覚」「自己の観察」「自己の情緒」「自己の情念」を「自己の技巧」により、発表することを説いている。清平に宛てた書簡に見られる「言語などに心を労せず」「それを如何なる形式（単に短歌と限らず）で有りても御表現なされるやうお勧め申上候」はまさにこの「詞」を「自己の技巧」で表現することと同一のことを指しているのである。また、同じく晶子の『歌の作りやう』の「建設と破壊」の項では「因習的観念の破壊」を訴え、そのためには「新しい自分の感情が湧く人格」作りを説いている。そして、そのための準備として、以下の五項目をあげている。「神経を鋭敏にすること」「情念を豊富にすること」「実社会と交渉すること」「自然に親しむこと」「読書を励むこと」。これらは先に述べた、「歌は自身に會切することが尤も大切」「専ら自分の人格の充実を心がけ」と、同一の内容である。清平に宛てた、この晶子書簡は、『歌の作りやう』の真髄を端的に語ったものといえるだろう。

また、この時期の清平は教師であるが故に、藤井敏との熱烈な恋愛に対する外圧を感じていた。そのことは、清平が著書の中で、五十年前を振り返り、(注4)

逢瀬とて人目しのぶといふならず教職の身といふを苦にせし
美しき相思の仲とはやされて街に噂の立ちし若き日

と、詠歌をしたことからも明らかである。また、前掲の晶子からの書簡は、このように、世間との軋轢に苦しむ、若い清平にとっては、単に「歌に対する心構え」にとどまらず、その人生おいて、大きく励まされたことと思われる。

若い教員同士があやしいと、狭い町の噂にのぼるようになった。その頃の若い男女の関係は、一般社会でも何か劣等視し強弾するような道徳感が普通だったから、教職の身にある若い男女の二人には、尚更恋愛など絶対に許されなかった。（中略）同四年の九月には（藤井敏が）依願退職をしている。そして両親の許しを得て私との結婚を誓っている。私も転任の口を捜したが、世は不景気の時代、適当な勤め先が見つからずに大正五年依願退職となった。結果的には職を賭して恋愛結婚ということになった。(注5)

と、清平が回想するように、清平の人生が大きな転機に差し掛かった時に、晶子からの書簡にあるとおり、「自分に歌ふべき思想と、歌ひたき要求とを持ち、併せて熱心に歌ふことの外に方法無しや。」と、歌に魂を込めて詠むことを説かれたことは、清平の歌に対する心構えを形成する上で、大きな指針となったはずである。また、書簡より二ヶ月遅れで出版された『歌の作りやう』が、清平に与えた影響も大きい。先述した晶子『歌の作りやう』の「建設と破壊」の項の「実社会と交渉すること」では、実社会と交渉することで、その「感想」を豊富にすると説いている。更に詳しく「人生の波瀾に身を投じて人情を味ひ、併せて自己の心を常に新しく動揺せしめる」と述べている。この晶子の言の通り、藤井敏との恋愛は、清平にとっては「人生の波瀾」であった。清平は藤井敏との恋愛を全うすべく、大正五年一月に、依願退職した。そして、その後も人生の波瀾は続く。

清平と敏は九州を去り、清平の故郷である茨城県で同年三月に結婚をした。そして四月から翌年三月まで、東京駒場の「農科大学耕地整理講習生」として、敏に生計を頼る清平の学生生活となった。この東京暮らしの大正五年に、清平は若山牧水の『創作』の門を叩いたが、しかし程なく脱会して、晶子に師事することとなる。この時のことを清平は回想して述べている。

与謝野晶子の歌風に、大きな示唆と刺激と感銘とを受けて詠んできた私というものには『創作』もなんとな

く飽き足らず、間もなく脱会して、また以前のように、新聞や雑誌への投稿が続いた。(注6)

清平が何故、牧水の門を叩いたかは、自身の説明がなされていないために不明ではあるが、少なくとも、晶子に再び師事することから、晶子の浪漫的短歌に嫌気がさしたわけではないだろう。むしろ清平は牧水の短歌の世界に入江春行の指摘にある「牧水の晶子調」(注7)を感じ取りながら、自然主義文学の影響を強く受けている『創作』に自身の短歌の向上等の場を求めたのではないだろうか。また、円地文子は「詩人の肖像」(注8)で若山牧水の歌を、

> 作者の純粋な心情で歌い上げられた（中略）日本人の多数が好み、愛す、感情や調べが自然に込められている（中略）つくろいのない素直なあらわれ

などと指摘する。この指摘は晶子の『歌の作りやう』の底流と一致することからも、清平は牧水の中に晶子を見い出していたものと思われる。

さて、東京での清平の新婚時代は翌大正六年三月に、故郷茨城の「郡立石岡農学校」へ農業の教師として赴任したことで、またしても「波瀾」の人生である。ここでの作歌活動は前記の通り、投稿を主としたものであったようだ。このような清平の投稿による作歌活動を晶子が注目したことは、大正六年十月に南北社から刊行された『摘英三千首―与謝野晶子撰―』（前出『摘英三千首』に同じ）に清平の歌が十八首採録されていることからも理解できる。その『摘英三千首』の「序」には、

本書萃る和歌三千、悉く与謝野晶子女史が広く日本全国の新しき歌人の歌中より選抜したるものなり。大家の歌なるが故に必ずしも貴からず、一般歌人の作中秀逸はあり。撰者は歌壇の第一人著、萃むる處の歌は悉く新人歌人最近に至るまでの努力になりたるもの、歌を學ぶ人のため、歌を愛する人の伴侶として他に比すべきもののなきを私かに誇りとして此書を推す。

大正六年十月初旬　『日本一』編輯局

とある。この序によると、「与謝野晶子女史が広く日本全国の新しき歌人の歌中より選抜したるもの」、つまり、歌壇の第一人者によって、注目すべき新人の歌として認められた「秀逸」な歌が『摘詠三千首』には収められているのだ。すなわち、この『摘詠三千首』に古宇田清平の歌が掲載されていることは、清平が新人歌人として、有望な歌人であることの一端を世間に示したことになる。

この『摘詠三千首』の目次は「子安貝の巻」「ことなげの巻」「黙せる空の巻」「白き鳥の巻」「若き命の巻」「過ぎし日の巻」「春の夜の巻」「銀泥の巻」「ギヤマン鉢の巻」以上九部で構成されている。そのうち古宇田清平の短歌は「子安貝の巻」「ことなげの巻」「黙せる空の巻」「白き鳥の巻」「若き命の巻」「銀泥の巻」の六部で、全十八首が採録されている。以下、『摘詠三千首』から清平の歌を提示する。（尚、便宜上、清平の歌に番号を付与する）

「子安貝の巻」

①やはらかに春の御空のかく抱く金色の日と君をこそ思へ　常陸　古宇田清平

②　月の夕尺八吹けば悲しびの限りも知らず穴よりぞ湧く　　常陸　古宇田清平

③　幽霊も狐も海も山川も別ち知らざるわれに君なし　　筑前　木《ママ》宇田紫峯

「ことなげの巻」

④　洞穴を出でたる時の眼前に見る海のごと君はなつかし　　常陸　古宇田清平

⑤　ゆくりなく相見し人のかりそめの微笑だにも忘られざらむ　　常陸　小《ママ》宇田清平

「黙せる空の巻」

⑥　われと我が身をいたはりて向かひたる朝の鏡は正目して見ず　　東京　古宇田清平

⑦　朝あけに草履の上の素足ほど明るく白き夏の雨降る　　東京　古宇《ママ》　清平

⑧　泥濘をさいなまれ行く馬のごと醜きものは誰にかあらむ　　常陸　古宇田清平

⑨　嬉しさも憂きも見えつゝ秋山の温泉の湯氣のぼる朝かな　　東京　古宇《ママ》　清平

「白き鳥の巻」

⑩　假初の戀は捨てよと冬の來て木を刺す如く風の冷たし　　東京　古宇田清平

⑪　簾巻き眠るが如く静かなる海見ることも飽き足らぬかな　　常陸　古宇田清平

「若き命の巻」

⑫うづくまる心の如し灰色の雲の彼方の今日の太陽　常陸　古宇田清平

⑬月の夜の大路小路にわが影のをどりも歩む夏の來りぬ　常陸　古宇田清平

⑭酒造場の石岡に來て我酒に醉はずに少女に醉へるかなしさ　常陸　古宇田清平

⑮一人して思ひ疲れしはての如赤き椿のくづれぬるかな　東京　古宇田清平

⑯人一人住まざる星の世界とも我身をおける家を思へり　東京　古宇田清平

「銀泥の巻」

⑰いたましく板に喰ひ入る鋸の齒音のさまに耳鳴りのする　古宇田清平

⑱銀の霜月にうち向ふ一時は盛んなれどもされどはかなし　古宇田清平

「銀泥の巻」以外には在住が付されていることから、「東京」とある清平の歌は、農科大学耕地整理講習生として、東京に下宿生活をしていた、大正五年四月から翌六年三月の時期に詠まれたもので、「常陸」とあるのは、敏との結婚のために故郷茨城に暮らした、大正五年一月から三月の時期と、大正六年三月以降、『摘英三千首』が出版される十月以前までに故郷茨城で石岡農高の教員時代に詠まれた（投稿された）もので、「筑紫」とあるのは九州の飯塚での教員時代の、大正二年四月から大正五年一月の時期に詠まれたものと推定できる。

さて、以上の清平の歌は先述した『歌の作りやう』(注9)の影響とともに、第一次『明星』の浪漫的な傾向が見られている。

まずは清平の東京時代の歌から見ていきたい。

⑥ われと我が身をいたはりて向かひたる朝の鏡は正目して見ず

この歌の情景は、作者が朝の鏡に向かう姿を詠んでいる。しかし体は鏡に向かっているものの、その目は鏡に映る姿を見てはいない。つまり、視線を鏡に映る対象に意識を集中して向けてはいないのである。通常、鏡に向かっていれば、先入観で「鏡を見ているもの」と思い込みがちだ。しかし、意識と一体と見える動作の中にも、注意深く観察をしてみると、実のところは必ずしも、動作と意識は一体ではないことがあるのだ。晶子が言うところの「神経を鋭敏にすること」(注10)によれば、確かにこのような真実も、生活の中に見出すことが出来るのである。また、何故、鏡を「正目」出来ないのか。という理由は歌中では述べられてはいないが、これが却って余情となって響いてくる。これは晶子のいうところの「象徴的」な歌とみなせるのではないだろうか。

⑦ 朝あけに草履の上の素足ほど明るく白き夏の雨降る

前出の⑥「われと我が身…」と同様に「朝」の歌である。夏の朝の雨を「草履の上の素足」に喩えて、快いものとして捉えている。うっとおしい雨も、その降る季節や時間、そしてその時の作者の心理状態によっては違ったものに感じられるのである。夏の朝の雨は清涼感があり、梅雨時の息の詰まるような、湿度の高い雨とも、秋の暴風を伴った激しい雨とも違って、むしろ歓迎される爽快感をもたらすものである。また、清平の「夏」という季節に寄せる思いには、(注11)

そうだ、夏の天地には、もろもろの歓喜の声こそあがれ、悲哀の叫びを聴かない。更生するものの溌溂たる呼吸、冬から春へ、春から夏と変わった天地に始めて聞くことのできる生き生きとした荘厳の生命の進軍譜がある。日は輝き、風は舞い、雲は飛び、水は流れ、青葉は躍り、鳥は歌い、腕は鳴り、血は躍る。精気のみなぎるところ万物みな力強く生きざるはない。目にうつるもの、耳に聞くもの、口に入るもの、肌に触るるもの、心に響くもの清新にして爽快ならざるはない。夏なるかな高鳴る交響楽よ。活躍、雄飛、それは夏の天地自然の姿だ。力だ。すべては希望に満ちて輝き、栄光目指して突き進む動的生活であり緊張生活である。勇壮にしかもさわやかに共感を呼び、反響を呼びつつ、天の楽手が、大地の上を、強く高く明るく奏でゆく雄大な夏の行進曲だ。

と、いったものがある。まさに「目にうつるもの、耳に聞くもの、口に入るもの、肌に触るるもの、心に響くもの清新にして爽快ならざるはない。」といった、夏の爽快感が表された一首である。明るく白い雨、心地よく響く雨音、そして素足の足に、肌に雨が当たり、清平が全身で夏の爽快を感じていることが理解できるのである。このような清平の全身で感じ、それを晶子の説く「自己の感覚」(注12)でもって素直に表現した一首であると理解できるのである。

先の⑥「われと我が…」の歌にも言えることだが、自己の新しい感覚を鋭敏にして、ものを感じ取るといった晶子の言う「因習的観念の破壊」(注13)が見えるのである。

⑩ 假初の戀は捨てよと冬の來て木を刺す如く風の冷たし

恋を捨てることは、木枯らしの刺すような冷たさである。木枯らしの刺すような冷たさという「自然物」から恋を捨てる心を「具象的」に表現している。

⑯ 人一人住まざる星の世界とも我身をおける家を思へり

夜空を見上げ、無人の星の世界を想像しても、我が家のことを思ってしまうことを詠んだ歌である。「星の世界」という「幻想」を歌いこむところなどは浪漫的な歌である。まさに晶子の「星菫調」が反映した一首である。

⑮ 一人して思ひ疲れしはての如赤き椿のくづれぬるかな

椿の花と、考え疲れた作者の姿が重なって見える。これも「自然物」をもってその心情を「比喩的」に表現したものである。椿の花が詠まれていることから、恐らく大正六年の二月から三月の頃。その頃の清平は、茨城県石岡農学校への就職の話が母校水戸農学校の校長からもちあがり、大学を続けるか、どうしたものかと悩んでい

た。あとひと月の実習さえ完了すれば、終了資格が得られる、といった状況での悩みであった。当時のことを、

あと一ヶ月で乙種学生の杭《くい》講習が終了して、耕地整理の専門技術者として働けるのに、中途半ぱなのだからいささか当惑した。(注14)

と、述べている。そうして、大学の教授に相談すると、「『そんな意思の薄弱な者は仕方がない。やめるがよい』と一言の下に叱られ」、清平は石岡行きを決意するにいたったのである。そして「ここ十一ヶ月の勉強は、全く無駄かと思はれた」と、当時の心境を述べている。この様に深く思い悩み、そしてあと一月で修了といったところで中途退学することは耕地整理の専門家になろうと希望に胸を膨らませて励んでいた清平にとっては、椿が一瞬にしてくずれ落ちる様と、どこか重なって見えるところがあったものと思われる。

さて、東京から石岡に居を移し、石岡農学校での新生活がはじまり、

①やはらかに春の御空のかく抱く金色の日と君をこそ思へ
④洞穴を出でたる時の眼前に見る海のごと君はなつかし
⑤ゆくりなく相見し人のかりそめの微笑だにも忘られざらむ

と、新妻の敏を想っての愛情豊かな歌が印象的である。妻、敏との出会いから「人生の波瀾」に身を投じていった清平、その結果、否応なしに晶子の言うところの「実社会と交渉すること」(注15)となって行った。しかし、清平が

恋愛を通したことは晶子が『晶子歌話』で言った「私は恋愛に由って自分の生活に一つの展開を実現したのです」と、重なって見えてくるのである。

⑭ 酒造場の石岡に來て我酒に醉はずに少女に醉へるかなしさ

この歌のように、少々ウィットに富んだ歌も詠んでいる。大正三年に詠んだ「幽霊も狐も海も山川も分ち知らざる恋となりゆく」の歌に通じる趣がある。清平自身もこの歌について、

例の「萬朝報」に入選はしたが、酒には陶酔せずに芸妓の若き美人に酔うなどとは、余り誉められたことではなかった。(注16)

と述べている。しかし、この余り誉められたことではなくても、日常の心情の吐露を素直に表現しているのが、清平短歌の特徴の一つといえよう。そして清平歌には、晶子の歌に対する姿勢が反映されている。言い換えれば『歌の作りやう』や『晶子歌話』に説かれている歌に対する姿勢が、清平歌の中に垣間見られるのである。だからこそ、晶子は、晶子の作歌に寄せる思いを体現しようと努めている清平に、注目したのではないだろうか。

第二節　第二次『明　星』復活に向けて

『摘英三千首』が出版され、清平は晶子や寛と書簡でのやり取りが次第に盛んになって行った。前掲した「清平宛寛・晶子書簡一覧」には本文の書かれた手紙が紛失してしまっているので載せてはいないが、次に示す、大正七年六月十一日消印の封筒が存在することからも、大正四年から、引き続いての親交が認められる。

表　消印　大正七年六月十一日
宛先　常陸市石岡町元寿地
宛名　古宇田清平様　御侍史
（「第四稿」の朱書き有。「「明星」広告宣伝」と清平書き込み有。）

裏　住所　東京麹町区富士見町五一九
差出　与謝野晶子

この故郷、茨城の石岡での清平の二年間の暮らしは、大正八年四月に、盛岡の岩手県農会に職を移すことになり終了する。退職までの人生の半分以上を過ごす、東北地方での生活がいよいよスタートすることとなる。

さて、清平が盛岡にその拠点を得たのは前掲の清平年譜でも理解できるとおり、人生においては六年ぶりの第二回目となる。第一回目の盛岡時代については、顕著な作歌活動が見られないが、清平が思春期から青春期を過ごした盛岡という風土は、多感な時期を過ごした清平のアイデンティティーの形成や、文学への志向においては、少なからず強い影響を及ぼしたものと思われる。第二回目となる大正八年からの盛岡時代を迎えるに当たっても、思春期から青春期を過ごした盛岡の風土、場であったからこそ清平の作家活動も充実したものになっていったのであろうし、盛岡の風土に育てられた、清平という存在であったからこそ、寛・晶子が清平に注目し、その期待が高まっていったものと思われる。そこで、ここに第一回目の盛岡時代について整理しておきたい。

清平は明治三十九年に茨城県立農学校を卒業後、家業の農業をしばらく手伝うが、明治四十二年に上級学校に進学すべく、東京に上京し、受験のために神田正則英語学校に通った。当初は、帝大の農科を目指していたが、「帝大は実習がきついうえ、学科は、盛岡高等農林学校の方が国策として当代の著名な研究者を投入して、帝大よりもかなりレベルの高い教育を行っている。」と、アドバイスを受けて、盛岡高等農林学校を受験し、八期生に合格。明治四十二年四月より、盛岡での生活が始まる。当時高まってきた東北振興と、国策として、日本の農林業の専門的研究・教育機関を充実させる目的で、盛岡高等農林学校は日本初の官立高等農林学校として大きな期待を寄せられて設けられた。清平が卒業した二年後ではあるが、宮沢賢治も同校に入学していることは有名である。このことは当然ではあるが、清平と賢治は教授を介しての接点を得ることになる。賢治の短編「毒蛾」に登場する博士のモデルは、昆虫学の門前弘多博士と言われているが、門前博士の渡欧壮行会が大正十二年に行われた際には清平と賢治は同席している。しかも清平は門前博士がそれまで務めてきた「農学新報」を門前博士の推薦で受け継ぐことになるのだ。

さて、この時期、清平が後に同人として迎えられる寛・晶子の新詩社は、明治四十一年に百号をもって『明星』を休刊したが、東北・盛岡では「岩手歌壇の父」と後に称せられることになる、小田島孤舟が岩手新詩社を設立した。孤舟は同じ盛岡の啄木や、寛・晶子、平野万里らと親交のある人物である。孤舟はさらに、明治四十二年には文芸雑誌『曠野』を発刊させ、盛岡の文芸の気運は高まっていた。一方で中央では明治四十一年に『アララギ』が、翌明治四十二年には『スバル』の発刊続いていた。また、明治四十三年には柳田國男の『遠野物語』が刊行され、東北が注目を浴びる状況にあった。盛岡と限定はせずとも、東北という場所は、地理的に古より、「万葉集」や「伊勢物語」「おくのほそみち」などで表されてきた場所であった。「みちのく」という言葉に代表されているように都から遙か離れた「陸奥」であり、まだ知られざる「未知」の国でもあった。また、東北振興策、といった事案が盛岡高等農林学校開設に当たって、取りざたされていたことを考えると、少なからず、東北という土地に対しては、後進的なイメージでものが語られていたということは否めない。しかし清平の過ごした東北の盛岡は、特に盛岡高等農林学校に学ぶ清平たちにとっては、確かに中央から遠ざかった、物理的環境である地理や気候や言語環境などにおいては、ある種の異文化圏ではあるものの、中央に相対しながらも追従しきれないジレンマを抱えるマイナーな「みちのく」といったものではなかったと思われる。物理的には中央からは離れてはいるものの、盛岡には、盛岡でなければ得られない日本の農業の最先端の知識や科学があふれる場所であったことの方が清平たちにとっては大きかったはずだ。未来の日本の農業を牽引していく農業のオーガナイザーとしての役割を担っていることで、農学のパイオニアとしてのプライドと希望に満ちていた場所であったことは確かであろう。盛岡高等農林学校に身を置いた賢治が、実験的農場経営と考えられる、羅須地人協会を興すに至ったり、清平が後年、国家事業の一端を受け、畑地経営の模範農村の建設に尽力したのも、盛岡高等農林学校が、ひいて言えば、盛岡が育んだものと納得できるのである。さらに文芸に限定して言えば、前述の通り、小田島孤舟によって、中央に赴かずとも盛岡に文芸の発露の場が公に提供されていたことは大きな意味を持っていたのではないだろうか。実際、清平の第二回の盛岡時代には、清平が『曠野』の同人と関わりを持つようになる。残念ながら、清平の第一回目の盛岡時代には勉学中心の生活に加え、慣れない気候に打ち勝つことに精一杯で、岩手新詩社同人となることも『曠野』に投稿することもできず、作歌活動が顕著ではなかったが、この盛岡の風土から得たものは再びの盛岡時代に花開いていくことになる。

清平は第二回目の盛岡時代を、

作歌も調子に乗っていた時分で、熱心に詠むのも詠んだし、歌の友達も増えた。（中略）若さに任せて一冊の歌集を出そうかと思ったのも在盛中で、詠草を与謝野先生に送り、目を通されたものを清書した歌稿を更に送ったが東京大震災で消失した。（注17）

と述べ、歌に力を注ぐようになったことが理解できる。一方、この時期は晶子、寛にとってはいわゆる第二次『明星』復活に向けて取り込んでいる時期でもあった。

明治四十五年から大正元年にかけ、寛の洋行を晶子が追い、西欧の近代的、合理的思想に大いに影響を受けたことも『明星』復活への思いを手伝っていた。そもそも、第一次『明星』休刊から、寛の落ち込みは激しく、晶子が子育てから生活すべてにわたって奮起して、こなしていくといった状況下で、金銭的な洋行の工面は相当骨の折れることであった。しかし、この洋行をきっかけに、寛も次第に息を吹き返しつつあった。これをひとつのバネにして大正四年に寛は議員に立候補するが敗れてしまい、これもまた、晶子にとってはかなりの負担を負うこととなっていた。また歌壇全体を見ると、『アララギ』全盛期にあって、新詩社同人の発表の場が必要であったことも理解できる。しかし、寛・晶子自身と新詩社同人が『明星』復活への想いは抱けども、意に叶うようなアクションを起こすには非常に骨の折れる状況であったことは間違いない。

では、この『明星』復活に向けての動向を寛・晶子の書簡から抜粋して見ていきたい。（注18）

①大正七年十一月一日　奥原福市宛晶子書簡
別紙のやうな計画のもとに「明星」を復興する考で居ります。何卒御友人の間へ御吹聴下さいまし。

②大正九年十一月二三日　長谷川健吉宛寛・晶子書簡
明星ハ私どもの経済的事情のために、まだ復興致しかね候へども、明年ハ何とかして復活致すべく候。何卒しばらく御寛恕被下度候。

③大正九年十二月十四日　渡辺湖畔宛寛書簡
「明星」の再興につキ、活版所の小さきものを自営することを計画致しをり候。之がため西村、大兄、伊藤、高木、大坂の小林等の諸氏にご相談有候へども、何れ来春のことに可致候。明年ハ大に活動致し、多年の疎懶を取返し可申候。

④大正十年三月八日　白仁秋津宛寛書簡
大兄のお歌がますます古鐘の澄むがごとく、併せて蒼海の水の常に新しき如くなる喜び申し候。今や歌壇の表

面にハ俗人のみ登場致し居りて、日本に真実の歌なきがごとき観有之候。何卒一層御自重願上候。「明星」の復興談も益々長引き諸兄に失望させをり候が、いよいよ機会が到来し本年の五月若くハ九月より実行致すべく候。先づその基礎を物質的方面より堅め候ため、名古屋の伊藤忠成、佐渡の渡辺湖畔、九州の西村伊作、東京の高木真巌諸君がその方を分担し、「明星」の小き印刷所を作る計画有之候。之がため来る十五日頃東京に右の諸君が一会を催す筈に候。今一度、お互いに若返りて、新声を試み申度候。いよいよ「明星」が出で候暁にハ、大兄のお作を一度に多く御発表被下度候。」

①大正七年十一月一日　奥原福市宛晶子書簡から、『明星』の復刊は大正七年の十一月には具体化の流れがあったと考えられる。この頃の歌壇は、まさに写実主義全盛の『アララギ』の時代が到来していたから明星の復刊が妨げられたと考えられる。しかしそれを妨げている一番の理由は、②大正九年十一月二三日　長谷川健吉宛寛・晶子書簡にもあるように「経済的事情のために」といったものだとわかる。そしてその経済上の問題こそが『明星』を支える基礎であると考えている。そこでその経済上の問題を打開するためには③④の書簡に見える名古屋の伊藤忠成、佐渡の渡辺湖畔、九州の西村伊作、東京の高木真巌、大阪の小林政治等を中心に資金繰りを考えるということと、小さな印刷所を組織するということであった。こういった明星復活に向けて流れの中、晶子が清平に宛てた大正九年十二月十三日の書簡を見ると、

② 大正九年十二月二三日　晶子書簡
封無し・毛筆半紙

啓上

お手帋を拝見いたしました。あなたの御作を久しく拝見して、いつも良人と共に御噂をして感服して居ます。只今の日本で、新しい歌人の中で、私はあなたの名を必ず数へたいと思ってゐます。来年私共の「明星」と云ふ雑誌を復興しましたら、あなたを同人に推薦したいと昨年から考へてゐる位です。平俗な歌の流行する時に、あなたがよく叙情詩の本流に棹さしていらっしゃることを敬服致します。

歌集を自費でお出しになることに、私は勿論賛成いたします。御作も、お望みの通りに拝見します。出きるだけ御撰擇の上美しい躰載でお出しになることを祈ります。多数人には理解されずとも、見る人は必ず見て、あなたの価値を

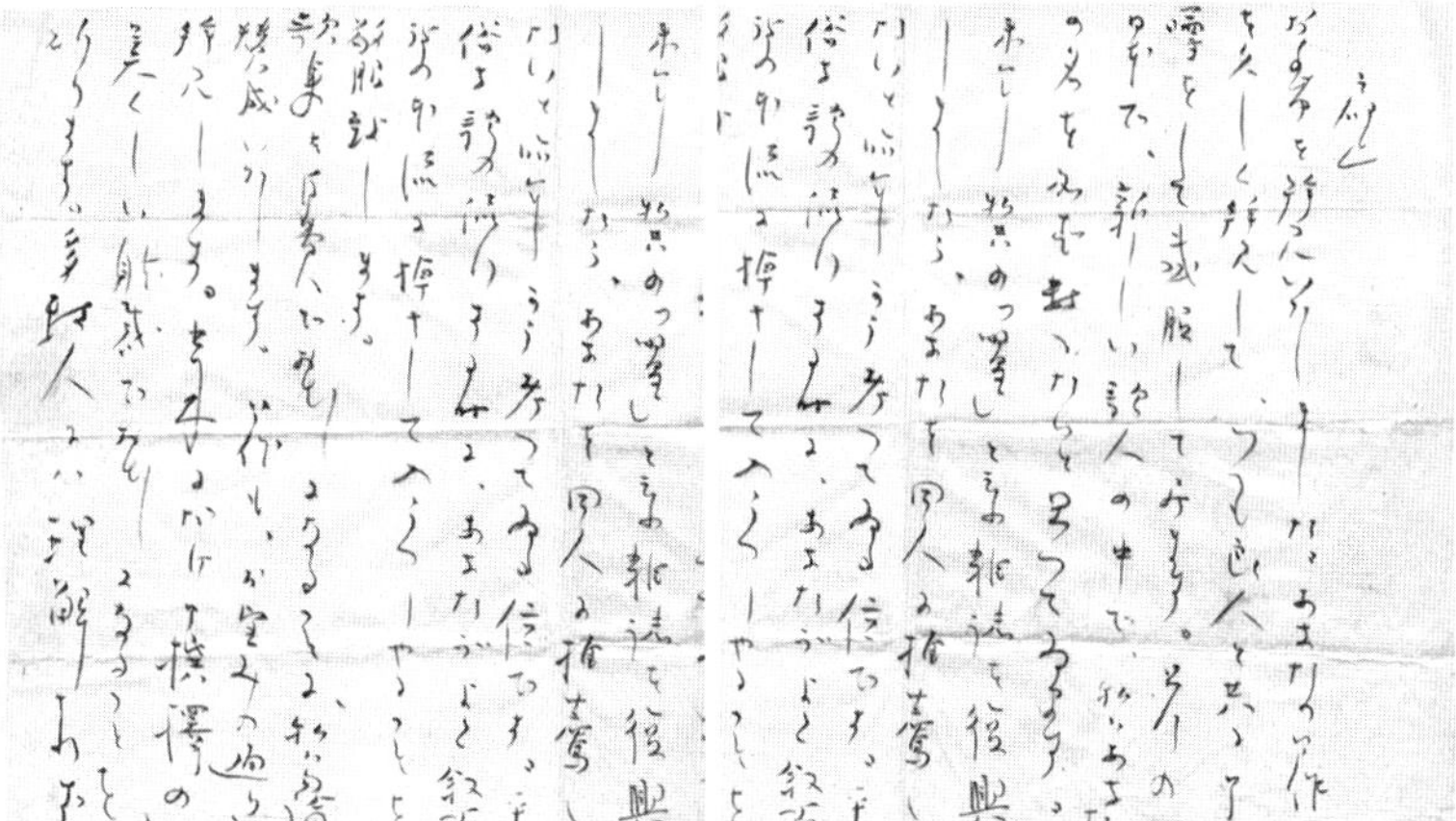

認めるにちがひありません。
出版は東京でなさることが立派に出来てよろしいでせう。
御作を拝見する事に物質上の御調配などをお考へになるに及びません。忙しい私ですけれども、喜んでお引受します。年内にはそのひまがありませんけれど、春になりましたら、拝見することが出来ます。御歌稿はいつでも御送り下さいまし。（書留郵便にて）
御返事まで。草々。　十二月十三日、

与謝野晶子

古宇田清平様

児供が病気をしてゐますので、この御返事は、良人に代筆をして貰ひました。

（推定）大正九年
（理由）明星を来年復興するという内容から、大正九年と考え

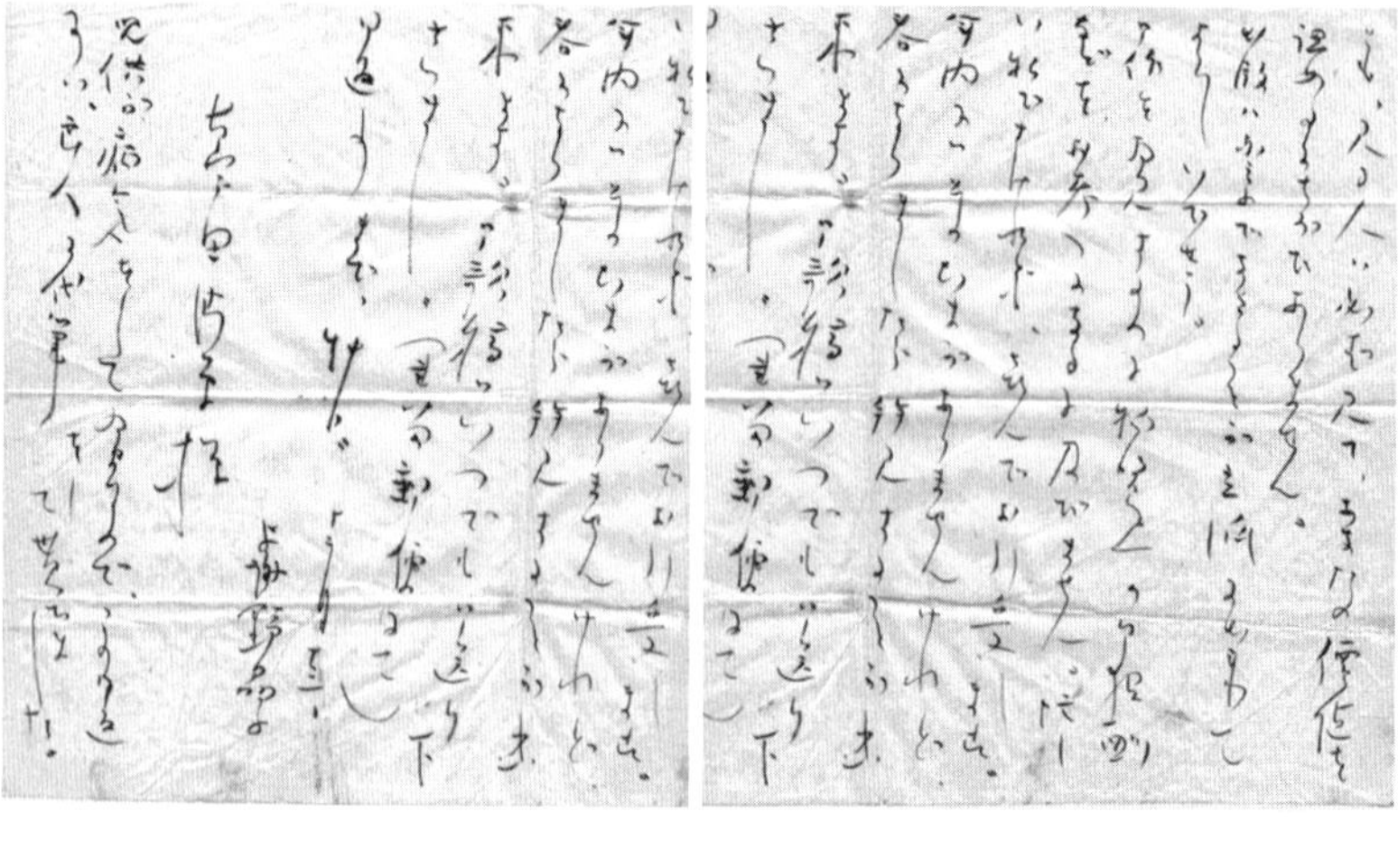

られる。

先ず、晶子の清平に対する高い評価が書かれていることが注目できる。清平宛書簡の現存する二通目の書簡ではあるが、以前の大正四年の書簡に比べるとかなり、清平との親交が進んだことが内容から判断できる。特に注目すべき点は「いつも良人と共に御噂をして感服して居ます。只今の日本で、新しい歌人の中で、私はあなたの名を必ず数へたいと思ってゐます。」「『明星』と云ふ雑誌を復興しましたら、あなたを同人に推薦したいと昨年から考へてゐる」「平俗な歌の流行する時に、あなたがよく叙情詩の本流に棹さしていらっしゃることを敬服致します」「多数人には理解されずとも、見る人は必ず見て、あなたの価値を認めるにちがひありません。」などと、清平に対する信頼が強く感じられる点である。また④大正十年三月八日　白仁秋津宛寛書簡でも「今や歌壇の表面に八俗人のみ登場致し居りて、日本に真実の歌なきがごとき観有之候」。と、清平にあてた書簡と同様に、日本の歌壇の平俗なことを強く嘆き、清平や白仁秋津等の新人に期待を寄せていることが、よく見て取れる。ちなみに、この白仁秋津も『摘詠三千首』に歌が採録されている一人である。つまり、『摘詠三千首』の「序」の通り、清平は期待の新人として輝いていたのである。実際、復活した第二次『明星』第一巻第一号には、清平の短歌「青涙集」三十四首が掲載されているし、『明星』の編集雑記にあたる「一隅の卓」において晶子は清平はじめ山名敏子、後藤是山の三人の名を挙げて、新詩社同人として特にこの三人を推薦していることを述べている。こういった、若い才気に満ちた新人の育成を行うことは「平俗な歌の流行」「歌壇の表面には俗人のみ登場」と寛・晶子が捉えている歌壇に、新風をまきいれる一助となったであろう。しかし、『明星』復活をするためには先述の通り、『明星』の資金繰りについては必至の課題であり、それについて考えを及ぼした軌跡が、次の清平宛て書簡によって明らかに示されている。

③ 大正十年二月十五日（推定） 寛・晶子書簡

半紙・毛筆

啓上

御清安と存じます。いつもお噂を致しながら御無沙汰を申上げてをります。おゆるし下さいまし。

さて「明星」をいよく復活する事に決議しました。然るに、もはや小生どもには、資力調達の道のないまでに、これまでの「明星」に物質の調達をしましたので、今回は諸友の力に由り、四千圓ほどの費用を初めに作り、之を以て広告費其他の萠□費に当てることに、同人の相談が決まりました。就ては、甚だ申上かねますが、この事情を御領承上下。あなた様より一百圓御寄附下さるやう願上ます。之は三月十五日までに御恵送を頂きたいのです。

次に今回は全く直接の読者のみに頒ち、書肆へは一部

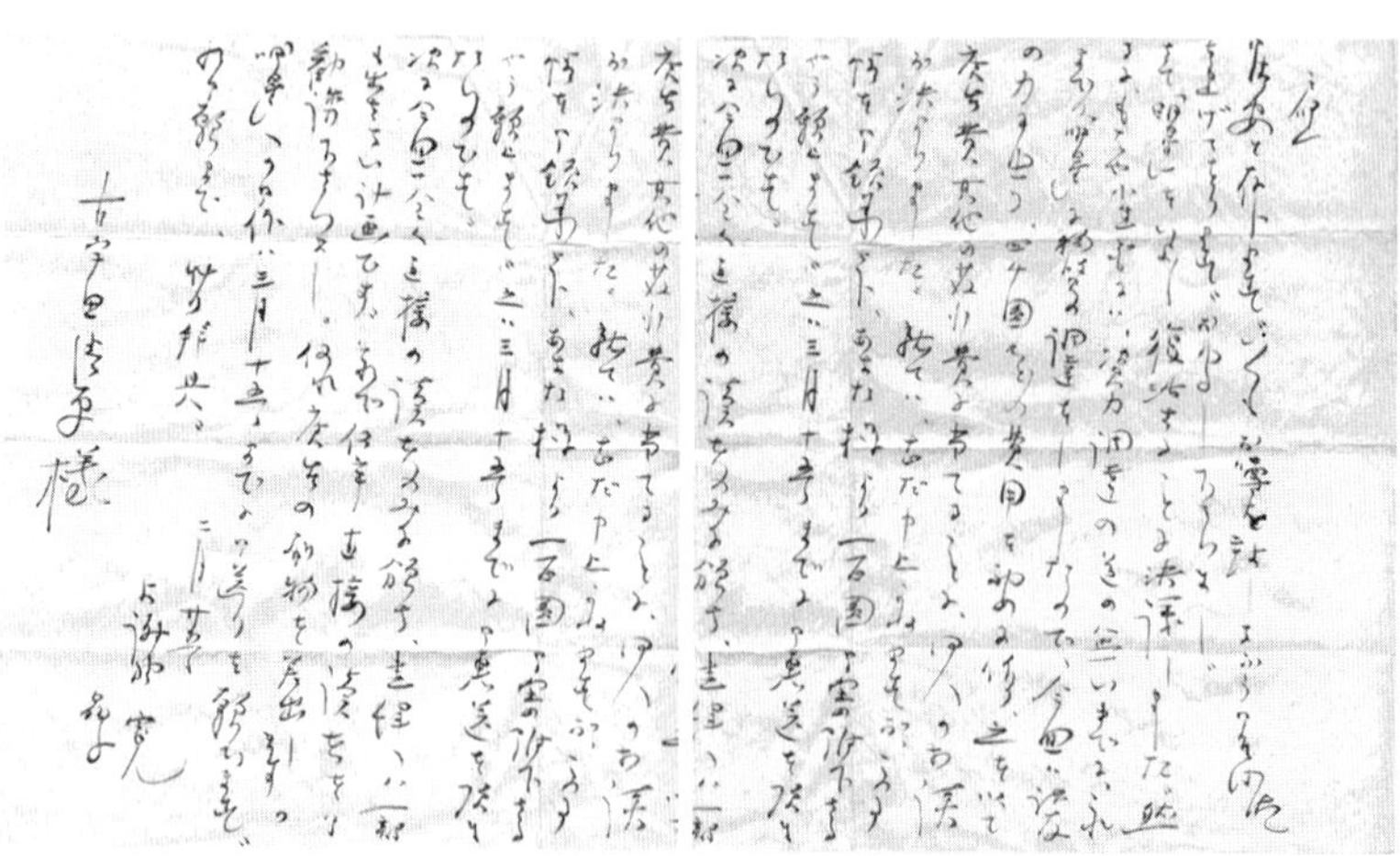

も出さない計画です。それで何卒直接の読者を御勧誘下さいまし。何れ広告の刷物を差出します。
「明星」への御作は三月十五日までに御送りを願ひます。
右御願まで、草々。拝具。

二月十五日

与謝野寛
晶子

古宇田清平様

（推定）大正十年
（理由）明星復活のために寄附を求めていることから大正十年十月以前と考えられる。又、同日、内山英保宛寛書簡（注6）にも同様に、明星の資金繰りの構想が書かれている。その記述の中に清平の名があがっている。

この書簡は「今回は諸友の力に由り、四千圓ほどの費用を初めに作り、之を以て広告費其他の苅□費に当てることに、同人の相談が決まりました。就ては、甚だ申上かねますが、この事情を御領承上下。あなた様より一百圓御寄附下さるやう願上ます。」と、経済上の問題を解決するための寄附の要請である。清平に宛てた同日、内山英保宛寛・晶子書簡（注6）にも同様の内容が更に詳しく見られる。

「さて久しく休刊いたし候「明星」を諸友と相談致し、近く復活のことに決し申し候。之がため、今回ハ（もはや私共に資力無之候ため）友人中より最初の費用や予備金として四千圓ほど醵出致すことになりました。それにつき、甚だ申上げかねますが、あなた様よりも別帋の割当額だけ御恵送下さいませんでせうか。」

「明　星」再興資金醵出予算

一、壱千圓也　東京　関戸信次様
一、五百圓也　佐渡　渡辺湖畔様
一、参百圓也　東京　内山英保様
一、弐百圓也　東京　赤木　毅様
一、弐百圓也　東京　関口冬子様
一、弐百圓也　東京　真下喜太郎様
一、弐百圓也　東京　加野宗三郎様
一、弐百圓也　三河　本美鉄三様
一、壱百圓也　阿波　松永周二様
一、壱百圓也　名古屋　倉橋連之佑様
一、壱百圓也　大阪　清水卓治様
一、壱百圓也　山形　古宇田清平様
一、壱百圓也　大阪　増田宇兵衛様
一、壱百圓也　名古屋　鍋田末吉様

一、五百圓也　　東京　千葉鑛蔵様
一、壱百圓也　　京都　小林政治様

以上のように、清平はその若き才能をもって、『明星』復活を支えただけではなく、経済的にもその復活を支える、立派な一員として位置している。しかしながら清平は決して裕福でお金が有り余っていたわけではない。生家が裕福であったわけでもない。ましてや誰かの経済的援助があったわけでもない。清平は一地方公務員に過ぎず、しかも子供も産まれて、経済的にはむしろ通常よりも大変な状況であったと、推測できる。『明星』に当時百円もの寄附をしたことは清平にとって相当な経済的負担になったはずである。このような負担を省みずの寄附は、すなわち、『明星』復活にかける清平の情熱の大きさを物語っているのである。

さて、『明星』の復活に向けて、寛・晶子の資金繰り計画が順調に進んだ結果、経済的問題が大方解決され、その復活の意義も次第に明白になっていった。一方で、『明星』復活の期日の見通しも立ってくると、その内容についての寛・晶子の悩みも出てくる。次の清平宛寛・晶子書簡からその悩みが伺える。

④　大正十年三月二十五日（推定）
　封無し・毛筆半紙
　　啓上
東京は暖かになりましたが、御地はまだ気節が和らがない事でせう。

さて早速「明星」へ御送附下され、忝く拝受しました。ここに御禮を申上げます。

「明星」は五月一日に出す積りです。

近日印刷物を差上しますから、御友人へ、直接の購読をお勧め下さいまし。

今度は高踏的でなく、少しく日本の他の詩歌に對して衝突する積りです。と云って、自分達に我とわが感心するよい作の乏しいのに赤面します。

御健安を祈上ます。　草々

三月廿五　与謝野寛

晶子

古宇田社盟御もとに

（推定）大正十年
（理由）明星復興を五月一日としていることから、大正十年と考えられる。又、同月（日付不明）の後藤是山宛寛書簡（注19）にも、「明星を五月一日に復活することに決めた」とい

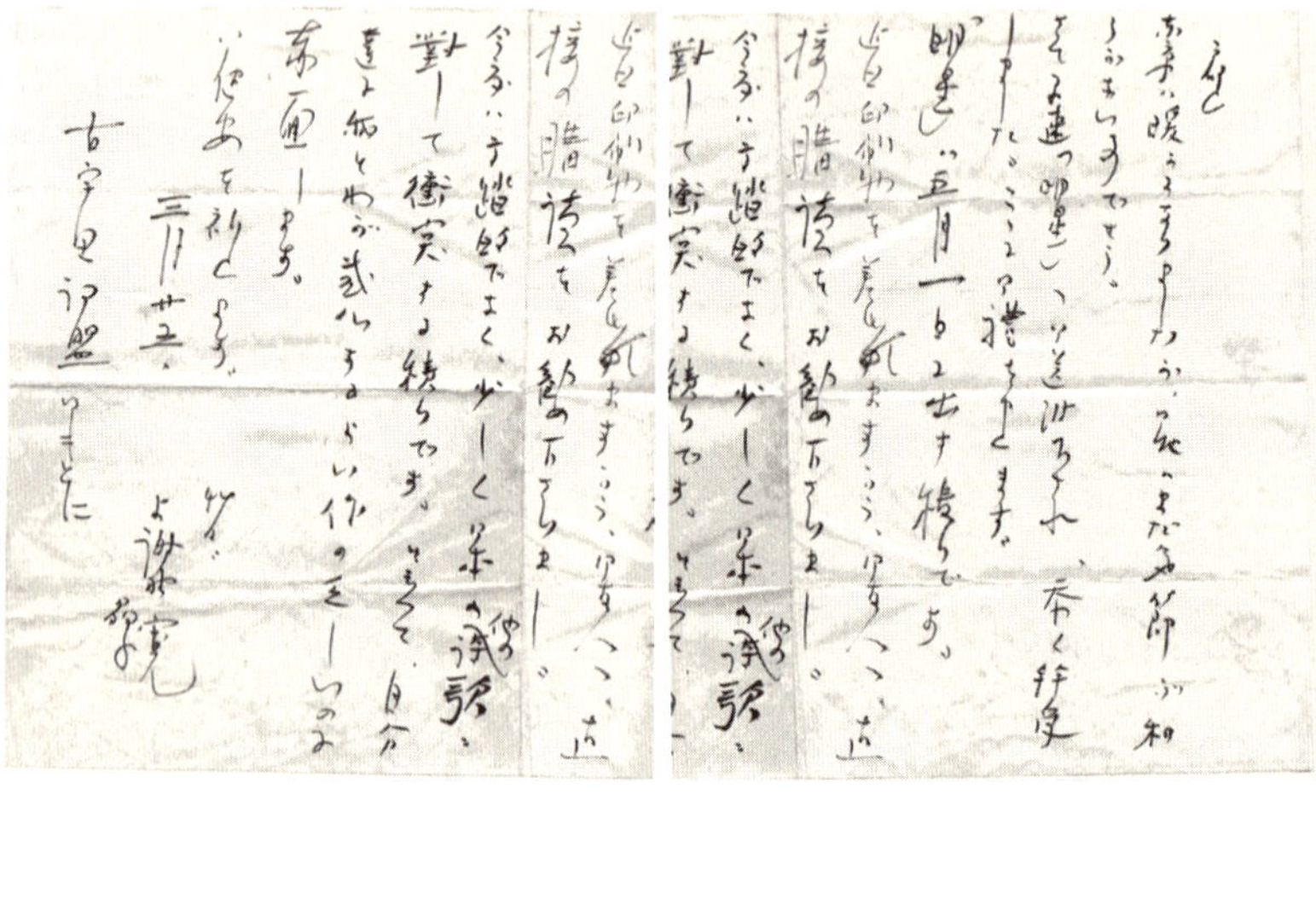

う記述が見られる。

「早速「明星」へ御送附下され、忝く拝受しました。ここに御禮を申上げます。」と言った記述から、大正十年二月二十五日の寄附の依頼を受け、清平が確かに百円を支払ったことが理解できる。現存する寛・晶子の書類や書簡では、『明星』復活のための送金が授受されたことを示すものは見当たらず、清平のこの書簡によってのみ、その実行が確かになされたことが伺われる。

また、「今度は高踏的でなく、少しく日本の他の詩歌に對して衝突する積りです。」と、文壇に一石を投じることを掲げながらも「と云って、自分達に我とわが感心するよい作の乏しいのに赤面します。」と、実際にはまだその内容において満足のいくものでないことを明かしている。また、印刷所の問題などもあって、この書簡にあった『明星』復活を五月一日に行うことはできなかった。

大正十年五月三十一日の渡辺湖畔宛寛書簡(注20)にも、

「明星」のことハ、その内容について熟考致しをり候。紀州より大工が再来次第印刷所の方も内部の修繕を致す予定に候。万事慎重に致すべく候間御安心願上候。

と、未だ、『明星』の内容に慎重な態度を見せている。また、『明星』復活の企画段階からの懸案であった新詩社自営の「印刷所」の問題は、大正十年七月八日　渡辺湖畔宛寛書簡(注21)によって、実現不可能になったことがわかる。

「明星」のこと、之より愈々実現の相談を致すべく候。但し印刷所ハ見合せ、雑誌のみを確実なる印刷所に託して印刷させ候方針にて相談致度候。猶この儀につき高木、伊藤、川上、西村諸兄の話をまとめ更に大兄の御決定を求め申すべく候。

そして当初予定していた五月一日復活の『明星』は十一月一日に復刊されることが次の五通の書簡と『明星』復興の広告によって知れる。

① 大正十年八月二十八日　木下杢太郎宛晶子書簡(注22)

私どもの雑誌も今度は平野様おもてなし下され候ことにきまり十一月に多分初号をいたし申すべく、また何かとおたよりこの上へも頂け候ハヾ幸に候。

② 大正十年九月十一日　白仁秋津宛寛・晶子書簡(注23)

「明星」をいよ〳〵十一月一日に復興します。これまでのお作を皆お遣し下さい。その中から選んで沢山に載せます。高級な且つ美しい雑誌にします。編輯にハ主として平野万里、石井柏亭二氏と小生とが当ります。森先生はじめ多くの同人の相談がまとまり、皆々大変な意気込みです。何卒お互に今一度活躍しませう。雑誌の定価ハ七十銭ぐらゐでせう。成るべく読者をお作り下さい。皆々大に若返るのです。

③ 大正十年九月十二日　北原白秋宛寛・晶子書簡（注24）

かねて申し上げて置キました雑誌をいよく十一月号から出します。名はいろくの相談のはてに「明星」と云ふ名を復興することになりました。昨日、永井荷風、石井柏亭、高村光太郎、平野万里、茅野蕭々、竹友藻風の諸氏が拙宅へ會視、全く確定しました。

今度の組織ハ、昔からの親しい友人が文壇の一隅で、いろくのものを持寄つて草帋を編むと云ふ風のものです。昔の新詩社と云ふのとハ全く意義が別です。

それで編輯同人にハ前記諸氏と小生夫婦の外に、因より森先生がお加り被下、他に大兄、吉井、有島生馬、高濱虚子、水上瀧太郎、佐藤春夫、長島豊太郎、渡辺湖畔の諸氏を加へたるものにしたいと思ひます。何卒右の思召にて今一度ご一緒に社会に立つことを御快諾下さいまし。初号の締切ハ本月末日です。久振に詩を沢山に御發表下さい。

雑誌は綺麗にします。思切って高級に、且つハイカラにします。昨夜の諸君は荷風君初め皆々大変な意気込です。どうぞお喜びくださいまし。

④ 大正十年九月十二日　小林政治宛寛書簡（注25）

「明星」をいよく来る十一月一日号から復興します。何卒お喜び下さい。さうして何かと御力添を願上ます。一昨夜第一回の編輯会を開き、森先生初め高村光太郎、平野万里、石井柏亭、永井荷風、有島武郎、有島生馬、吉井勇、北原白秋、茅野蕭々、木下杢太郎、高濱虚子、佐藤春夫、水上瀧太郎、戸川秋骨、野口米次郎、小生夫婦等の諸人が同人となり、之に幾人かの寄稿家を加へて、高級な且つ美しい雑誌を作ることに一決しました。世間からハ古臭い連中ばかりの出現として笑ふでせうが、超然たる態度で勝手なものを書く積りです。

⑤ 大正十年九月二十九日　北原白秋宛寛書簡（注26）

お手帋を嬉しく拝見しました。何かとお心もちの忙しいなかで、長い御返事を書かせたことを済まなく思ひます。（中略）雑誌ハ出来るだけ高踏的に遣りませう。森、永井、万里、光太郎の諸君も大変な意気込です。

⑥『明星』復興の広告（白紙中性紙　8.5×43センチメートル）

高級にして、高雅優美なる

文學、美術、哲學、科學、音楽、

建築、婦人問題等の雑誌

『明星』の復興を告ぐ

初號　來る十一月一日發行

一、茲に左記編輯同人が、拾餘年前のなつかしい記憶の中にある文學美術雑誌『明星』を再興し、學界と芸術界との一隅に、自由にして気楽なる縱談の座を設け、各自の気儘なる述作を持寄って、相互の鑑賞と批評とを楽むのみならず、願くはこの雑誌を介して誠實なる新しき友人を未知の同好に求め、以て精神的の交感を得たいと思ひます。

（中略）

一、『明星』の内容は詩歌、小説、絵画、音楽、建築などの謂ゆる藝術上の創作、評論、翻譯を發表するのみならず、哲學、科學、經濟、政治、労働、教育、婦人問題に亘っても屢々内外の新説を紹介しようと思ひます。

一、『明星』の體裁は特に美術的であるやうに勉め、その形は在来の四六二倍型と菊版との中間を擇び、王子製紙株式會社の厚意に由つて新型の用紙を漉くことが出来ました。固より同人相互の草紙として気長に漸次の發達を期しますが、理想としては高級にして優雅なる一雑誌を作りたいと思ふのです。

（後略）

②大正十年九月十一日の白仁秋津宛の書簡の「高級な且つ美しい雑誌にします」や、③大正十年九月十二日北原白秋宛寛・晶子書簡「雑誌は綺麗にします。思切って高級に、且つハイカラにします。」といった『明星』の復活に寄せる意識は、その復興の広告の第一声として「高級にして、高雅優美」と謳っている。確かに、印刷に最後までこだわり、その美の追求にこだわっていた。第二次『明星』はその体裁も内容についても「高級で高雅で優美」であることにこだわったのであろう。

ところで清平宛書簡④三月二十五日において「今度は高踏的でなく、少しく日本の詩歌に対して衝突する積りです」と述べているのに対し、③大正十年九月二十九日　北原白秋宛寛書簡では「雑誌ハ出来るだけ高踏的に遣りませう」と述べている。「高踏的」であるのか否か、一見矛盾するように思われるが、これは「高踏的」の指すところが異なって用いられているからと思われる。『新編　日本国語大辞典』(注27)で「高踏的」とは「世俗を離れて、孤高を保っているさま。転じて、ひとりよがりでおたかく構えているさま」とあり、「高踏派」とは「フランス近代詩の流派の一つ。感傷的、主観的なロマン派の反動として生まれ、理知的態度で、没個性的、客観的な美を追求した。また、一般的に、高尚な考え方や態度をとる人や集団をいう。」とある。清平宛書簡④三月二十五日において用いられている「今度は高踏的でなく」とは辞書的意味においては、「一般世間から遠ざかることなく、関わりを持つこと」であり、④九月十二日小林政治宛の寛書簡にある「超然たる態度で勝手なものを書く積りです。」の「超然」「勝手に」に由来すると思われる。この「超然」「勝手に」といった言葉は「「明星」復興の広告」の「自由にして気楽なる縦談の座を設け、各自の気儘なる述作を持寄って、相互の鑑賞と批評とを楽む」の「自由」「気楽」「気儘」と同義であると思われ、この自由な態度を「高踏的でなく」と称したものと思われる。また、北原白秋に示した「高踏的」は辞書的には「高尚な考えや態度」を示すの「高踏派」と同義であろう。つまり②大正十年九月十一日の白仁秋津宛の書簡の「高級」や③大正十年九月十二日　北原白秋宛寛・晶子書簡「高級」や「ハイカラ」と言った言葉と同義ではないだろうか。この「高踏的」に関しては一瞬矛盾を孕むかのように思われるが、実は自由、柔軟であり且つ高級、優美な、懐の大きな内容の雑誌を目指していたことを語っているのではないだろうか。このことは、以前のいわゆる第一次『明星』を「「明星」復興の広告」において「文學美術雑誌『明星』」と称した上で、第二次『明星』では更にその内容の充実を図りたいといった意思を「哲學、科學、經濟、政治、労働、教育、婦人問題に亘っても屢々内外の新説を紹介しようと思ひます」と、第一次「明星」のように「文学美術」に限定することをやめ、述べている。こういった第二次『明星』の内容の充実を、③大正十年九月十二日　北原白秋宛寛・晶子書簡に「昔の新詩社と云ふのとハ全く意義が別です。」と表明している。それは特に相手が北原白秋であるから（明治四十一年に白秋、勇、杢太郎らが新詩社脱会をし、それがもとで『明星』は休刊に追い込まれていった経緯からも）それを考慮してのことだと考えられる。また、白仁秋津や北原白秋宛の書簡の中で繰り返し、「森先生はじめ、多くの同人の相談がまとまり、皆々大変な意気込みです。」「荷風君初め皆々大変な意気込です。」「森、永井、万里、光太郎の諸君も大変な意気込です。」と第二次『明星』復活に向けた文壇の盛り上がりを強調して、第二次『明星』復活が文壇においての新風ならんとしたことが示されている。それは先述の清平宛書簡④三月二十五日に「少しく日本の他の詩歌に対して衝突する積りです。」と述べていることや、そして次に示す大正十年十月三日の古宇田清平宛与謝野晶子書簡で「之で歌壇の方にも少しは新しい運動を導くことが出来るでせう。何卒御声援下さいまし。」と述べていることからも明らかである。

このように、『明星』復活の意気込みを世の中に発していた時期に、清平に宛てた寛・晶子書簡が二通あるので提示する。

⑤ 大正十年十月三日（推定）

封無し・便箋二枚

啓上

あなたの御作を撰すことが遅れましたが
ひまくに、大分見て、思ひ切って撰抜をして
ゐるのです。今少しお待ち下さいまし。

今度いよく私共の雑誌「明星」を出しますので、
それのために多忙を極めても居るのです。

「明星」の第一号はあなたのお作を三十余首載せることにしました。私共の推讃の微意です。「明星」は十一月一日に初号を出します。之で歌壇の方にも少しは新しい運動を導くことが出来るでせう。何卒御声援下さいまし。何れ数日中に「明星」の広告文をお送りいたします。

御清安を祈り上げます。　　草々

十月三日、夕　　与謝野晶子

古宇田清平様御もとに

（推定）大正十年

（理由）大正十年十一月一日に明星初号が出ることから、その直前と考えられる。同月三日に、後藤是山（注28）宛寛書簡に清平の歌を載せるとの記述がある。

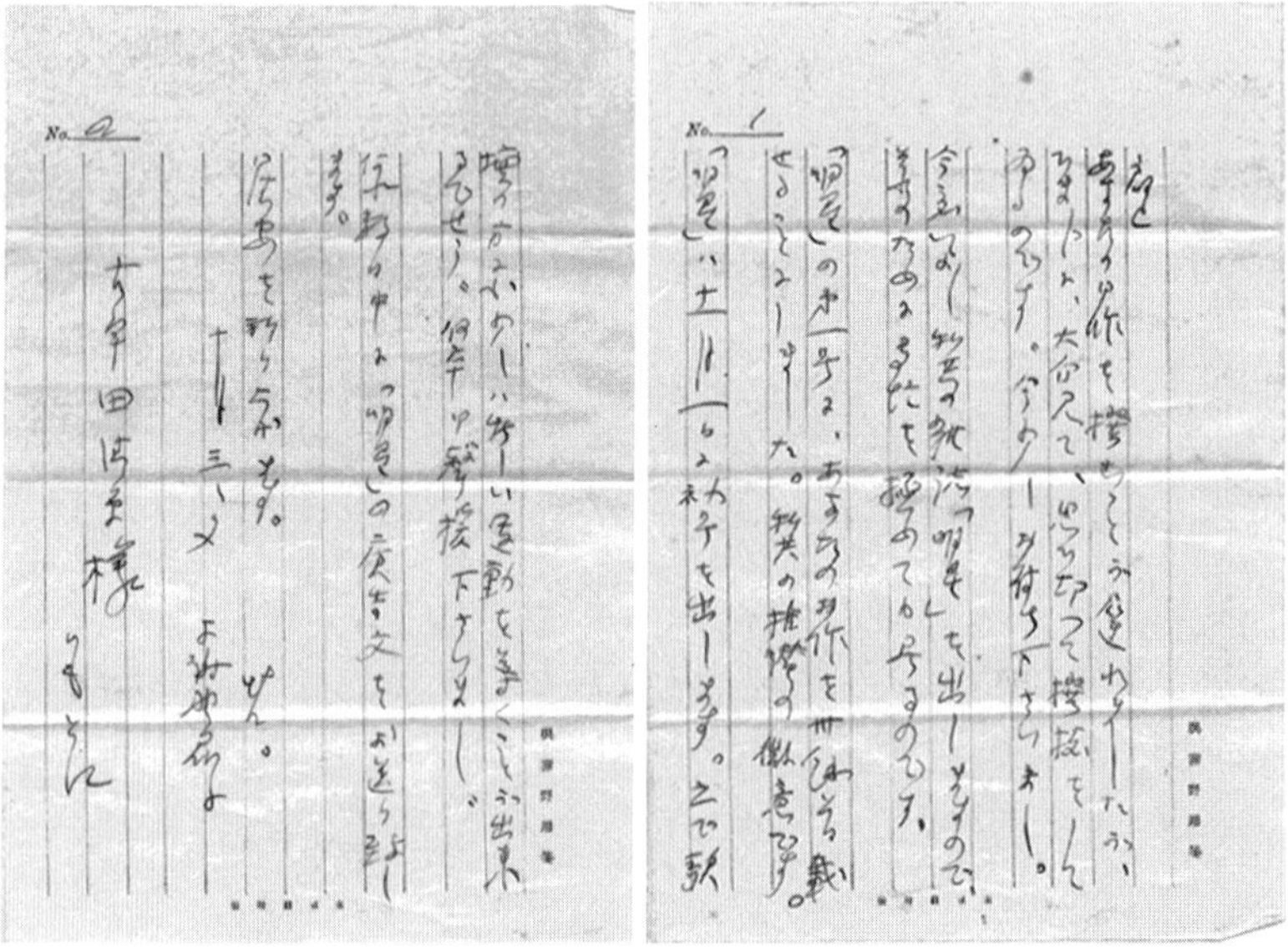

⑥大正十年十月十九日
（印刷封筒）

表

消印　大正十年十月十九日　　九段

宛先　盛岡市大沢川原小路

古宇田清平様御もと江

裏

東京市麹町區冨士見町五丁目九番地　與謝野方

「明星」發行所

電話　九段二一一〇番

与謝野寛

晶子（自筆署名有り）

巻紙・毛筆

啓上

ご清安を賀上げます。

先日は御芳書と共に過

大なる御礼を頂き忝く存じます。御辞退致すべきですが、只今雑誌のために必要な時ですから、出版費に使用します。茂重にも御礼を申上げます。お作は大半朱をいれましたが、猶全部を拝するまでには半月ほど時間を下さい。只今「明星」の校正や雑務に両人とも追はれてゐますから。

明星の誌代も御送り下されし拝受しました。

初号から二三号までは不完全でさうが、おひ〳〵

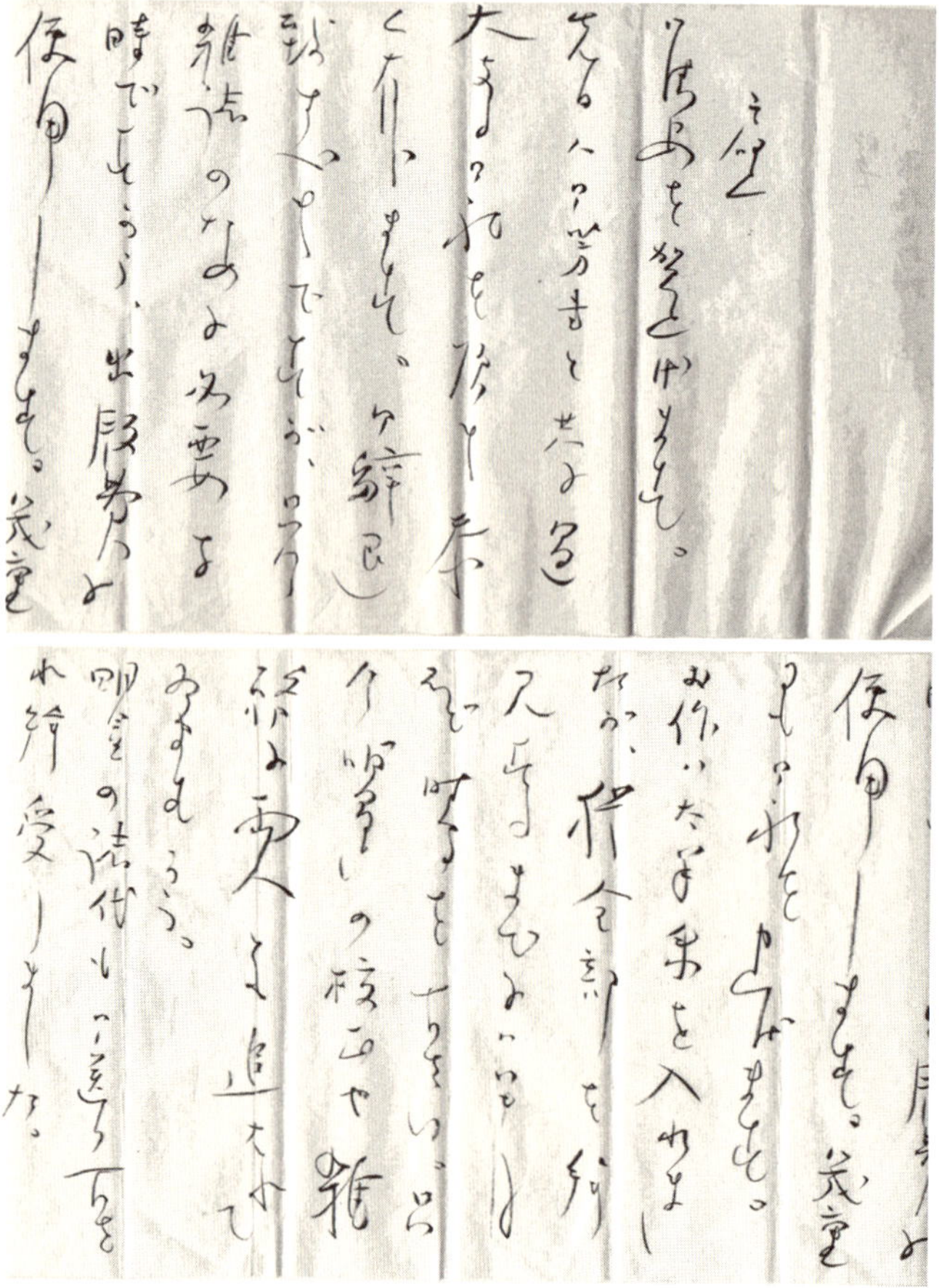

好いものが掲載されると
信じます皆々非常
に元気ですから。
延れながらのご挨拶を
申上げます。

艸々

十月二十日　寛
晶子

古宇田御兄おもと江

以上二通の書簡のうち、⑤大正十年十月三日の書簡の通り、清平の歌は『明星』に三十四首掲載されている。つまり、「三十余首」『明星』に掲載することは同年十月までには確定していたと考えてよいだろう。清平の歌が掲載されることは、清平宛書簡⑤の二日後に、後藤是山に宛てた書簡でも明示されている。

○大正十年十月五日　後藤是山宛寛書簡（注29）

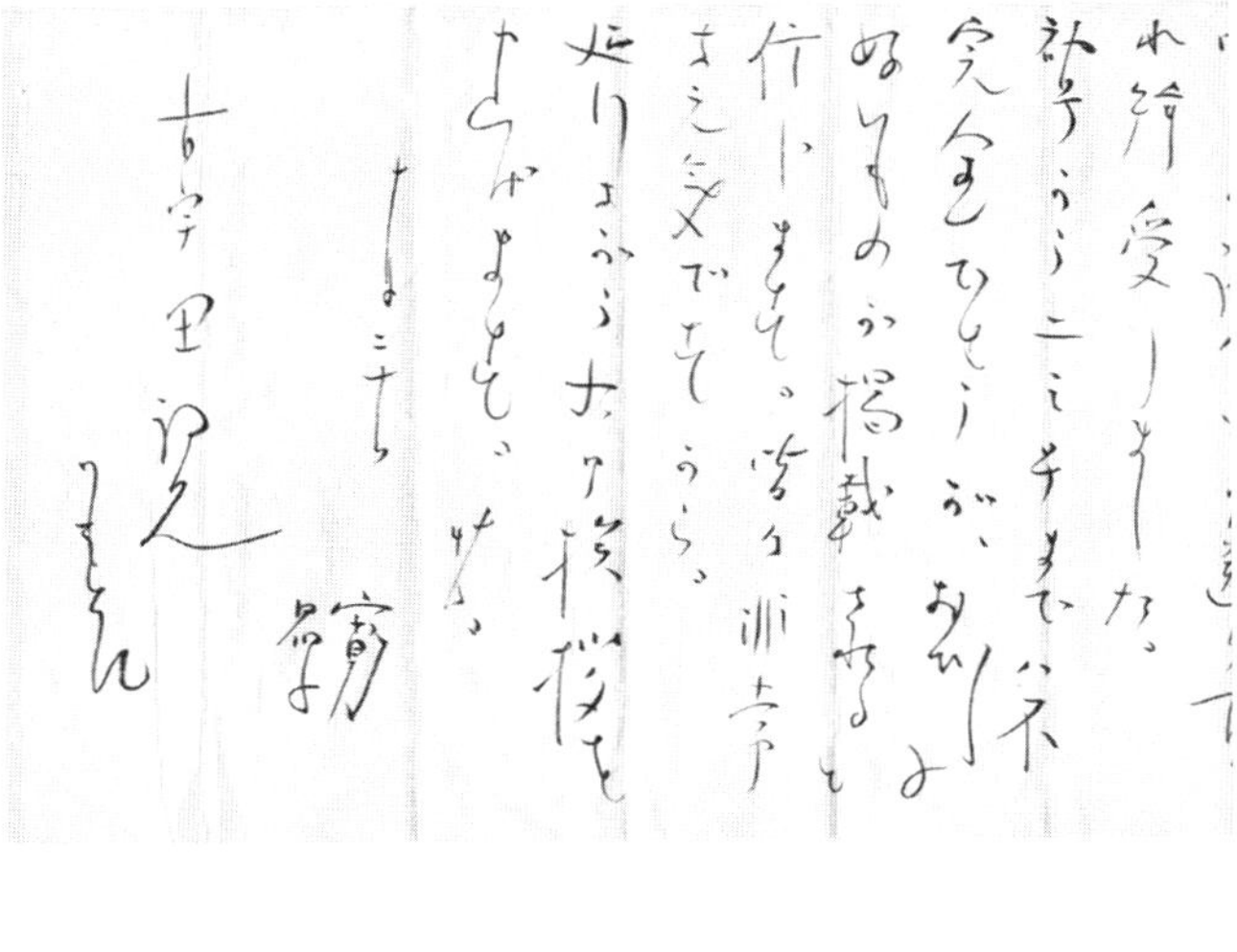

啓上「明星」のために御喜び被下忝く存じます。大兄の御作も之を機会に全日本的にしたいものです。別帋のごとキものを両三日中に五十部ほど送りますから、何卒御配布下さい。（中略）

初号にハ皆が気ばかりアセッテ居て、手が伴ひませんから、面白き出来ばえに行かぬかも知れませんが、原稿は沢山集まりました。森先生ハ　プラトンからマルクスまでの思想の御批評を長くつゞけてお書きになります。初号はプラトンが出ます。刑法学者の牧野英一博士や理学者の寺田寅彦博士の随筆なども出ます。与謝野晶子、吉井勇、平野万里、長崎豊太郎、四人ハ各々「短歌百首」を公にします。北原白秋君ハ久振りに詩廿五章を作りました。荷風、柏亭、春夫、潤一郎、諸氏の散文、光太郎、薬風、蕭々、寛、米次郎等の諸人の詩、行雄、中原綾子、白仁秋津、真下喜太郎、後藤是山、古宇田清平、正宗敦夫、赤城毅、渡辺湖畔数氏の歌、武郎氏のホイットマン、薬風氏のアナトオル・フランス等の訳を初め、訳文も集まりました。画の方も相当によろしい。

久振に忙しいので、ゆつくりと手帋も書かれません。

御健安を祈ります。艸々。

この様に書簡を見てきたことで、『明星』に清平の歌が掲載される過程について知ることができたので、ここに整理して示したい。

② 大正九年十二月　清平宛書簡

「明星」と云ふ雑誌を復興しましたら、あなたを同人に推薦したい。

③大正十年二月十五日　清平宛書簡
「明星」への御作は三月十五日までに御送りを願ひます。

④大正十年十月三日　清平宛書簡
「明星」の第一号はあなたのお作を三十余首載せることにしました。私共の推讃の微意です。

○大正十年十月五日　後藤是山宛寛書簡（注30）
清平宛書簡原稿は沢山集まりました。（中略）行雄、中原綾子、白仁秋津、真下喜太郎、後藤是山、古宇田清平、正宗敦夫、赤城毅、渡辺湖畔数氏の歌（後略）

つまり、大正九年の末には明星復活の機運が高まり、その実現に向けての具体化がなされる過程において、清平の短歌を採録する意向が少なくとも、寛・晶子の間では決定がなされていたと理解できる。そして、翌十年二月には出版の資金繰りの一翼を清平も担い、『明星』原稿の依頼が正式になされたのである。

しかし、当代の歌壇や文壇には清平の知名度がおよそないといった現状からか、白秋や白仁秋津や渡辺湖畔、小林政治宛の寛・晶子書簡（注31）には執筆者を紹介しながらも清平の名は見ることが出来ない。しかし、復活した第二次『明星』「一隅の卓」で清平とともに名前が紹介されている後藤是山に宛てた大正十年十月五日の寛書簡（注32）においては、清平の名が執筆者として初めて紹介されている。

さて、このように清平の歌が『明星』に掲載されるということは投稿時代の清平が、寛・晶子の元で短歌を詠む力を着実につけ、両人も大いに認める人材に成長したことにほかならない。（自費ではあるが）歌集の出版を寛・晶子に勧められ、歌稿の添削指導を受ける中で当然、寛や晶子の求める短歌を詠む力が養われたに違いない。だからこそ清平の歌集の「序」を晶子は請け負うことを約束したのだろう。また、『明星』復興の広告の中に「願はくはこの雑誌を介して誠實なる新しき友人を未知の同好に求め、以て精神的の交感を得たいと思ひます。」の一文があるが、まさに「誠實なる新しき友人」の第一番目に当たる人物として清平が考えられていたのではないだろうか。

更に、清平が単に優秀な投稿家という存在ではなく、農業人でしかも、日本の最新の知識と実行を伴う農業技術者であったことが、寛・晶子の清平に寄せる期待を高めたのではないだろうか。それは第二次『明星』の発刊意義とも関わってくる。つまり第二次『明星』が「生活の全部」に触れるもので、『明星』の内容も執筆者も文学者芸術家に限っていないのである。この観点から、清平が短歌の世界のみに生きているのではなく、日本の農業のオーガナイザーとしての役割を果たしていることが、『明星』に招き入れたい要因として、大きく左右したのではないだろうか。農業人であること。

さて、『明星』の復活は寛や晶子にとって満を持して納得のいくものとしての仕上がりはないままに、いわば見切り発車的にそのスタートを切るに至ったことは大正十年十月五日後藤是山宛書簡の、（注33）「初号にハ皆が気ばかりアセツテ居て、手が伴ひませんから、面白き出来ばえに行かぬかも知れません」や、清平宛書簡⑤の、「初号から二三号までは不完全でさうが、おひ〳〵好いものが掲載されると信じます」

更には『明星』復興の広告で、「同人相互の草紙として気長に漸次の發達を期します」

などと述べていることからも明確である。より質の高いものをめざし、妥協して現状に目をつぶることなく、進歩して行こうする寛・晶子の『明星』復活に対するまじめな姿勢を表していると共に、『アララギ』主流の歌壇において、新詩社の同人達からの発表の場を求められて、何とか早く、『明星』の復活をしなければならないという寛・晶子の一種の使命感故の焦りのようなものが表れているのではないだろうか。

注1・4・5・6・11・14・16・17　古宇田清平『短歌と随筆　自然を愛し人間を愛す』（昭和四十四年、浅間嶺発行所）
2　与謝野晶子「晶子歌話」（『定本　與謝野晶子全集　第十三巻　短歌評論』昭和五十五年四月、講談社）
3・9・10・12・13・15　与謝野晶子「歌の作りやう」（『鉄幹晶子全集　十五』勉誠出版、平成十六年十月）
7　入江春行『晶子の周辺』（昭和五十六年十一月、洋々社）
8　円地文子「詩人の肖像」『新装　日本の詩歌4　与謝野鉄幹・与謝野晶子・若山牧水・吉井勇』（二〇〇三年六月、中央公論社）
18・19・20・21・22・23・24・25・26・28・29・30・31・32・33　逸見久美『与謝野寛晶子書簡集成　第一巻』（二〇〇一年七月、八木書店）
27　『新編　日本国語大辞典』（小学館）

第三章　清平の第二次『明　星』時代（大正十年十一月～昭和四年）

第一節　第二次『明　星』発刊意義

清平は『摘英三千首』と同様に、期待の新人として第二次『明星』紙上に登場をしている。先ず次の第二次『明星』第一巻第一号目次を見ると、その執筆にいたっては、当代文壇の重鎮に加え、芸術やその他、社会学、理学、などといった領域で活躍する学者らも当たっていることがわかる。

第二次『明　星』第一巻第一号　目次

俳　句	高濱虚子
雨に打たるるカテドラル	高村光太郎
法律を取扱ふ心持	牧野英一
愛憎篇	中原綾子
火のおもひ	山名敏子
ブルツクリン渡船場を横りて	有島武郎
岐路の花	長島豊太郎
はぶ草	石井柏亭
経帷子	野口米次郎
旅に愁ひて	渡辺湖畔
薄苛野葉	真下喜太郎
きりぎりす	竹友藻風
未来派舞踏の宣言	マリネツティ
新戦場を観て	尾崎咢堂
第一歩	正宗敦夫
詩十三章	深尾須磨子
人　に（作曲）	荻野綾子
装飾の遠慮	西村伊作

山の雨	白仁秋津
火山砂	後藤是山
落葉抄	高木藤太郎
シルエストル・ボナアルの罪	竹友藻風
海上より	赤木毅
青涙集	古宇田清平
そ　れ	茅野蕭々
海のささやき	高安やす子
秋の夜	伊藤伊三郎
「愛撫の庭」より	柳澤健
寒　鴉	松永周二
花　束	植田あや子　高安綾子
仏蘭西の俳諧詩	与謝野寛
「太陽と薔薇」と「火の鳥」	平野万里
ソヰエット露国に於ける音楽	フロメジヤ
ヴアヅキンに就て	中川紀元
メキシコに於る婦人運動	寺田初代
野口米次郎氏の選集	竹友藻風

梅茂都流の舞踏を観る　勝本清一郎
消　息
愁人小曲　与謝野寛
一隅の卓

このように、目次を見ると、幅広いフィールドで構成されている内容が、第一次『明星』との相違点であり、『明星』復活の広告や『明星』の編集雑記である、「一隅の卓」で寛の言うところの「高級にして、高雅優美なる文學、美術、哲學、科學、音楽、建築、婦人問題等の雑誌」で、あるのだろう。すなわち、このような理想を掲げる雑誌、『明星』で、清平の歌が評価されたことは、第二次『明星』発刊の意義と深く関わってくるのである。その、第二次『明星』の発刊意義を求めていく上で、先ずは、第二次『明星』第一巻第一号にこの『明星』復活について述べた、寛・晶子の記事を次に提示する。

「一隅の卓」より

x私たちの先輩や友人の間に小さな同人雑誌が欲しいと云ふ事は四五年来の希望であった。雑誌が無いと自然に怠け癖が附く。書く機会が特に與へられないと書きたいことがあっても書かずに仕舞ふ。また断えず新聞雑誌に書いて居る連中でも、仲間の雑誌に載せる風に勝手気儘なものを書く具合には行かない。發行者の注文とか新聞雑誌の性質とかを顧慮して筆を執るのと、自分の内からの要求の儘に他人の思はくを考へないで自由に書くのとは、書く人間の心持が大分にちがふ。この後者の必要を満たすために、茲に愈々この「明星」を復活して出すことになった。

x「明星」には窮屈な主義乃至主張も無い。唯だこの小さな草紙の上で、行く人かの同人が之を機縁に益々人生と学問芸術とに対する愛を深め、誠実と敬虔と刻苦とを以て特殊な各自の自由な表現を試みたいと思ふばかりである。言ひ換れば、学会と芸術界との一隅に、自由にして気楽なる縦談の座を設け、各自の気儘なる述作を持寄って相互の鑑賞と批評とを楽しまうとするのである。若しこの韮迫な草紙を介して我々が未知の同好の間に新しい精神的の交友を得ることが出来るなら望外の幸である。（編輯同人）

（中略）

□之より先き、出版費の事に就ては同人中の或人達の多大な厚意から或程度までの基礎を持つことになつ居ました。それから此様な體裁にするためには、王子製紙会社の厚意で新型の用紙を漉くことが出来、また表紙も新型に由つて毎号山田商会の福井県の工場で日本紙を漉いて貰ふことになりました。

（中略）

□「明星」の内容は狭く限ることを好みません。私達は生活の全部に触れたいと思ひますから、必ずしも芸術に偏せず、すべての思想と学術に亘り、雑駁でない研究と紹介とをも併せて試みたいと思ひます。内外の労働、経済、教育、婦人問題等にも触れる積りです。

（中略）

□また私達夫婦の名で一部の人達へ配布した「明星」復興の刷物を読まれて、十二冊分の前金を早速振込んで下さる方が続々とあります。

（中略）

□私達の宅に以前から新詩社短歌会と云ふものがあります。今度の「明星」はその新詩社から出すのでは無いのですが、その短歌会の作物で特に佳いと思ふものは「明星」の方に推薦して載せようと思ひます。本号に載せた後藤是山、山名敏子、古宇田清平三氏の歌はその最初に新詩社から推薦したものです。
□「明星」の初号は急に出すことになりましたので、内容にも體裁にも意の如くならなかつた所があります。追々に皆が力を合せて好くして行く積りです。兎に角、この形の雑誌は―外国には澤山ありますが―我国には只今の所「明星」が一つあるだけです。

（中略）

□猶餘白を借りて私一人のことを書かせて頂きます。私はこの十数年間いろいろの新聞雑誌に頼まれて筆を執って居ましたが、「明星」と云ふ同人雑誌が出来たのを機会に、出来るだけ他の雑誌への執筆を断り、専ら本誌にのみものを書くやうにして、心身両方の静養を計る時間を作る積りです。（晶子）

この「一隅の卓」から近藤晉平は「第二期『明星』以降の寛・晶子の心境」（注1）のなかで、晶子の考えた第二次『明星』の意義を次のように解している。

第一に、単なる短歌の同人雑誌というよりも、いろいろなジャンルの人が自由に投稿できる雑誌であると言うこと。第二に、新たな文学運動を起こすことを目的とするものではなく、いわゆる同好者の集まりという肩の凝らない性格の雑誌であること。第三に、建前を全く度外視して自己の内面から自然に発生した創作意欲に忠実に、自由な発想で表現することを拒まない、リベラルな雑誌であること、の三点である。

近藤の指摘する「新たな文学運動を起こすことを目的とはしない」と、言った点については、全く新たな文学運動を意識していなかったとは言い難い。この点については、清平宛て書簡などを提示して先に述べた通りである。少なくとも視点を文学に限らず生活全般に広げるならば、リベラルを実践することで、その結果として、生活の質の向上となり、個人の人格の充実が進むのである。これが第二次「明星」の目指したものの一つであることはまちがいないだろう。

また、紅野謙介は「運動体としての第二次『明星』―与謝野晶子の〈文化主義〉をめぐって」(注2)の中で、寛と晶子の『明星』の意義の微妙なズレを指摘しながら晶子の説く『明星』の発刊意義を明確に表している。

創刊号には両者の微妙な違いが出ている「『明星』編輯同人」(与謝野寛)は「發行者の注文とか新聞雑誌の性質とかを顧慮して筆を執るのと、自分の内からの要求の儘に他人の思はくを考へないで自由に書くのとは、書く人間の心持が大分にちがふ。と書いた。そのために「小さな同人雑誌」が欲しいと話し合ってきた。したがって「『明星』には窮屈な主義乃至主張もない」。しかし、第一次『明星』に比べても、むしろその「自由にして気楽なる放談の座」というスタイル自体が重要だったはずだが、そのスタイルこそが「主義乃至主張」であるというレベルの異なる思想が寛にはうまく言語化されていない。

（中略）

彼女にとっては雑誌を発行することが、なにを書くかだけでなく、どのようなモノと労働の成果を集めるかということに結びついたと考えられる。

晶子のいう「生活の全部」とは、日常生活をそのまま指すものではないのだ。むしろ、言葉による表現をとりまく、言葉ならざるもの、概念化されることのないまま、消費社会の入り口のなかで変容しようとしている物質的なもののモノ、そしてそれらとの関係を指しているといっていいだろう。（中略）文学や芸術を愛しながらも、文学や芸術をめぐる言説にふりまわされることを回避する健康さが晶子にはあった。

（中略）

私たちは、〈文化主義〉や〈文化生活〉という言葉をリップスやそれを翻訳した阿部次郎を通して知っている。しかし、その具体的な実践をめざしたものを与謝野晶子のほかに知らない。少なくとも彼女は「生活」の地平を手放すことなく、文学を語り、その出版にいたる公共化を目指した。絵画を愛して、ザッキンの展覧・即売会を開催した。文化学院の学監をつとめ、女性の政治集会参加の自由を求め、治安維持法の改正を訴えた。まさに文化が具体的なモノのかたちをとってあらわれ、現実化する局面においてさまざまな政治的葛藤を引き起こすことを承知のうえで取り組んだのである。第二次『明星』はその実践の一つであり、協働の作業そのものであったにちがいない。

〈文化主義〉の運動体として第二次『明星』を捕らえなおすこと。それはとりもなおさずこの雑誌の文学的意義を低いとするような、「文学史」概念そのものを批判的にとらえなおすことにそのままつながるだろう。合理的かつラディカルな〈文化主義〉。むろん、そこに市民的原理の限界を見出すにしても、私たちはそれを廃棄するには、まだ十分に再利用しきっていないのではないだろうか。

以上のように、紅野の指摘するところの「リップス」の思想が既に晶子の中にあったことは大正八年十月『晶子歌話』の中で「歌を作るに最も大切な修養は何か」の項で指摘しているので提示する。

人間として深い愛情を持ち、博い思想を養ひ、複雑な社会的経験を重ねることです。一言にして云へば完全なる人格者として生きるために努力し、苦闘することです。豊富な内面生活を持たないで、豊富な感動が湧く訳は無く、高遠な理想旺盛な熱情、尖鋭な観察、敏活な感覚が無くて、優れた詩歌が生まれる筈がありません。リップスは言ひました。「何事をも意味せぬ饒舌は愚若くは滑稽を意味して居る」と。この意味は、人格価値の表現でないものは芸術で無いと云ふことです。リップスはまた云ひました。「生活そのものが萎縮するとき彼の芸術もまたその食養を失ふ。生活は芸術の根であり、芸術の命である。根底となる生活を開拓せざるとき、如何にして芸術のみ独り栄えることが出来よう。凡そ芸術の進歩の条件は二重である。─よき生活と、よき表現と。生活の深みが表現の能力と共に平行して進歩し行かざるとき、彼の芸術は彼らに達者となるのみである。此処に芸術家が芸術のみに生きることの危険がある」と。私は之を思うて戦慄します。歌を作るには何よりも人間として偉大になることに努力しなければなりません。乏しい現在の自己の範囲に停滞して同じやうな感動を繰り返して居るなら、その歌に少しも進歩が無く、歌は消閑の遊戯に堕落して仕舞ひます。（中略）私達は自分の内にある人間性の修養と鍛錬とについて刻苦しなければならないと思ひます。この意味から私は従来の芸術家気質の或物に極力反対します。即ち芸術の中に没頭して、歌人は歌ばかり作り、俳人は俳句ばかりを作って、実社会の外に逃避し、孤立するやうな態度は私の好まない所です。私は進んで現代の人類の共同生活に参加します。さうして、現代の生活を享楽しながら、更に之を改造して一層すぐれた文化生活を未来に建設する理想主義の事業にも努力の分与をしようと思ひます。(注3)

このように、晶子は、リップスの「生活は芸術の根であり、芸術の命である」こと。「芸術家が芸術のみに生きることの危険」を引用して、狭い社会、つまりは日本社会にのみその思想の根源を求めることなく、世界規模、人類規模のいわゆるグローバルな視点、グローバルな価値観を求めようとしているのではないだろうか。そして晶子は続けて「私は進んで現代の人類の共同生活に参加します」と、説いているのである。

この晶子の説く『明星』の意義に対して、寛の説くそれは「学会と芸術界との一隅に、自由にして気楽なる縦談の座を設け、各自の気儘なる述作を持寄って相互の鑑賞と批評とを楽しまうとするのである。若しこの韮迫な草紙を介して我々が未知の同好の間に新しい精神的の交友を得ることが出来るなら望外の幸である。」と、述べていることから、同好間の友好にその意義を見出しているかにも受け取れるのである。しかし、この点について中皓は、

短歌に限定しない、高踏的な、暢びやかな、芸術的雰囲気の濃厚な雑誌を目指していた。当時のジャーナリズムの埒外に在って、各自の好むところに従って、芸術的雰囲気を楽しもうという高踏的態度は寛の歌壇的敗北意識の表れではなく、前々からの寛の憧憬であり、希望であったのである。(注4)

と、『明星』は「高踏的」かつ、「暢びやか」な各人の芸術吐露の場を目指したものであることを示している。中晧の「芸術」に限定した点についてては『明星』「一隅の卓」で寛が「人生と学問芸術」と、述べていることから、「芸術」から「人生と学問」にまで広げる必要があろう。しかし、「高踏的」で「暢びやか」な態度は実は色々な事象を吸収し得る柔軟な態度である。つまりリップスから晶子が見出した「乏しい現在の自己の範囲に停滞しない」ことや「実社会の外に逃避し、孤立するやうな態度をとらない」ためにはこれは必要不可欠な態度なのだ。

つまり、寛と晶子の基本的な『明星』意義は同一の方向性である。しかし、紅野の指摘する晶子と寛のズレは確かに認められる。それは方向性のズレではなくて、リップスの「生活」の思想の深化の度合い、温度差によるものであろう。晶子は確かに『明星』そのものをさらにその先に一歩踏み込んで、生活と人格の実践修養の場として、ひいては紅野謙介の説く「文化主義の運動体」としている。しかし一方で、寛が「精神の交流」を説くに留まっている点からも明らかである。

さて、第二次『明星』の発刊意義に関わる諸説を述べてきたが、これらをまとめると、第二次『明星』発刊の意義は、生活の中において文学芸術を始めとする学術全般、ひいては「文化」を、各人がより身近にし、それを取り込み、更に生活の中にこの「文化」を還元することで同人の、そして世の中の、文化的質の向上を目指したのだろう。各人の生活環境によって、各人の持つ「文化」は種々雑多である。そうであるからこそ、他者への積極的な働きかけ、つまり第二次『明星』への投稿に限らず、第二次『明星』に関わることを行う、それは例えば第二次『明星』の製本に、新しい印刷や製紙の技術を用いることや、新しい販売体制（直接購買制度）の確立なども、その一つの形であろう。これらによって、第二次『明星』に自身の持つ「文化」を提示し、また、他者の「文化」を第二次『明星』のあらゆる部分から得て、自身の「文化」を更に深化する。そして、互いに「文化」を深化しあっていくことで、同人個人の、そして『明星』に関わる人々を出発点として、社会の更なる「文化」の進歩を目指すと言う、非常に生産性の高い活動が第二次『明星』の発刊意義だと考えられる。

さて、以上のように、第二次『明星』は大変に大きな発刊意義を持ってスタートを切ったのだが、寛・晶子とともに、第二次『明星』の復活は果たすものの、その一方では納得の行く完成したものではなかったことは既に述べた。発刊意義からすると、雑誌の巻数を重ねるごとに、ともに「文化」の成長が得られていく仕組みであるから、復活第一号から、完璧に納得できる充実した雑誌が完成できなかったとしても、それを踏み台にしてより高次なものに成長させて行けば良いといったことになる。
さて、多くの労力と資金とをかけて復活した第二次『明星』は復活後、どのような道を歩んでいったかを次に述べていきたい。
大正十一年二月二十日　渡辺湖畔宛の寛・晶子書簡(注5)によると、

さて「明星」もどうやら今の處ハ経済上の不安が無いやうです」、「取りあへずお出しくださった半額を諸君へお返しすることに致します。

と、どうにか経済的局面は乗り切った感が得られる。しかし同年十一月五日　後藤是山宛て寛書簡(注5)には、

「明星」の財政がいつも不足しがちなので、妻が苦労してゐます。五六千も売れながら、印刷費が高いので、毎月三四百圓の不足です。併しよいものさへできれバ何物にも代へがたキ楽しみがありますから、どうにもして金を作り持続して行キます。

と、既に財政難を訴えてはいるが、切実なものは寛にはないようである。一方、翌月十二月十四日、深尾須磨子宛晶子書簡(注6)には、

夏以来ある時には千円くらゐも足らなくなるのでございます。私の家を建てむと申して居り申して居りましたものも皆使ひました。

と、身代を取り崩してまでやりくりしている台所事情が示され、かなりの財政難であることが理解できる。その後、益々の財政難が続き、更には震災で大打撃をこうむるのである。

一方、その内容や評判に関することが、大正十一年の三月十日渡辺湖畔宛寛書簡(注7)では「日本の歌人ハ世界的に何も知らぬ連中ばかり」と評して、

世間でハますく「明星」の歌を馬鹿にするでせう。大分、目のカタキにしてゐると云ふ評判です。我等ハ、そんな低級な名誉心ハ持ちません。自らの不足を耻ぢつゝ、修養刻苦したいと思ひます。

と、世間にすんなりとは受け入れられていないことを述べながらも第二次『明星』の発刊意義に基って強い信念を揺るがすことなく励んでいく決意が述べられている。書簡中で「世間」とあるが、文脈からここでは「何も知らない日本の歌人」を指すのであろう。

また、これら以外にも、

同月二六日北原白秋宛寛書簡(注8)(推定)

おかげて四月號の「明星」ハよいものが出来上がり相です。

同月二十八日加野宗三郎宛寛書簡（注9）（推定）

「明星」も豫想外に發達して参ります。出来る範囲に於て高級なものにする積りです」

同年五月三十一日、白仁秋津宛寛・晶子書簡（注10）

「明星」もおかげで、どうやら發達して行きます。御作を頂キましたが、もっとご奮發下さい。何分、世の中の目が「明星」の歌集に集ってゐる気がしますから。お互い出来るだけ新しい価値を持った作を出さねバなりません。皆々煩悶してゐるのです。

などと、「明星」の発展には個人の発展向上が不可欠であることが述べられている。

そして、大正十二年五月十五日後藤是山宛寛書簡（注11）では『明星』の財政難の進んだことの重大さが寛にも分かり始めたことが示されている。

と云つて、体裁を悪くして、ホトトギスのやうに小さく堅まつてしまふのもイヤです。今のやうなものを出すのでなければバ存在の意義がありません。（今の程度でも小生どもの理想にハ非常に遠いものです）

（中略）

恋の次は芸術、それがあれバ貧乏ハ大して苦になりません

と、『明星』存続の危機にありながら、その意義を貫き通そうとする姿勢を保っている。しかし実際には資金調達に時間を割かれ、大正十二年七月五日徳富蘇峰宛寛書簡[注12]においては、

雑誌が費用の方の負擔に苦労を要し、肝腎の述作の方にハ力を入れ候余裕を失ひ、不本意なる次第に御座候。

と、こだわり続けていた発刊意義からは離れてしまっている苦しい胸中を吐露している。この大正十二年七月五日徳富蘇峰宛寛書簡の約二ヶ月後、関東大震災によって寛・晶子は被災して、第二次『明星』は休刊に追い込まれるのである。しかし、大正十二年の十二月末ごろから、早くも翌年十三年四月に再刊をめざし、結果、六月に再刊となるのである。このことは清平宛て寛・晶子書簡⑩大正十二年十一月十三日にも「「明星」は明春二三月まで休刊します」と記されていることからも理解できる。

⑩ 大正十二年十一月十三日（推定）

封有・消印不鮮明

表　宛先　山形県最上郡戸沢村最上分場

古宇田清平様

裏　東京市麹町區富士見町五ノ
与謝野寛　晶子

半紙・毛筆

古宇田清平様

啓上

御栄転のお知らせを拝し、お喜び申し上げます。東京より又々遠くおなりなされた事と思ふと、淋しい心地も致します。

「明星」は明春二三月まで休刊しますが、お歌はお止めなされぬやうに祈上ます。

冬に向かひます。ご清安を祈上ます。東京はトタン屋根の不愉快な市街となりました。

十一月十三日夕　寛　晶子

（推定）大正十二年十一月十三日

（推定理由）清平の最上分場への栄転は大正十二年十月二十

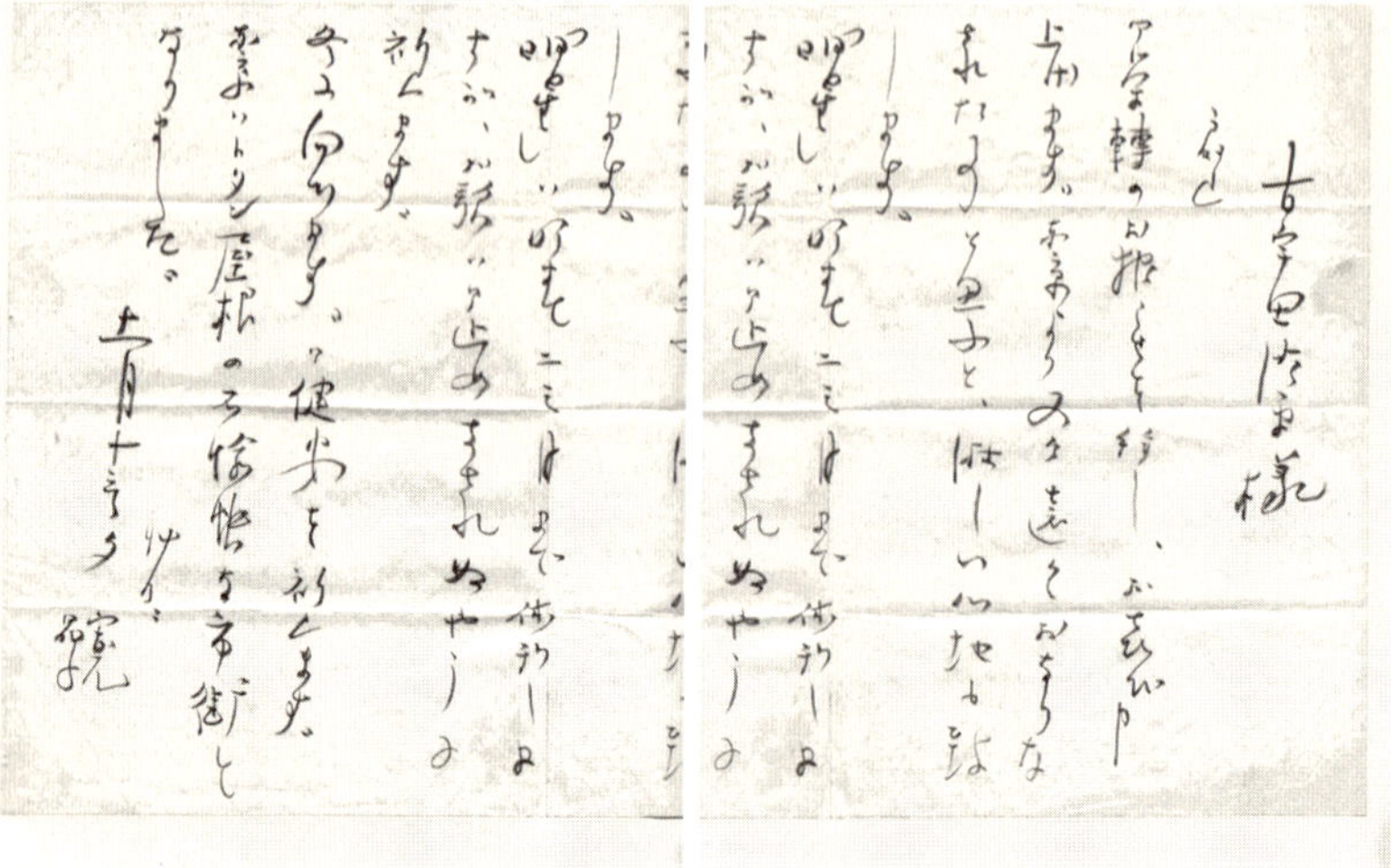

四日である。

ところが、予定していた大正十三年四月には『明星』は再刊できなかった。再刊が果たせたのは大正十三年六月となった。

また、『明星』再刊後の大正十四年夏には、「『明星』購読の広告」が、「「明星」同人を代表して」といった差出人で作られた。この「明星」同人には寛・晶子を筆頭に、木下杢太郎、石井柏亭、茅野蕭々、永井荷風、高田保馬、日夏耿之助、西村伊作、尾崎咢堂、正宗得三郎、竹友藻風、平野萬里、萬造寺斎、渡辺湖畔、新居格、白仁秋津、関戸信次、堀口大学、中原綾子、関口冬子、伊藤伊三郎、川上賢三、松永周二、赤木毅、清水卓治、高木藤太郎、深尾須磨子、荻野綾子、古宇田清平、後藤是山、吉田精一、南江次郎、以上三十三名の同人の名が上げられている。大正十年の「明星」復活の広告には無かった名前も古宇田清平を始め、多く見られている。さて、その広告には第二次『明星』の発刊意義が随所にちりばめられて記されている。

世間多数の営利雑誌以外に立つて、学問芸術の創作、研究、翻訳、紹介等を発表するための機関として、大正十年に再興いたしました。然るに森先生のご逝去に遭ひ、また大震災に由つて八箇月の休刊を余儀なくする等の事態を閲みしましたが、私共は其れに由つて「明星」の志を挫折すること無く、ますます森先生の遺業を擴充する精神を以て本誌の編輯に当つて居ります。

「明星」は細心精緻の学風を守り、清新典雅の芸術を創めやうとするものです。猶常に視野を世界に置き、それに由つて、得たる標準を以て内外の思想と芸術とを鑑賞しようと心掛けて居ります。また、内外の一般近代主義を看守するに敏感であると共に、姑くも内外の古典主義に対する教養を怠らないものです。されば『明星』は必ずしも外国思想に盲従せず、また自国の作品に誇大の評価を附せず、唯だ専ら最高處に立つて慎重にその醇正なるものを選択しようと思ひます。

右の如き精神に立脚する「明星」が、雑誌として「一般向」で無いこと、「通俗的」で無いことは言ふまでもありません。従つて我国の現状に於て多数の読者を得ることは絶対に不可能です。

「明星」とは同人誌ですから、一行一句と謂も売文のために書かれたものを載せて居りません。執筆者はすべて自己のまじめな述作を全く物質的報酬無しに喜んで提供して居ます。之は執筆者が「明星」のために常に拂つてゐる多大の犠牲です。

「明星」は絵画に於て、内外最新の作品より選択したものを挿して居ます。また用紙は我国に類例なき「明星」型を特に王子製紙会社で漉いて貰日、その紙質を精選して居ます。印刷および製本の出来上がりも亦善美ならんことに注意して居ます。かくして内容と体裁とを相持ち、たとへ百年の後にも保存するとも、他の凡百の雑誌と異り、多少の意義を留め得るものでありたいと期待するのです。かかる点にも何卒貴下の御同情を願上ます。

このように、大正十四年の広告を見ると、大正十年の第二次『明星』の発刊意義を継承しながらも、「世界」を強く意識している点などは、その意義に発展が見られている。それは「生活全体」といった語で表現されていた思想が、「一般近代主義」といった、より高等なものにスライドしていることだ。このことは「明星」が「一般的」でなく、「通俗的」でないといった、自覚の上に立脚していることを示す。大正十年時点では「学会と芸術界との一隅に、自由にして気楽なる縦談の座を設け、各自の気儘なる述作を持寄って相互の鑑賞と批評とを楽しまうとするのである」と、説いて、『明星』によって、学会や芸術界に強い刺激を与えられる希望があったが、現実にはそれが思いのほかの手応えであったために、とうとう自ら一般的でなく通俗的でない『明星』と位置づけ、「自由にして気楽な楽しみ」の発刊意義の影が薄くなるに至ったのではないだろうか。しかし、内容はもちろん、書店売りで無いといった販売形式、製紙、印刷、製本の特別技術、総じて「文化」を経済的には苦しくとも貫き通すことで当時一般的ではないにせよ、「明星」において体現している「文化」「一般近代主義」といったその意義を、歴史といった大きな時間軸の中で、残すことを考えていたのではないのだろうか。

第二節　第二次『明　星』での清平

前節でも述べたが、第二次『明星』第一巻第一号「一隅の卓」で「短歌会の作物で特に佳いと思ふものは「明星」の方に推薦して載せようと思ひます。本号に載せた後藤是山、山名敏子、古宇田清平三氏の歌はその最初に新詩社から推薦したものです」と、清平はその名前を具体的に挙げられて紹介されている。これは間違いのない寛・晶子の清平に対する評価の声である。大正六年『摘英三千首』の晶子序文（前出）にあるように多くの期待の新人歌人の内の一人であった清平から、清平宛晶子書簡②大正九年十二月十三日で、「只今の日本で、新しい歌人の中で、私はあなたの名を必ず数へたいと思ってゐます。」と、多くの新人歌人の中の一人から、選ばれし新人歌人となった。これが記念すべき第二次『明星』第一巻第一号「一隅の卓」で公にされたわけである。寛・晶子ともにこの第二次『明星』一号の出来栄えについては妥協を許すことなく、満足感を持ってはいない（前出）が、その発刊意義を考えると、第二次『明星』の充実は実に手間と時間の掛かるものであることが自ずと知れる。生活と文化の相関関係によって両者が深化し、高まることを意義とするならば、第二次『明星』で、それを体現するためには、実に多方面からの「文化」が必要だったのだ。つまり清平は『明星』の上では、新人歌人という立場であるが、その生活をみれば、農業界を技術的にもリードしていく立場であった。これは寛・晶子の欲した「すべての思想、学問」といった視点で見れば、清平は「農業」という「文化」を『明星』に提供するにふさわしい人材であったのだ。また、寛、晶子の生活の場である「東京」＝「都市の文化」に対し、清平の生活の場である「東北」＝「地方の文化」「風土」を意識していたのであろう。実際、大正十二年の冬に寛は清平に「北国の雪の話を、文化学院の学生らに聞かせようか（注13）」と持ちかけたことなども地方の文化、風土に対する意識の断片とは取れないだろうか。（しかし結果的に清平の雪の話は寛の発案に対して晶子の反応がなかったこともあって立ち消えとなってしまった）更に言を進めて言うならば、寛・晶子の地方や外国への「旅」「吟行」にもその関わりはあるだろう。ここで少し、寛・晶子の「旅」について論じておきたい。

まず寛については、『与謝野寛全歌集』（明治書院、大正八年）の自著の「与謝野寛年譜」の中に、明治三十七年夏に、

三宅克己・高村光太郎・石井柏亭・平野萬里・伊上凡骨諸君と赤城に遊ぶ。之を新詩社の吟行の始とす

とあり、吟行を意識的に捉えていることがわかる。また、同年譜で、第二次『明星』の復活の前年である大正九年には、

箱根に遊び、帰途小田原に北原白秋君の新居を訪ふ。新詩社の吟行に即日の実感を其日の中に歌ふことは従来も例無きにあらざれども、必ず之を実行することは実に此行より始まりて今に及べり。

と、吟行について「即日詠を実行する」と言っていることは大いに注目すべきことである。また、大正十一年後藤是山宛て寛書簡に、（注14）

同じところにゐて、同じやうな生活をしてゐてハ、良い感情も沸き上りません。近年しきりに貧乏な中から旅をしてみます

とあり、大正十四年三月の『明星』第七巻六号「一隅の卓」で寛は、

専門家臭くない生きた歌が出来る。（中略）作者の創造力を刺戟して感興を促進し、着想と表現とを自由にする。ことに生面の土地へ行くと、風物が新しいので、それに対して誰も素人の態度になり、成心無くして受容する

と、述べている。

一方、晶子についても大正十年十二月十九日内山英保宛晶子書簡で、（注15）

私共ハ旅をしないと詠めないやうな年頃になりましたので困ってをります。つまり都会にゐてハ歌になるだけの刺戟が無いのです。

と、寛と同様に述べている。

また「与謝野晶子と旅」(注7)で沖良機が晶子の宿泊を伴う旅の回数を調査したところ、「一九〇二年から一九四〇年までに一七二回」であると指摘して、旅の内容を次の五点に整理しているので提示する。

①都会の喧噪を離れて疲れを癒す旅
②招待による旅
③パリ―中心のヨーロッパへの旅
④自らが「旅かせぎ」として意識した旅
⑤寛没後の追憶の旅

となる。少し補足するが、

①は、晶子自身が求めた旅であり、②の短期間の旅の多くも同じ要素が強く、大正時代の「旅」に多い。この中で「満蒙の旅」は③の旅と同じように注目すべき旅である。③は晶子再燃の旅。(中略)④は②の旅の長期の旅で、昭和初期に多く、講演や紀行文等、新聞・雑誌等に寄稿を必要とした旅である。

以上の沖の整理によれば、第二次『明星』の頃の旅はおよそ②④の旅となる。そして沖はこれらの旅についてさらに説明を施している。

（晶子らを招く）地方の名士は行政の役人を動かし、寛・晶子を招待し、その土地の名所などを案内してそのすばらしさを歌に詠んでもらい、また、新聞に記事として載せてもらうことによって、町や村の紹介を期待するのである。その役割を晶子は甘んじて受けるわけである。それは知らない土地の風物に触れることにより短歌を詠む感興に繋がるからである。（中略）地元の人たちの気付かない新しいよさを歌に詠むのである。晶子の態度は無意識の内に町や村のよさを知らせてくれるものとなる。いわゆる、町おこし・村おこしの先駆と言ってよいものではないか。（中略）生活のための「旅かせぎ」が結果としてそういった（町おこし・村おこしの）要因を作ったのである。

つまり、寛・晶子の「地方」への旅は、一歌人としては、地方の文化や風土に触れて自らの創作の深化といった、効用が求められたであろうし、また一生活者としては、生きていくためには必要な資金の調達も得られたのである。そしてまた一方で、寛・晶子の「旅」が、彼らの訪れた「地方」にもたらしたものは、生活そのものである「町おこし・村おこし」であるし、『明星』誌上に吟詠が掲載されることで、その読者は、間接的ではあるが、自分の知らない文化や風土に接するのである。寛と晶子の「地方」への意識、「地方」との相方向的関わりは、第二次『明星』の発刊意義からも当然、寛・晶子の意識の範疇であったろう。

清平に立ち返っていうならば、清平が東北「地方」の農業人であるということも寛・晶子が第二次「明星」発刊意義から考えて、雑誌に迎えるにふさわしい人物と判断した事由の一つではないだろうか。

さて、第二次『明星』第一巻第一号で取り上げられた清平の歌は次に示す「青涙集」三十四首である（尚、便宜上、歌に通し番号を付与した）。これらは第二次『明星』に詠草として掲載されたものである。残念ながら、清平著書の「歌集の部」では、全歌が採録されているわけではない上に、清平自身が歌に対して注解を施していないので、それぞれの歌の背景などは詳細に知ることは現在は出来ない。

「青涙集」

1 秋風や七面鳥の怒りたる庭のかなたの高き白壁
2 風吹けば吹くに任せて行く所あるが如くにたんぽぽの散る
3 大空に白き日ありて情然と影投げて立つひと本の草
4 枕辺にわが起伏をしみじみと見むと云ふごと蟋蟀来た
5 冷やかに霧の這ひ寄る鏡にも秋の姿の映りたるかな
6 朝顔の花の少なくなりし如わが楽しみも末に近づく
7 燕の帰らずなりしわが軒の空しき巣にも似たる心ぞ
8 腰かけし石の冷たさかたはらの草吹く風は秋の風にて
9 愚かなる性かな心一人を思ふばかりに人を憎めり
10 絵かあらずこの世に生ける万人の中に見出でし美くしき人
11 赤々と夕焼けすなり彼の雲も水もとんぼも酔へるが如し
12 木には木のわれにはわれの淋しさを與へて寒く闇のひろがる

13 狂人の如く泣き且つ笑ひたる後の淋しさ人に知らるな
14 太陽に似たる君かなその君をわが見失ひ世の闇に泣く
15 ゆたかにも煙草くゆらす人のごと朝の木立の煙りたるかな
16 明るみを憂へる心薄暗きわがうつぞ身とかけ離れゆく
17 心なくわが味わひし青春の恋のいといと甘かりしかな
18 思ふ事すべて云ひ得し果のごと雪の明るく晴れし朝かな
19 悲しみの石を掘り得てよろこびの寶玉は皆埋れけるかな
20 初冬や左を向けど右を向けど寒き目ありてわれに見いやる
21 ふと来たる冬の日中の時雨にも似て時雨れけり君を見ぬ胸
22 恋人の門を歩みてただにわれ悲しみをのみ拾ひけるかな
23 君にあふ時近づけるうれしさにわが唇を漏れし口笛
24 快く涙湧くなりこの涙あふれ溢れて如何になるべき
25 苗代に静かに籾を蒔き下ろす朝の心の澄みとほるかな
26 思はれてある嬉しさかはた更に人を思へる嬉しさかこれ
27 答へんと待ちかまへたるやまびこのある心地して寒き谷かな
28 大木を切り倒したる時のごと明るく悲し君と別れて
29 うら若き瞳の如く灯ともれば習ひのごとく思ひ入るわれ
30 大空に呼び醒ませども清平の本心あはれ帰り来らず

31 清平が恋と歌とを分ち兼ね涙流すと云ふはまことか
32 わりなしや嬉しき時も憂き時もわが身に沿はぬ心なるかな
33 大空にわが憧るる心をば遮ぎる如く黒き雲湧く
34 鵞鳥等は羽搏きすれど飛び得ざるその悲しさに声あげて泣く

大正十一年十一月に復活する第二次『明星』に向け、清平は寛・晶子から「『明星』への御作は三月十五日までに御送りを願ひます」と、清平宛寛・晶子書簡③大正十年二月十五日（前出）で、歌を求められていることから、「青涙集」に掲載された歌は、大正十年二月から、三月にかけて寛・晶子の元へ出された歌である。本来の予定では、第二次『明星』の復活は、大正十年五月一日を目指していたのであるから、その時期にふさわしい歌を掲載するはずである。従って、「青涙集」で、四季の景物を詠み込んだものを取り上げて、季節に分けると次に示す通りである。（番号は、「青涙集」に付与した番号である）

春の歌　2　25
夏の歌　6　7
秋の歌　1　4　5　8　11
冬の歌　18　20　20　21

といった結果になり、圧倒的に秋冬の歌が多い。これは、単純に、三月に集めた歌稿であって、その当時に詠んだ歌が、たまたまタイミングよく時期がずれて十一月の掲載に及んだとは到底考えづらい。このことは、十一月に復活する『明星』の季節に合うように、歌稿の入れ替えなどが行われたと考えるのが、妥当であろう。実際、第二次『明星』第一巻第一号の目次を見ると、「きりぎりす　竹下藻風」「落葉抄　高木藤太郎」「秋の夜　伊藤伊三郎」「寒鴉　松永周二」など、十一月の季節に合ったものが掲載されているのである。

さて、清平の「青涙集」の「青涙」とは、恐らく清平の造語であると考えられる。この「青涙集」は清平の「歌集の部」(注6)では「青春譜」に所収されているものであるから、「青涙」の「青」は「青春」を表し、「青春の涙」といった意味合いを、清平が意識したと考えられる。また、「セイルイ」と同音の「声涙」、(感動して)涙を流しながら声を発するといった意味も持ち合わせているのではないだろうか。そこで、この「青涙集」といった詠草題に直接関わる「青」(青春＝青い＝若い)「涙」といった語に関連する語を用いている歌に注目して、見て行きたい。

13　狂人の如く泣き且つ笑ひたる後の淋しさ人に知らるな
14　太陽に似たる君かなその君をわが見失ひ世の闇に泣く
17　心なくわが味わひし青春の恋のいといと甘かりしかな
21　ふと来たる冬の日中の時雨にも似て時雨れけり君を見ぬ胸
24　快く涙湧くなりこの涙あふれ溢れて如何になるべき
29　うら若き瞳の如く灯ともれば習ひのごとく思ひ入るわれ
31　清平が恋と歌とを分ち兼ね涙流すと云ふはまことか
34　鵞鳥等は羽搏きすれど飛び得ざるその悲しさに声あげて泣く

13「狂人の如く」は青春の激情を歌ったものであろう。このような感情の起伏を素直に表現するところなどは、寛・晶子が認める「叙情」なのではないだろうか。この感情の激しさは青春の時、その渦中にあるからこそ詠むことのできる歌である。

14「太陽に」、21「ふと来たる」は恋する人が作者の身近にいないことを嘆くという点で同じ心境が詠まれている。恋する人が身近にいない時の絶望にも似た「世の闇」に入り込んでいく心境や、突然襲ってくる冬の時雨のような悲しみは青春ならではの心境ではないだろうか。

17「心なく」は、青春の恋を「いといと甘かりし」と歌うところなどは、浪漫的色彩が強く、晶子の星菫調の影響を大いに受けたものである。素直に「いといと甘かりし」と述べることなどは老成すればするほど、言えなくなる言葉ではないだろうか。まさに青春の時代、独特の素直な気持ちが表れた歌である。

24「快く」は、まさに「声涙」であろう。快く湧き上がる涙、とめどなく溢れる感動の涙とともに、その感動を歌という声に載せて、読者に届けている。詠草題と深く関わる歌と考えると、この歌の声涙は寛・晶子に認められ、第二次『明星』第一巻第一号で歌が掲載される喜びで流す嬉し涙を表現していると思われる。

29「うら若き」は、灯火の光を若人の瞳と捉え、その瞳（灯火）を見るにつけ、何かに思い悩む心境を歌っている。青春の苦悩であろうか。灯火が点らない夜はない。毎晩思い悩む作者の光景が浮かぶ歌である。

31「清平が」は清平という自身の名前を歌に詠み込み、「清平が」苦悩する心境を強調している。恋と歌とに苦悩する心境が表れている。清平が、何故、「恋と歌を分ちかねる」ことに苦悩するかは、晶子が「恋愛」の重要性を大正八年『晶子歌話』「私の歌を作る態度」の（七）「私の恋愛と歌との関係」で説いている、次のことに由来すると思われる。

私は恋愛に由つて自分の生活に一つの展開を実現したのです。（中略）私の愛情に由つて私の歌は俄かに新境を開いたのでした。

このように、恋愛は人生そのもので、恋愛によって、歌も磨かれることを説いている。清平は、晶子の説くようには、歌と恋愛が昇華していかないことを嘆いているのだ。しかも、「清平が」と、自身を客観的に見つめる視座で歌を表現していることは注目できる。

34「鶩鳥等は」は、羽ばたいても飛躍できないもどかしさ、悲しさを表している。鶩鳥の鳴き声に「声あげて泣く」まさに「声涙」を的確に表現した一首。青春の鬱々としたもどかしい、やり場のない心境に声涙する清平の姿が表れている。まさに「青涙集」が「声涙集」の伏線をもっていることが明示されている一首である。

以上、詠草題の「青涙集」に関わる歌を見てきたが、その「叙情」といった点では素直で大胆な若さ溢れる歌が多いことが特徴であると言えるであろう。清平の第二次『明星』時代の幕開けは、「清平の投稿時代」の『摘詠三千首』に採録されている歌に比べて、素直で大胆な「叙情」を歌い、寛・晶子の指導のもとで成長し、新たな歌境を開いている。このように、師の教えを吸収して成長し、変化する、若者、「清平」の新鮮さに、寛・晶子は歌人として光るものを見出したのではないだろう。

さて、このように、清平は期待の新人歌人として第二次『明星』に登場して、その後もコンスタントに清平の詠草が『明星』誌上で掲載された。この第二次『明星』誌上に掲載された清平の短歌は全四百十首であり、その活躍が示されている。

清平の第二次『明星』時代の活躍を理解するために清平の自作の作歌年譜（注17）を参考に、第二次『明星』を再確認して、次のようにまとめた。

雑誌名	巻	号	発行年	詠草題	首	清平歌集での分類
『明星』	1	1	大正十年十一月	青涙集	34	青春譜
『明星』	1	2	大正十年十二月	秋声集	12	青春譜
『明星』	1	3	大正十一年一月	砂上の草	12	青春譜
『明星』	1	4	大正十二年二月	萱の葉	12	青春譜
『明星』	1	6	大正十一年四月	一燈抄	12	青春譜
『明星』	2	2	大正十一年七月	野の人	12	青春譜
『明星』	2	4	大正十一年九月	噴　水	12	青春譜
『明星』	2	5	大正十一年十月	行雲抄	12	青春譜
『明星』	2	7	大正十二年一月	月光集	28	青春譜　渋民村を訪ねて
『明星』	3	2	大正十二年二月	杜陵の冬	12	杜陵の冬
『明星』	3	3	大正十二年三月	残月抄	12	杜陵の冬
『明星』	3	4	大正十二年四月	或時の歌	12	杜陵の冬
『明星』	3	5	大正十二年五月	樹下の雪	12	杜陵の冬
『明星』	4	1	大正十二年七月	独り行く人	16	杜陵の冬
『明星』	5	1	大正十三年六月	大沢吟行	14	みちのくのいで湯

『明　星』	5	2	大正十三年七月	曠原より	14	野の人　渋民村を訪ねて
『明　星』	5	3	大正十三年八月	山の夏	14	野の人
『明　星』	5	5	大正十三年十月	故　郷	14	故里と筑波
『明　星』	5	6	大正十三年十一月	茅の穂	14	野の人　みちのくのいで湯
『明　星』	6	1	大正十四年一月	農人の歌	14	野の人
『明　星』	6	2	大正十四年二月	短歌六首	6	出羽の雪
『明　星』	6	3	大正十四年三月	出羽の雪	14	出羽の雪
『明　星』	7	3	大正十四年九月	筑波と故郷	14	故里と筑波
『明　星』	7	4	大正十四年十月	孤　影	24	みちのくのいで湯
『明　星』	7	5	大正十四年二月	日光と土	26	野の人
『明　星』	8	1	大正十五年一月	枯　草	12	土の感触
『明　星』	8	2	大正十五年三月	出羽の雪	16	出羽の雪
『明　星』	8	3	大正十五年四月	野の人	14	出羽の雪
『明　星』	9	3	大正十五年十月	野の人	14	土の感触・羽沢温泉にて
『明　星』	10	1	昭和二年一月	野の人	14	土の感触
『明　星』	10	2	昭和二年四月	雪と黒点	14	土の感触・出羽の雪

これらの第二次『明星』における短歌の詠草題や清平歌集での歌の分類をみると、後年になるにしたがって、

清平の農業人としての歌や、東北「地方」を詠んだ歌が多くなってくる。清平の置かれた環境から、このような内容の歌が多くなるのは当然であるが、その歌風は、清平が地に足をつけて生きている、しっかりとした骨太なものへと変化している。このような歌の内容の変化は清平の浪漫的な歌風、星菫調からは少し、路線が変化していくことを表している。この変化は果たして、清平にとって、意識的変化であったかは不確かであるが、昭和四十一年に清平の妻、敏が没し、敏への挽歌に、

新詩社の体臭ありとわが歌を折々は見て批を打ちし君（注18）

という一首があり、妻、敏が、清平の歌に新詩社の体臭を指摘していたことが理解できる。この指摘がいつ頃のことなのかは不明であり、その妻、敏の言に清平が左右されたのかも、知ることはできないが、少なくとも、清平の身近な所に清平が新詩社風の歌から脱却（超越）することを願っていた者が存在したことは、重要な事実である。

また、大正から昭和にかけて、日本の社会情勢の不安定から、プロレタリアの台頭があったことは、少なくとも清平の置かれた環境から、清平は無視できなかったであろう。時代の求めでもあったとは思うが、社会や政治に目を向ける傾向が強まってきたことも、清平の歌の内容の変化と関わりがあるのではないだろうか。

第三節　第二次『明星時代』とその作品

一、清平歌集出版に向けて

寛・晶子の勧めや指導によって、歌集を出版する新詩社の同人は清平に限ったことではなかった。清平が歌集出版を考えた頃では、大正九年には渡辺湖畔『若き日の祈祷』が出版されている。

清平の歌集出版については、清平の盛岡時代に始まったことは既に述べた。そのことは、前出の晶子が清平に宛てた②大正九年十二月十三日の書簡に見られる。

歌集を自費でお出しになることに、私は勿論賛成いたします。御作も、お望みの通りに拝見します。出きるだけ御撰擇の上美しい躰載でお出しになることを祈ります。多数人には理解されずとも、見る人は必ず見て、あなたの価値を認めるにちがひありません。出版は東京でなさることが立派に出来てよろしいでせう。御作を拝見する事に物質上の御調配などをお考へになるに及びません。忙しい私ですけれども、喜んでお引受します。年内にはそのひまがありませんけれど、春になりましたら、拝見することが出来ます。御歌稿はいつでも御送り下さいまし。（書留郵便にて）

前述したが、寛・晶子はこの書簡の大正九年末頃を境として第二次『明星』復活に向けて多忙を極めることになり、しばらくは清平の歌集出版に向けての添削などが滞ることになってしまった。丁度、第二次『明星』復活直前の清平宛寛・晶子書簡⑥大正十年十月二十日では、

お作は大半朱をいれましたが、猶全部を拝するまでには半月ほど時間を下さい。只今「明星」の校正や雑務に両人とも追はれてゐますから。

と、この時点で大方清平の歌稿に目を通しているが、まだ未見のものがあり、その添削までに、あと半月の時間を必要とすることが理解できる。大正九年末の時点で清平の歌集の添削指導をしたと考えれば、約一年である程度の添削が出来たということになる。また、後、残り半月という時間で一体どの位の歌数の添削か詳細は現在となっては知ることは出来ない。しかし、清平の回想(注19)によると、

今までの新聞や雑誌の入選歌を主に、駄作を取り混ぜ、合わせて壱千六百七十二首を、与謝野先生に送って目を通して貰い、良いものの三重丸、稍良いものの二重丸、歌にはなるが、良くないもの一重丸、歌にならないもののバッテンのしるしで、大分朱筆も入って、先生には大変な労を煩したことと思うのだが、そして二重丸、三重丸の歌六百余首を、私の処女歌集として出版しようと臆面もなく思い立った。

と、第一段階でおよそ、千七百首程の添削、第二段階で、およそ六百首の添削、通算しておよそ二千百首の添削となり、清平の言うとおり、その寛・晶子の労たるや計り知れないものであったはずである。このような添削時

期が寛・晶子の多忙と重なって、延長されたものの、第二次『明星』復活からおよそ一年後、再び、清平の歌集出版に向けての動きが見られ始めた。清平宛寛書簡にそのことは記されている。

⑦ 大正十一年十二月十八日（推定）

十二月十八日
冬木の野は自愛を願ひます。

啓上
御高書を拝し、今更愢入ります。併し一概に怠けてゐたわけではありません。すでに大半は直してあります。新春早々必ず全部を直してお返し致します。実は本年に入って、非常に多忙なのです。旅行をしても、其所〻いろ〳〵のものを持って行って整理してゐる次第ですが、一昨年末のものが渋滞又渋滞してゐます。正月に御上京を待ちます。その

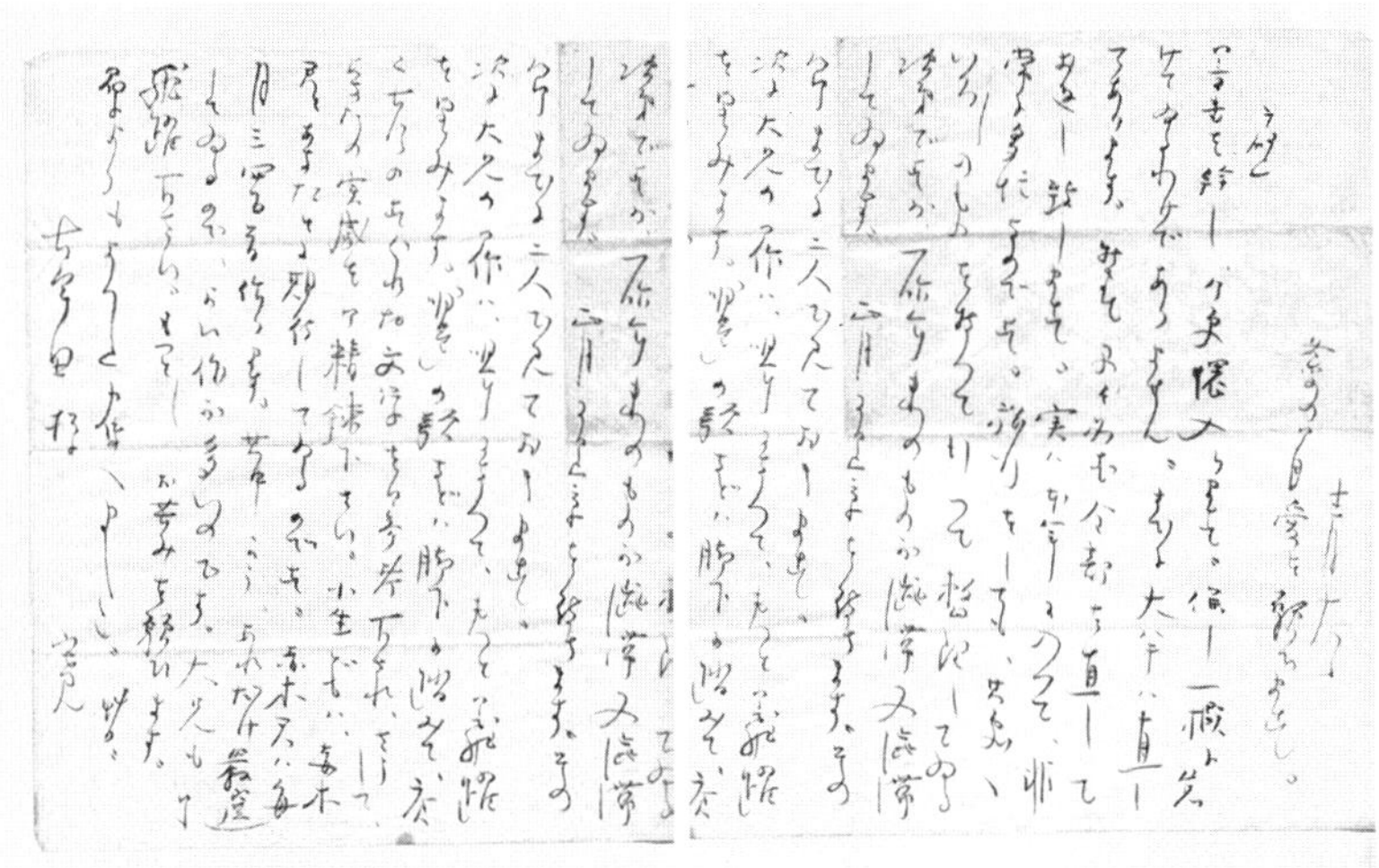

御時までに二人で見ておきます。

次に大兄の御作は明星になって、もっと飛躍を望みます。「明星」の歌などは脚下に踏みて、廣く古今のすぐれた文学を御参考下され、さうして、あなたの実感を御精錬下さい。小生どもは、赤木君とあなたとに期待してゐるのです。赤木君は毎月三四百首作ります。其中から、あれだけ厳選してゐるので、よい作が多いのです。大兄も御飛躍下さい。もっと〳〵お苦みを願ひます。

晶子よりもよろしく申し侍へよし候。　艸々。

寛

古宇田様

これは第二次『明星』の復活のために多忙を弄していたために、寛・晶子が、清平の歌の添削が滞ってしまったことをわび、その進捗状況を伝えている書簡である。大正十年十月二十日の寛書簡の時点で、未見の歌稿の添削に「半月ほど時間を下さい」といっていることから推測すれば、この大正十一年十二月十八日の時点で新年に未見の歌稿を添削し終わる計算である。つまり、約「半月」を添削に必要な時間だということから、大正十年十月二十日の書簡の時点からほとんど添削が進んでいなかったものと考えられる。それは「明星」の出版に精力的に活動をしていたことが理由であるが、それ以上に森鷗外が没し、『鷗外全集』の出版のための編集に、多くの時間を費やしていたことも、大きく影響していよう。また、書簡中にもあるが、多忙を極める中での「旅」（「旅」も『明星』発刊意義との関わりが深い大切な活動のひとつと考えられることは前述した）も、物理的な時間的拘束になっていたことは事実である。

そして、歌稿の添削が終了するであろう、大正十二年の正月に清平は寛から上京することが求められている。実際に、清平は大正十二年二月一日に上京していて、そのことは、大正十二年三月『明星』第三巻三号の「一隅の卓」で寛が、「二月下旬に盛岡の古宇田清平君が一寸上京した。」と、記している。

恐らくこの頃に何度か与謝野邸を清平が訪れたと記しているので、歌稿の添削を受け取っているか、直接、何らかの教えを、寛・晶子に授けてもらっていたものと思われる。

少し話題はそれるが、この大正十二年二月一日の清平の与謝野邸訪問は寛の計らいで晶子の他に平野万里・正宗敦夫・広川松五郎・本沢清・荻野綾子らを寛が呼んで歌会が開かれたと清平の回想にあり、（その歌会で詠んだ晶子の歌は『明星』第三巻三号で「雪」と題して発表されている）その時の感動を清平は、

晶子先生の歌数といえ、そのすばらしさといえ、短時間によくもと驚く外ない程の優れた歌ばかりであった。（中略）歌の天才とは知りながら、同席で詠まれたままのあたりのうまさに、ただ敬服し感嘆するばかりであった。（注20）

と、記している。いずれにせよ、清平は寛・晶子を始め、同人に直接会う機会を得て、歌心が大変刺激されたで

あろう。

また、⑦大正十一年十二月十八日の書簡には更に清平の歌に対して、

もっと飛躍を望みます。「明星」の歌などは脚下に踏みて、廣く古今のすぐれた文学を御参考下され、さうして、あなたの実感を御精錬下さい。小生どもは、赤木君とあなたとに期待してゐるのです。（中略）大兄も御飛躍下さい。もっとくお苦みを願ひます。

と、叱咤激励して歌の向上を求めている。これは清平の歌に堕落が見られた、といったわけではなく、師として期待する逸材だからこそ、より磨きを掛けて更なる成長を求めているのである。例えば、清平以外にも、白仁秋津に大正十一年五月三十一日白仁秋津宛寛書簡(注21)で「御作を頂キましたが、もっと御奮發下さい」などと、激励をしているのである。

また、書簡中に言う、清平と共に期待されている「赤木」とは恐らく「赤城殺」のことであろう。この赤城殺については菅沼宗四郎に宛てた大正十一年六月十二日寛書簡(注22)にも「東洋汽船のコレア丸に小生の弟子で、赤城殺といふ歌人が二等運転士として乗ってゐます。大変によい人物ですからお交り下さい。」と、赤木殺を職種としては関わりのある、税関職員の菅沼に、わざわざ紹介をしている。これは寛が、赤木に対して目を掛けてやっていることの一つの表れであろう。清平にしても赤木にしても、文士とは違って、過酷な生活環境の中の、いち労働者という立場は共通しているところである。

さて、清平上京の二月一日から約二ヵ月半後には添削もほぼ完了し、出版の本の体裁などについての具体的な

展開が大正十二年四月十九日清平宛寛書簡に見られる。

⑧ 大正十二年四月十九日

封有

表　消印　大正十二年四月十九日　九段

住所　盛岡市大沢川原小路

宛名　古宇田清平様

（「歌集出版に対するご返事」の清平朱書き有）

裏　住所　東京市麹町区富士見町五丁目九番地　与謝野方

「鷗外全集」編纂所

電話　九段二一一〇番

差出　与謝野　寛

古宇田清平様御もと江

啓上

御返事がおくれました。

さて、御歌集御出版のことを喜びます。

御書中の家の主人は信用ができません。
高村光太郎君なども大へん迷惑し
たことがあると話されました。私の直
接知らないことながら、いろいろ聞く
所では、よくない事が多いやうです。
小生夫婦よりどこか外へ頼んで見ませ
う。それで出版費はどれだけ出される
のか。頁数、本の形などを御示し下
さい。廣川君へ頼む装幀のことは
引受けます。題名もお知らせ下さい。
序文は晶子が書くでせう。　艸々。
十九日　寛

出版社として、清平が知るところは評判がよくないので、寛・晶子が紹介する旨の書簡である。そこで、出版予算・本の体裁の希望を清平に問いているのだ。清平の記憶するところではその出版社は「東京の天祐社だったか金尾文渕堂だったか、出版して貰う手はずにした」（注23）と述べている。また、序文は晶子、

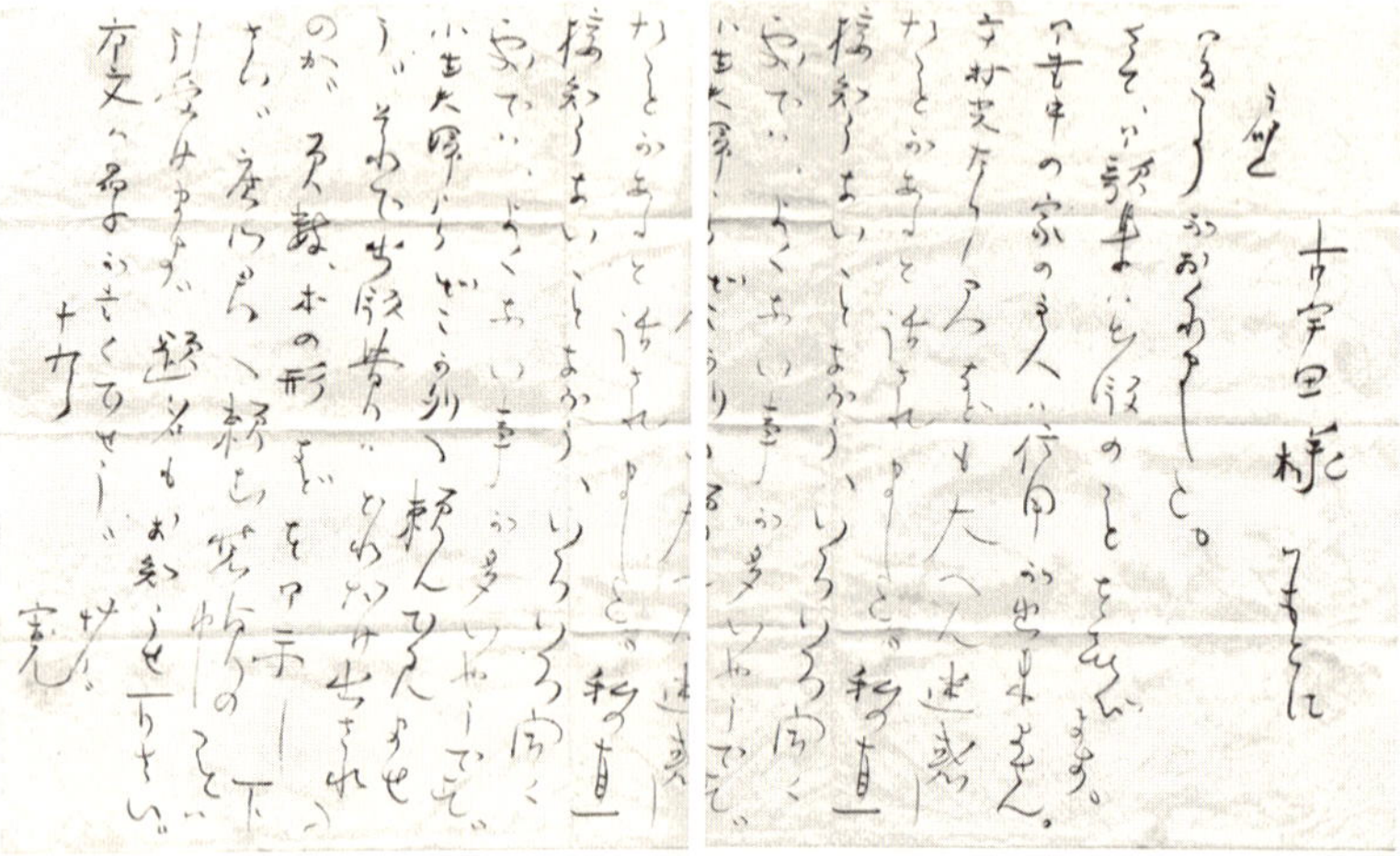

装丁は『明星』で活躍している広川松太郎のことであろう。更に、音楽家の多忠亮に「風吹けば吹くに任せてゆくところあるが如くにたんぽぽの散る」という歌を作曲してもらったのである。(注24) いずれにしても寛・晶子が清平の本のプロデュースを行い、よりよいものを世の中に送り出そうとしていることが伺える。

しかし、このように歌集出版の段取りも決まって、歌稿もすべて寛・晶子に渡したところ、大正十二年九月一日、関東大震災で東京の寛・晶子は被災してしまった。寛・晶子の自宅は無事であったものの、清平の歌稿が保管されていた文化学院で、それは焼失してしまい、世の中に出る直前で、立ち消えとなってしまったのである。現在となっては幻の、この清平の歌集が、もし、世の中に出ていれば、古宇田清平が農業のフィールドでのみ名を輝かせるばかりでなく、文学というフィールドで見落とされることなく研究も進んでいただろう。

二、盛岡時代

清平が歌集出版に対して励んでいた、清平の二回目の盛岡時代（一回目は明治四十三年四月より大正二年三月まで）は大正八年から転勤する大正十二年十月までの四年半間、岩手県農会で、主に農民の開発事業や農業行政を仕事としていた。丁度、清平の転勤の前月、大正十二年九月には関東大震災があり、清平の歌集原稿が消失してしまい、転勤という転機と重なるのである。清平も、

学窓で三カ年間過ごしたことのあるなつかしい盛岡である。思いでも二重に重なる盛岡である。今度は前の学生時代とは違った社会人、農会人としての日々である。

大正九年の二月には次女の治子が生まれた。作歌も調子に乗っていた時分で、熱心に詠むものも詠んだし、

歌の友達も増えた。

と、自身の盛岡時代を振り返っている。(注25)この回想でも述べられている通り、清平にとっての盛岡は「なつかしく」「思い出も二重に重なる」場所である。すでに盛岡高等農林学校時代に吸収していた盛岡の風土は、再び清平に、日本の最先端の農業の教育を受けたプライドと、日本の近代農業のオーガナイザーとしての自覚を覚醒させたに違いない。

また、盛岡高等農林学校時代には勉学中心の生活で、せっかく提供されていた文芸の発露の場である『曠野』へも参加できない状況であったが、この第二回目の盛岡時代には「歌の友達も増えた」の通り、『曠野』の同人たちとの交流も行っていた。

大正十一年に啄木の故郷である渋民村を訪ねたこともその一つである。このことは大正十二年一月の『明星』第二巻第七号「月光集」に清平歌が掲載されていることからも明らかである。清平の短歌の活動時期で言えば、この盛岡での時期は、まさに歌集出版に向けて、短歌に対する意欲も旺盛な時期である。寛・晶子とも歌集の出版に向けての歌稿のやり取りもあり、清平の歌に対するアドバイスを寛・晶子から直接受けていた時期でもあるので、寛・晶子の教えが清平の歌にも当然反映されているのである。

全体的に見て、やはり浪漫的傾向の強いものが清平歌全体からすると多く見られる。清平自身は新しい人生の境地に入っていく時期ではあるが、まだ、仕事としては過酷な自然環境の農業の現場に身をおいてはいないので、そういった環境的余裕が浪漫的傾向を強めている一因かと思われる。また、叙情といった点でも素直に詠みながらも次第に逞しさのようなものを感じさせてきている。

また、この時期の歌を清平著書の中で自身が分類しているのを見ると、次に示すように「青春譜」「杜陵の冬」となっている。つまり、清平自身がこの時期を人生において「青春」として認識しているということになるだろう。また、盛岡のことを「杜陵」と言って、盛岡を中心にした東北の風土を題材にした歌を詠んでいることも注目したい。

雑　誌	発行日	詠草題	掲載歌数	タイトル
『明　星』第一巻第二号	大正十年十二月	秋声集	12首	青春譜
『明　星』第一巻第三号	大正十一年一月	砂上の草	12首	青春譜
『明　星』第一巻第四号	大正十一年二月	萱の葉	12首	青春譜
『明　星』第一巻第六号	大正十一年四月	一燈抄	12首	青春譜
『明　星』第二巻第二号	大正十一年七月	野の人	12首	青春譜
『明　星』第二巻第四号	大正十一年九月	噴　水	12首	青春譜
『明　星』第二巻第五号	大正十一年十月	行雲抄	12首	青春譜
『明　星』第二巻第七号	大正十二年一月	月光集	28首	青春譜　渋民村を訪ねて
『明　星』第三巻第二号	大正十二年二月	杜陵の冬	12首	杜陵の冬
『明　星』第三巻第三号	大正十二年三月	残月抄	12首	杜陵の冬
『明　星』第三巻第四号	大正十二年四月	或時の歌	12首	杜陵の冬
『明　星』第三巻第五号	大正十二年五月	樹下の雪	12首	杜陵の冬

『明　星』第四巻第一号　　大正十二年七月　　独り行く人　　16首　　杜陵の冬

では、以下に『明星』誌上で発表された清平の歌を抜粋して見て行きたい。
尚、抜粋の際には歌の内容が詠草題と関わるものを各号四首程度を選んだ。

『明　星』第一巻第二号「秋声集」（大正十年十二月）

2　新しき涙なれども人知らぬ古き心の傷よりぞ湧く
5　悲しめるわれを見知りて秋の風夜も枕を叩きにぞ来る
6　薔薇の花の紅きを嗅げば忘れゐし人の俄に恋しくなりぬ
11　草の葉をむしりて語り別れたるこの思ひ出も人に知らるな

恐らく昔の恋を思い出して詠まれた一連の歌と思われる。「秋声集」という詠草題から、秋のもの悲しさに加えて、失恋のもの悲しい思い、忍び音（＝声）が重なっている。心の奥に閉じ込めている昔の「恋」であるはずなのに、今また思い起こすと、その思いは鮮明によみがえるのだ。清平のこの思いは、恐らくは大正二年三月に卒業した盛岡高等農業学校の学生時代の青春の思い出であろう。この盛岡の地には清平の青春がそこかしこに詰まっているのである。

2「新しき」は、今流す涙も実は過去に流した涙と同じである。過去の己に立ち返り、また、過去と同じ想いに流している涙なのである。それは、現在と過去といった時間と空間を超越して流す涙でもある。

5「悲しめる」は、2「新しき」で時間と空間を超越した涙と同様に、この現在吹く秋の風も、すでに清平のことを見知っている、あの時と同じ風なのである。

6「薔薇の花」は、青春の思い出のある、薔薇の花の香を嗅げば、今迄記憶に眠っていた人のことも、時間を超越して、鮮明に思い出すのである。

11「草の葉を」は、青春に草の葉をむしりながら語ったあの人との思い出。あの青春で別れた人の思い出は、秘かにわが胸にのみしまっておこう。という、清平の若き日の恋を世間に封印する気持ちがこめられている。

以上のように秋風の音、薔薇の香、草の葉など、清平の日常にある何気ない景物から、清平は五感で青春の日の恋を今また感じ取っているのである。

『明　星』第一巻第三号「砂上の草」（大正十一年一月）

1　飛び易き実は皆風に散りゆきて残る姿を嘆く枯草

4　わななきて立つは枯木か来ぬ人を待つ身か風の出でて日の落つ

6　打ち並び囁き合ひし二もとの木とは見えざり枯れ枯れに立つ

7　あぢきなし風ふと出でて大樹より草の末まで打ち鳴らし吹く

まだ、雪の降らない、乾燥した盛岡の大地に吹いている寒風。この寒風に足もとの枯草も木々も吹き付けられている。盛岡の秋から冬へと移ろう季節の寒風を印象深く、そして素直に歌っている。晶子が『歌の作りやう』で説いた、因習に囚われない「自己の観察」といった点で、清平の歌は非常に素直にこれを反映している。清平の目に映る、この盛岡の初冬の自然を見つめ、まずは清平が感じた寒風を、素直に伝えようとしている。詠草題「砂上の草」は、砂上に生える草のことである。この「土」ではなく「砂」に生える草は、枯れてやがては風にあてどなく飛ばされて行くはかないものである。漢詩にも多く詠まれている、砂漠に生える「菰」と、この砂上の枯草は、その印象が重なる。砂漠の菰は風に吹かれて枯れて、やがては風にあちらに飛ばされ、こちらに飛ばされる、明日をも知らぬ、はかないものであることから、漢詩では旅人に喩えられたりなどしている。清平自身も、故郷の茨城を離れ、まず、盛岡へ、そして、九州、東京、また盛岡へと、東に西にその身を移している。この清平の姿は、まさに旅人であり、土に根を張り、定着することの無い砂上の草と同様であるのだ。

1「飛び易き」は、寒風に耐えられず、草の実がもうすでに全て飛ばされてしまった枯れ草の姿を詠んでいる。大地に残されてしまった枯れ草は、置いてきぼりにされたわが身を嘆き、風にその枯れた身を震わせては嘆いている。そしてその残された枯れ草さえもいつまでこの寒風に耐えていられようか。やがてはその実と同じ運命が待っているのである。

4「わななきて」は、日暮れともなれば、風もいよいよ強くなり、枯れ木がこの風に吹かれて大きく鳴る情景が歌われている。待ち人来たらずで嘆き悲しみながら立っている人と、この寒風に吹かれている枯れ木とは清平にとっては同類として感じられるのである。

6「打ち並び」は青葉の茂っていた頃、心地よい風に吹かれて、さやさやと囁き合うようしていた、あの木々と同じであるとは思えないほど、寒風に枯れてしまっている木々。「枯れ枯れに」といった表現は、葉や枝を重ね合って風にそよいでいた木々の一体感とはかけ離れ、それぞれの木々が寒々とそれぞれに立っているといった対照のさせ方に面白みがある。

7「あぢきなし」は、その寒風の強さが印象的である。天高くそびえる大木から地の草の末までの全てを打ち付けるように吹く寒風。寒風の非常な強さを天＝大木、地＝草の末といった空間的広がりを持たせて壮大なものとしている。

『明　星』第一巻第四号「萱の葉」（大正十一年二月）

2　わが子等が遊びの井に掘りし穴雪のたまれりたなごころほどに
3　飛ぶ如く氷の上を軽やかに恋をしばらく忘れて滑る
7　恋といふ高き塔あり夜となれば街の灯よりも高く灯ともる
12　萱しろく山に光れり或時のはかなき我れのときめきに似て

萱の葉の頃、季節は冬に入る頃である。空気は澄んでいて遠景の山も見渡せる。そのような景色の中、昼の間は子供らと雪遊びやスケート遊びなどをしているが、夜になり、静かな時間になれば「恋」を思うのが清平の日常となっているのであろう。活発な子供中心の昼間の時間と、静かな大人の夜の時間の対照が清平の日常として描かれている点が注目できる。

2「わが子等が」は子供たちが遊びで掘った浅い井戸にも、ふと見ると雪がひとすくい、たまっている。初冬の、まだ穏やかなほのぼのとした空間が広がっている。

3「飛ぶ如く」は、子供たちだけではなく、大人でも一心にスケートを滑っている景色が詠まれている。いつも心に掛かっているはずの恋ですら、しばし忘れて夢中で滑ると、身も心も軽くなっているのである。しかし一方夜ともなれば、7「恋と云ふ」のように、恋に思いを馳せるのである。北国の冬では雪にも閉ざされ夜は長いものとなる。その夜長には普段思い抱いている恋の思いがますます高なっていく。「街の灯よりも高く灯ともる」といった表現から、鳥瞰的な視線で、北国の冬の夜の街を見渡す空間的な広がりを持たせ、浪漫を感じさせている点等は晶子の西洋的感覚に等しいところがある。

12「萱しろく」は、詠草題にもなっている「萱」という語を唯一含む一首である。萱の山にキラキラと白く光る景色は、ある日のはかないあのときめきに似ていると歌っている。恐らく過去の、学生時代に盛岡で味わった青春の思いを回想しているのである。

『明　星』第一巻第六号「一燈抄」（大正十一年四月）

1　あらし吹く日も尚燃ゆる頬を見せひとりの旅にのぼる太陽
7　枕辺を這う風にさへ淋しさをさとられじとて寝返りをする
8　鞭打てど進まぬ馬とわれなりぬ疲るるならず病むにあらねど
9　あはれわが心に実るものもなし藪を拓きて花を作らん

清平は盛岡から仕事の関係で、たびたび盛岡近辺に出向くことがあった。その際に、一人静かに人生を考えることもあったのであろう。8「鞭打てど」の歌などは家族を支える大黒柱としての悲哀が感じられる。また9「あはれ我が」なども今までの清平歌にはない悲哀をこめた響きがある。

1「あらし吹く」は、寒風にさらされて赤く霜焼けた頬が印象的である。その頬の赤さは太陽のようにも感じられる。「上る太陽」と掛け合って効果的である。

7「枕辺を」は、旅路の草枕か。悲しみの高まりを風にさえ強がっている姿がほほえましくもある。

8「鞭打てど」は、清平自身を歩まぬ馬に喩えている。前に進まないのは体の不調ではなくて心の問題であろう。一連の歌から考えて、立ち止まって人生を思っているのであろう。孤独や悲しみで晴れない清平の心が重く苦しい。

9「あはれわが」は、清平の苦しい心を癒してくれるものは花作りであることが述べられている。実際、清平は花をとても愛し、殊に若い頃は薔薇の花を愛したということである。ここで心を癒すものが薔薇の花であったとすれば、清平の好んだ太陽のような赤い薔薇であろうか。「赤」という色彩と太陽をリンクさせて、「頬」や「薔薇」に見立てる所などは西欧的浪漫志向の現われが見られるか。さらにその栽培も農業技師であることから非常に細かい観察の目を持って行っていた。つまり、科学的観察眼を持っての栽培といった点は寛や晶子、そして『明星』の精神に合致するものであったのだ。

余談ではあるが清平は晩年になってからは菊花の栽培に熱心で、横浜の菊花のコンクールの審査委員となっていたほどである。若い頃には西欧的薔薇を、晩年には日本的菊を、といった清平の嗜好の変化にも注意を払いたい。

『明　星』第二巻第二号「野の人」（大正十一年七月）

2　夏の宵月の国にもわが恋が噂にのぼる心地こそすれ

5　同僚の俗なる星の群に厭き明星はありあかつきの空

6　星一つ身を躍らせて地に飛べば驚きの目を見はる夕月
9　地下室を野鼠のごと出でて来て夏の木蔭の風に吹かるる

世俗の煩わしさが、月や星や風といった野の自然によって洗い流されていく心境であろうか。野の人の生活も単に自然に対峙するだけではない。特に5「同僚の」の歌には職場での鬱憤が強く感じられる。2「夏の宵」はあふれ出る恋心。その噂がこの地球だけではなく、月世界までに広がっていくほどで、高鳴る恋の思いはそれほどまでに強いものであることを、宇宙空間的広がりを持って捉えていることに注目できる。5「同僚の」は、清平が同僚の勝手な勘ぐりによって「女学校の教員と男女の妖しい関係にある」などと、噂を撒かれてしまった事件などを意識してのことか。この事件では同僚に対して強く憤りを感じ、自著の中で次のように回想をしている。(注26)

私はまだ三十歳に手の届かぬ若さ。そしてちゃんと妻子のある身だ。（中略）腹が立つというよりは全くあほらしかった。

と、述べており、清平のまじめで堅実な人柄がよく表れている。「野の人」と言えども、生活の中では、農作物や自然だけではなく、人事に煩わされることが日常であり、その当たり前の日常における清平の吐露が「野」である自然に回帰していくところは注目に値する。つまり「俗なる星の群」とはまさに、噂をまき、噂を面白おかしく取り立てた、下品な同僚のことを指すのである。そんな世俗にあって、夜明けの明星に等しく、清平の心の中で輝き、心の支えとなる星は、『明星』＝短歌なのである。

6「星一つ」は、丸い夕月が流れ星を見て、丸く目を見張っている。メルヘンチックな一首である。流れ星の躍動感に対して、月が目を見張り動かない。という静と動の対比も面白い。

9「地下室を」は、密閉された地下室は空気がよどんでいるのであろう。野鼠のように土の下の地下室から這い出してくる様子は少々息苦しくみえる。そして木陰の風に吹かれて、地下室で吸ったよどんだ空気も身から吐き出され、まさに身も心も洗われていくのであろう。


『明　星』第二巻第四号「噴水」（大正十一年九月）

1　いつ見ても幸ひのみを語るごと噴水は立つ大空のもと
3　空さへも踊るさまして大木に風の吹く日の白き噴水
7　なつかしや君が手にする紅絹のおと黒髪を梳く櫛の音など
10　月半ば山の端に出づゆらゆらとその山動く心地さへする

北国の短い夏の景物がすがすがしく、また、景物の擬人化などで浪漫的に歌われている。

2「いつ見ても」は、夏の噴水の清涼感がダイナミックに描かれている。水の変幻の姿は、まさに自然が作り出した美しさである。明るい夏の晴れた空に勢い良く吹きあがる水の柱には、強い生命感を感じる。この生命感こそが夏の季節を示す風物なのかもしれない。

3「空さへも」は、冬には空が荒れて木枯らしとなり、地上の草木の生命さえも奪っていく。対して、夏の空は踊るように軽やかな、心地よい風を吹き起こすのである。その風は心地良く生命を吹き込む風である。

7「なつかしや」は、黒髪、櫛、などの語からイメージとして晶子の『みだれ髪』「そのこはたち」を髣髴とさせる。黒髪の黒に対し紅絹の赤といった色の対比や、黒髪の滑らかさと絹の滑らかさといった質感の同調などが絶妙である。

10「月半ば」は、月を中心に据えて景色を眺めるといった、視座の逆転を用いている。従って、月が揺れるのではなくて山がゆらゆらと揺れるように見えるのである。ダイナミックに景物を描き、また、静物を躍動感を持って描いていることは生命感を静物に与え、生き生きとした歌となっている。

『明　星』第二巻第五号「行雲抄」（大正十一年十月）

1 太陽をよぎりし空の白雲も夜は静かに谷間にくだる

2 ジプシイのさまよふ如く淋しけれ月夜の空の雲の切れはし

9 絹を断つ鋏の音す秋の夜の寒さを刻む音として聞く

12 秋となり恋しき人の消息をもたらす如く白雲の飛ぶ

秋の天高く流れ行く雲の昼夜の姿を描いている。特に秋の夜長の雲は寂しげで、そこに布を断つ音も響き、北国の秋から冬の訪れの早さを夜の寒さで感じているのであろう。

1「太陽を」は、昼と夜の雲の高低の差に注目している。昼の太陽は太陽に近づくように天に高くあるが、夜になると谷間にあって、地に近く低くなる。昼の雲は太陽に照らされながら風に乗って上空での動きもあるが、一方、夜になると雲は、谷間でもの思い沈み込んでのことか、空から下降する。といった対比にも注目できる。

そしてこの雲が清平の日常と重なって見えてくる。収穫の秋の昼は何かとせわしなく働き、一方、秋の夜長は物思いにふけるというように、清平の一日はまるで空を行く雲と同じなのである。

2「ジプシイの」は、風に流れいく雲、すなわち「行雲」をジプシイに見立てて、その寂しさを歌っている。旅に流れ流れ、定めて住むことなく、一生を送るジプシイは、風に流れ流れて行く雲と同じで定まることを知らず、刹那で、淋しくある。「行雲」といった漢語的表現から、行雲、すなわち旅といった漢詩的な空間の発想が喚起されるが、ジプシイといった語を用いたことで、西欧的空間の志向へと広がりを見せていることにも注目できる。

9「絹を断つ」は、秋とはいえ、夜ともなれば来るべき冬の気配をその寒さからも自ずと感じられる。そんな冬の訪れの近きを意識した時に、鋏で布を断つ音が響き、まるで感じている寒さをも切り刻んでいる音に聞こえくるのである。恐らく清平の妻、敏が、夜なべ仕事に裁縫をしているのであろう。敏は清平や自分の着物を解いては、成長期の子供たちにその着物をつくり与えていたという。そんな家族の日常の風景がこの歌には感じられる。

12「秋となり」は、秋の晴天の行雲が風に乗って、流れるように飛び去る様が描かれている。恋人の消息は待ち遠しいものであり、早く来ないかと、はやる気持ちがある。そのはやる気持ちと雲の流れいく早さを重ねあわせ、明るく、軽快な、浮き立つような速さを感じさせる歌となっている。

『明　星』第二巻第七号「月光集」（大正十二年一月）

1　われを見て草のたぐひと思ふらん月も冷たき瞳をば投ぐ

2　太陽の光を身には浴びながら月の寒きを心にぞ持つ

3　街の上に塔の先見ゆ大空のひとところをば破る如くに
12　あけがたの明星は尚夜の程の涙乾かで空に懸れり

冬の澄んだ冷たい夜空は月も寒々しい。清平はその澄んだ月の冷たさに心惹かれているのであろう。夏や秋の夜空を詠んだ歌に比べて、凛とした、厳しい中にあらわれた美しさを醸している。

1「われを見て」は、夜空に浮かぶ月から見れば、地上にいる自分は、きっと、この草に埋もれ、月からは草としてしか、己の存在を認められないだろう。と、己が身の小ささ、はかなさに比べて、自然の雄大さが印象深い。

2「太陽の」は、昼に太陽のあたたかい光を浴びて、その身は外からはあたためられるものの、夜のあの冷たい月光のように、心の中には月の冷たさを抱えているので、心の中にまではあたたかい太陽の光が届かないでいることを詠んでいる。

3「街の上に」は、どこか小高いところから街を見ているのであろう。そこから街にある塔を見ると、街を従えた塔が鋭く空を突き刺して破るかのように見えるのである。

12「あけがたの」は、明星は朝になれば、たとえ涙が乾いていなくても、わが道を進んで行く。「夜のほどの涙」は夜露なのか、または雨なのか、何れも体にあたれば冷たいもので、それを乾かさないままに歩み続ける明星に一種の力強さを感じる。

『明　星』第三巻第二号「杜陵の冬」（大正十二年二月）

2　雪ぞ降る高き屋根にも人間の堅てし肩にも真白にぞ降る
5　この頃に降りたる雪もわが家の日陰にあれば青き息つく
6　雪降りて四方の明るし身も白くすきとほるかと清き朝かな
9　一瞬に時を忘れし心地して氷のうへを滑る愉しさ

「杜陵の冬」はまさに「雪景色」。一面雪の真っ白い世界である。その雪世界の明るさが心も明るく照らすのであろうか。この季節だからこそ楽しめるスケートに夢中になっている清平の姿が生き生きと感じられる。

1「雪ぞ降る」は、空から降る雪を空、屋根、肩へと視線を移して見ている。寒さで肩をすくめて、肩が高く上がり、平らになるせいで、なお更、雪は肩へと積もるのであろう。真っ白な雪が空から落ちてきて、地上も真っ白に染めてゆく様が表れている。

5「この頃に」は、一面を真っ白に染める雪も、庭の日蔭では、寒くて、青く凍ってしまうのであろう。一面を白く染めている雪。寒さを運ぶ雪が、自らを寒く青く凍らせて、青い息、すなわち青色吐息を吐くなどと、ユーモアを含んだ表現にも注目したい。

6「雪降りて」は、雪の反射で隅々までが明るく照らされ、その光に我が身も照らされると、白く透き通っていくように感じられ、雪に照らされる全てのものが浄化されているように感じているのであろう。雪の寒く重苦しいといった一面とは反対に、雪を清々しく捉えていることに注目したい。

9「一瞬に」は、スケートを楽しむあまり、時のたつのも忘れてしまう感覚があったのであろう。スケートに夢中になっている自分自身に気づくということも、清平にとっては新鮮な感覚であったに違いない。

『明　星』第三巻第三号「残月抄」（大正十二年三月）
2　土の香の沁みたる手もてわが拭ふ寒き涙を人に知らるな
4　たましひの衰へしわれ降る雪も重き鉛の打つ心地する
7　行く空も無きにやあらんあけがたの枯木の末に縋りたる月
10　月の夜にさまよひ慣れてうら寒き月の光に染む雲となる

寒いさなかでもその仕事上「土」と親しまなくてはならない清平。時にはそれが辛く感じられることもあり、そんな時には雪も心に重く感じられるものとなるのであろう。

2「土の香の」は、畑の土仕事で、いつも泥だらけの手は、いつしか土の香がしみこんでいて、涙をぬぐう為に手を顔に近づけると、土の香が漂うのである。冬の寒さのために心も寒く冷え切ったのであろうか。それ故、流れ出る涙のことは、誰にも知られることなくいたいと思うのである。清平の手から漂う土の香は迫るようなリアリティーをもち清平の現実の「生」を力強く感じさせる。

4「たましひの」は、魂の弱っている我が身には、今まで感じなかった雪の重みがずしりと鉛のように重たく感じられる。唯でさえ厳しい北国の冬の雪に、心が弱っている時は尚一層の重たさを感じてしまっている。重たく清平にのしかかるような雪と心の重たさを感じずにはいられないのであろう。

7「行く空も」は、枯木の枝の先に縋りつくかのように見える月には、もうその進む先に枝は無く、先に進めないように見える景物が、鋭い鑑察眼によって表わされている。「無きにやあらん」といった表現から感じ取られる、先に進めない一種の不安感や、枯れ枝の先に縋りつくようにかかる月も不安定で、不安感を示す相乗効果となっている。

10「月の夜に」は、冬の夜空に漂う浮雲が、冷たさを含んだ月光に照らされて、寒さを含んだ雲となって夜空を漂っている様子を描いている。冬のただでさえ寒い夜空に浮かぶ浮雲に更に冷たさを含んだ月光に照らされることで、浮雲はますます寒く、冷たさを帯びていくのである。深深と冷える冬の空気の冷たさを感じる。


『明　星』第三巻第四号「或時の歌」（大正十二年四月）

1　ひとり居て嘆けばわれも砕けたる瓦の如く寒き身となる
8　背かれて悲しき心夢を見て満たさんとするかよはき心
9　春の陽のゆたかに射せる壁にさへ悲しき我の影ぞうつれる
12　まろらかに雪をかづける裸木は角のとれたる心地こそすれ

詠草題の通り、日常の「或時」にふと感じた時のことを歌にまとめたのだろう。

1「ひとり居て」は、砕けた瓦の無残な印象と、無機質な冷たさとが清平の心中を表現しているのであろう。心も砕けて寒く、冷たいのである。

8「背かれし」は、裏切られた心を癒すのはこの現実ではなく、夢を見ることによってである。客観的にふと我に返って、そんな夢によって癒される心に気づけば、なんとも心とはか弱いものだと気づくのである。夢によって、癒されようとする弱い心と、自己を厳しく見つめる目の相対が人間「清平」を強調している。

9「春の陽の」は、あまりにも悲しみを抱えている為、春の暖かい陽にうつし出されたその影にも、その悲しみがうつし出されている。

以上の1「ひとり居て」8「背かれて」9「春の陽の」の三首はいずれも、悲しさを抱えての強い孤独感が表れた歌である。対して、12「まろらかに」は、歌中の「まろらか」、「角のとれたる」といった表現から、柔らか味とともに、あたたかさを感じさせる歌であり、1「ひとり居て」8「背かれて」9「春の陽の」とは対照的な歌である。裸木のままだと、寒々しく、角張って、とんがった感じがするが、その裸木に雪がまあるく降り積もると、雪の柔らかな丸みで裸木の角張って、とんがった枝も不思議と角が取れたように感じられるのである。実態は角張っていても、それが柔らかく覆われると、実態は角張っているものも、柔らかく見えるものである。この歌はその様な点に面白みを感じているとともに、丸と角、雪と裸木を対句的に組み合わせた技巧にも注目したい。

『明　星』第三巻第五号「樹下の雪」（大正十二年五月）

3　舞ひ疲れ地にあらかに臥す雪の息も聞ゆる朝の静けさ

4　ひともとの木蔭によりて淋しさを静かに抱きのこる白雪

8　雲動き風木にさわう人去りし後の心は目に見えねども

11　さびしさを共に言はんとわれを見ぬ土の窪みに残るしら雪

天から降る白雪が地上に舞い降り、樹下の日蔭などで残雪となる様を詠んでいる。

3「舞ひ疲れ」は夜中から雪が降りつづいているのであろう。天上から地上への長旅で降りてくる雪は疲れきっているのであろう。長旅に疲れ、地上で横たわる、雪の息遣いが、静寂の中から聞こえてくるようである。静寂の中に雪の降る動きを感じ取っている。雪を擬人化するあたりは浪漫的傾向が見られる。

4「ひともとの」は、詠草題「樹下の雪」の景色であろう。樹下の雪は寂しさを静かに包み込むように残雪となっている。寂しさを閉じ込めるかのように残雪は降り積もっているのだ。

8「雲動き」は、6「あはれ我れ」7「目をとづる」に連なる失恋の歌と見える。愛する人が去った心の空洞を詠んだものか。

11「さびしさを」では雪に生命を感じさせ、あたかも雪に心があるかのように歌い上げている。4「ひともとの」と同様に、残雪は清平にとって、寂しいものの象徴として描かれている点に注目したい。

『明　星』第四巻第一号「独行く人」（大正十二年七月）

2　幼児の踏みゆく靴の音にすら踊るが如く桜散りくる

4　若人の恋語りをも読む如く弥生の桜つぎつぎに咲く

5　肩を寄せ笑ひくずれて行く人の顔さへ見えて桜散る軒

9　農人の手もと一一依怙《えこ》もなく挿されし苗はすくすくと伸ぶ

雪国の春が訪れ、桜が咲くと自然とその足取りも軽くなるのであろうか。また春の訪れにどこかうきうきとした明るい雰囲気が人々を包んでいるのであろう。

2「幼児の」は、子供の軽快な足音は、まるで、ダンスのステップのように軽やかである。そのステップにあわせて躍るように、桜の花びらが軽やかに宙を舞い散る状況が、軽快に、リズミカルに表現されている。4「若人の」は、恋い多き若者が次々と新しい恋に出合い、その尽きることの無い若者の恋の話を読んでいくのと同じように、桜の花は次々と新しい花を咲かせるのである。新しく花が咲くことと、次々と新しい恋が芽生えるといった、新鮮なエネルギーが生産されることに対する感動が詠まれている。

5「肩を寄せ」は、満開に咲いている桜は、まるで肩を寄せ合い、満面の笑みをほころばせている人の顔に見えるのである。その満面の笑みがほころぶように、桜は散っていくのである。2「幼児の」と同様に、伝統的な桜の散ることに物悲しさを感じるという感覚からは離れている。桜の散りように重たい雰囲気は無く、非常に明るくその散る姿を捉えていることは、晶子が『歌の作りやう』で言った、「因習的観念の破壊」によるものであると思われる。

9「農人の」は、農人が田植時に、ためらうことなく次々と勢い良く田に苗を挿す手元を思い出しながら、その苗も無事にすくすくと育っていることへの喜びが表れている。

三、野の人の生活・山形県戸沢村時代

① 寛・晶子の十和田吟行

清平の山形県最上郡戸沢村時代は大正十二年十月、盛岡から山形県立農事試験場最上分場への転勤で始まる。この前月には関東大震災が起こり、清平の歌集が震災で焼失してしまい、出版されることが絶たれたと同時に、第二次『明星』も休刊を余儀なくされてしまった。『明星』は八ヶ月の時を経て、大正十三年六月には何とか再刊し、『明星』再刊以降も清平は歌集焼失という、大きな失望を乗り越えて、歌う意欲を失うことなく、誌上に

歌を発表し続けた。

雑誌			発行日	詠草名	歌数	タイトル
『明　星』	5	1	大正十三年六月	大沢吟行	14	みちのくのいで湯
『明　星』	5	2	大正十三年七月	曠原より	14	野の人　渋民村を訪ねて
『明　星』	5	3	大正十三年八月	山の夏	14	野の人
『明　星』	5	5	大正十三年十月	故　郷	14	故里と筑波
『明　星』	5	6	大正十三年十一月	茅の穂	14	野の人　みちのくのいで湯
『明　星』	6	1	大正十四年一月	農人の歌	14	野の人
『明　星』	6	2	大正十四年二月	短歌六首	6	出羽の雪
『明　星』	6	3	大正十四年三月	出羽の雪	14	出羽の雪
『明　星』	7	3	大正十四年九月	筑波と故郷	14	故里と筑波
『明　星』	7	4	大正十四年十月	孤　影	24	みちのくのいで湯
『明　星』	7	5	大正十四年二月	日光と土	26	野の人
『明　星』	8	1	大正十五年一月	枯　草	12	土の感触
『明　星』	8	2	大正十五年三月	出羽の雪	16	出羽の雪
『明　星』	8	3	大正十五年四月	野の人	14	出羽の雪
『明　星』	9	3	大正十五年十月	野の人	14	土の感触・羽沢温泉にて

『明　星』　10　1　昭和二年一月　野の人　14　土の感触
『明　星』　10　2　昭和二年四月　雪と黒点　14　土の感触・出羽の雪

以上のように、清平の「野の人」の歌が蓄えられることとなる。これは第二次『明星』再刊という新しいスタートと清平の生活にも新たなるスタートが切られるという変化があったからである。清平のスタートとは大正十二年十月に盛岡から山形県立農事試験場最上分場長として戸沢村に赴任したことであった。同じ東北でも、盛岡は大学もあり、大きな都市である。しかし、清平が赴任した戸沢村は、人里離れた山間の荒地であり、清平はこの荒地の開墾を試験的に行うことを任されたのであった。その環境の変化たるや、言い知れぬほどのものである。そして懸命に活動した清平らの行った事業は成功を収めた。戸沢村には荒地の開墾に尽力した清平らの顕彰碑が建てられており、その功績の大きさが窺われる。

この清平の栄転を清平宛寛・晶子書簡⑩大正十二年十一月十三日（前出）では次のように語っている。

古宇田清平様　啓上　御栄転のお知らせを拝し、お喜び申し上げます。東京より又々遠くおなりなされた事と思ふと、淋しい心地も致します。「明星」は明春二三月まで休刊しますが、お歌はお止めなされぬやうに祈上ます。冬に向かひます。ご清安を祈上ます。東京はトタン屋根の不愉快な市街となりました。

寛・晶子も関東大震災で苦労を強いられ、第二次『明星』も休刊を余儀なくされている状況で、寛・晶子からの温かい励ましに清平もどれだけ、新しい土地での門出に勇気付けられたことであろうか。栄転とはいえ、清平は家族を抱えながら、荒地での過酷な生活が待っているのであるから、手放しで喜ぶことはできなかったはずである。

また、この戸沢村で、清平にとって、寛・晶子との関わりの中で特筆すべき出来事は、大正十四年九月に寛・晶子が十和田へやってきて、新庄の駅で会い、歌を詠み交わしたことである。このことは第二次『明星』第七巻第四号誌上でも確認できるので詳細は後述したい。

さて、清平の盛岡から戸沢村への転勤を始点として、第二次『明星』の清平の歌を追って見て行きたい。

『明　星』第五巻第一号「大沢吟行」（大正十三年六月）

1　山の風いよいよ身には沁みながら志戸平よりなほ奥に入る

3　わづらひも清き泉にあらはれて軽きこころの旅人となる

8　秋の山朝のいづみのきよければ祈りの心おのづから湧く

11　天人の浴することもおもはれぬいづみのきよき大沢の秋

この「大沢吟行」は、関東大震災により大正十二年十月より休刊となっていた『明星』の復刊一号目となる。

清平の著書にこの「大沢吟行」は、

東北本線花巻駅から西へ電車で一時間も走ったろうか、山間の静かな清流に沿って先づ志戸平の温泉があり、その奥に大沢温泉がある。唯一人で行って一夜を過した。大正十二年十月のことである。（注27）

と、説明がされている。清平が大沢温泉を訪ねた頃は、東京では、まだ、関東大震災の混乱下にあった。しかし、この東北の清平にあっては、東京の混乱とは打って変わっての優雅な吟行一人旅である。

1「山の風」は、東北の秋は山の入り口でさえ、もう身に沁みる寒さであることを詠んでいる。そんな寒さをいとわずに、目指すは山奥の大沢温泉である。寒さに少し辟易しながらも、さらに奥地の大沢温泉を目指すことへの楽しさが表れている。

3「わづらひも」は、さすがに山奥ともなれば、泉の清水も尚澄んで来るのである。この清水に心洗われて、足取りも自然と軽くなる。そして気ままな一人旅は身も心も軽く開放的な気分にさせるのである。

8「秋の山」は、山間の朝の澄んだ空気の中、清水の湧き出る泉を見ると、自然とこの山の自然に対して、敬虔な気持ちになり、自ずと、祈りを捧げる気持ちになるのである。

11「天人の」は、恐らく8「秋の山」で詠まれた泉と同じであろう。その泉はあまりの清らかさに、神秘意的で、天人の水浴びを髣髴とさせる。どこか、羽衣伝説の天人の水浴びを想起させる歌である。

『明　星』第五巻第二号「曠原より」（大正十三年七月）

1　盛岡の街をうしろに北上の橋を渡れば寒し足音

2　盛岡を去る日となりて落ち葉すら淋しくわれの肩を打つかな

4　山の風草の穂さてはゆく水もわれの心を皆知れる秋

清平は転勤で盛岡から居を移すことになった。盛岡を去る秋の日に、ただでさえ、落葉の頃で淋しいというのに、更に人里離れた鄙びた荒地の山野に身を移すことは、言いようも無いくらいの寂しさがあったであろう。

4「われの心を皆知れる秋」とは、まさに人にも自然にも知れるほどの清平の寂しさが漂っている。しかし、新しい土地で寂しさに埋もれることなく、その地で新しい環境に同化しようという前向きな気持ちを同時に持っていたのである。

5　なつかしき人より遠く別れ来て最上平の草にしたしむ
6　穴ありぬ雪に埋れし人間の家に通ずる穴なりこれは
9　揚雲雀うたふを聞けば失はでなほ空にありわが夢の国

5「なつかしき」は、住み慣れた盛岡の親しい人々から離れて最上郡戸沢村にやってきた清平が「草にしたしむ」ことで、戸沢村に同化していく様子が見られる。新たな地、それは自然環境の厳しい土地であることは清平に新たな発見を与えてくれる。

6「穴ありぬ」は、雪が深いこの地で見た驚きである。「穴」は「雪の下」で生活する人の外界への通路のための穴であった。過酷な自然環境の中で貧しくてもたくましく生きている人々の姿に、その生命力の強さに感動すると同時に、責任感の強い清平は荒地の開墾の必要を強く感じたに違いない。

9「揚雲雀」は、過酷な自然環境に開墾して新地を生み出すといった、清平の理想、信念がこめられている「わが夢の国」を、時には見失いそうになる時もあるのだろう。しかし、雲雀が空に啼くのを聞き、生命の息吹を感じると、また、「わが夢の国」が清平の心に芽生えるのである。

『明　星』第五巻第三号「山の夏」（大正十三年八月）

1　身の終り雲の消ゆるに似たるべし明日をたのまず山に親しむ
6　萱の葉は嘆き薊はいきどほり農人の身は汗してうめく
7　蛇を打つわが興奮の鞭に触れたんぽぽの穂の軽く飛び立つ
12　草高く波打つ時は馬の背の岩かとも見ゆ船かとも見ゆ

山深く、荒れた野で経験した初めてのことが新鮮な目で描かれ、自然の厳しさを素直に身に受けている。

1「身の終わり」は、自身を雲に見立てているのであろう。明日という日を頼みにすることよりも、まずは現実の偉大なる自然、「山」と親しんで生きることが先決であったのだろう。荒地の開墾が果たしてうまく出来るかどうか、この新しい試みは、先例の無い挑戦だけに、大変な不安を抱えながらの日々であったに違いない。そんな時に何より頼りになるのは、そこにある自然と親しみ、自然を理解することだったはずである。清平の捉える「自然」は、生活に身近であり、そこで「生きる」人の強さ、あらゆるものの「生命感」が強く輝いている。

6「萱の葉は」は、萱が嘆き、薊も憤り、農人はうめいている。萱の嘆きも薊の憤りも超越できない自然との格闘を続ける農人たちの嘆きであり、憤りである。過酷な荒地の開墾が目に浮かぶような一首である。そして時には自然と闘わなくてはならない場面も出てくる。

7「蛇を打つ」は、必死に蛇と格闘する清平の緊張した空気が漂っているが、たんぽぽの穂が軽く飛び立ったことで一瞬の緊張が解けていく。緊張と緩慢の対比、蛇とたんぽぽの対比、静と動との対比する表現にも注目したい。

12「草高く」は、草深い野の中にいて恐らく風が吹いたのであろう。その風の通り道の草がなびいて、まるでそれは、馬の背や岩や船のように形を変えながら目の前に迫っている様子である。いずれも、「野の人」ならではの目に映る日常を歌に詠んでいるのである。

『明　星』第五巻第五号「故郷」（大正十三年十月）

1　くぐるときいまだ恋をも知らざりし日の心地する故里の門

2　村人に異端者のごと思はれて恋せしこともそのかみとなる

8　遠く来し客人としてもてなされ七日起き臥す故里の家

少年の日の懐かしさを胸に抱えて故郷の茨城に帰省した時の歌。清平は帰省のたびに歌を詠んだことを、

父母や祖父母に育てられた実家と、その周囲の環境とは、自分が家庭を持つまでの若き日は勿論、いくら年を取ってからでも誠になつかしいものである。郷里へ帰った度毎に詠んだ（注28）

と、述べている。

1「くぐるとき」は、一瞬、実家の門をくぐる時に、若い頃にタイムスリップした感覚におそわれたのであろう。

2「村人に」は、生まれてから一人前になって、独立するまで、自分が生活していた家、土地であるのに、そこはもうすでに自分の居場所ではなくなっていることを、村人の異端者を見るような視線で、気づかされ、淋し

く思っているのだ。

8「遠く来し」は、2「村人に」と同様に、実家の家の中に居ても、もうそこには家人としてではなく、客人としてもてなされることで、やはり、自分の居場所ではなくなってしまったことに一抹の寂しさを感じているのである。

『明　星』第五巻第六号「茅の穂」（大正十三年十一月）

2　清平の痩せたる顔の淋しなどつぶやく声の茅の穂にあり
5　わが立てる茅原にのみふりそそぐ白き光と思はるる月
7　茅の穂が月の光をみな負ひて露けき宵の野となれるかな

詠草「茅の穂」は、晩秋の最上の茅の原の風景と、上の湯温泉吟行の詠草がおさめられている。茅の穂が晩秋の訪れを感じさせている一連の詠草は、これから迎える冬を目の前に、一時の静けさを感じているようだ。

2「清平の」は、過酷な自然環境に身をおいて、清平も茅のように痩せてしまったのであろうか。そんな清平の痩せた顔が淋しげである。

5「わが立てる」は、雲間から一筋の月光が、白く光って、清平の立っている茅の原に降り注いでいる。一種の幻想的な風景が印象深い。

7「茅の穂が」は、茅の穂が秋の澄んだ月光をいっせいに浴びている。こんな秋の野の風情が訪れると、もう次第に寒くなってきて、いつしか露深い野へとなっていくのである。天から降り注ぐ月光、茅の穂、地の露まで、視点の上から下への変化にともない、冷たさを次第に感じさせている点にも注意したい。

15　われは来て大人と夫人と万里等が見たる蔵王の裏山を見る

一連の上の湯温泉での詠草については、

奥羽山脈スキーで有名な蔵王の東側には、宮城県の青嶺、蛾蛾などがあって与謝野両夫妻、平野万里等がその青嶺に清遊されたが、私は蔵王の西側の上の山温泉で歌を詠んだ。（注29）

と、述べている。清平には仕事の都合もあったのであろう。寛・晶子ら一行との吟行にさぞや行きたかったのであろう。せめて、蔵王の山を隔てて清平は山形側で寛・晶子のいる宮城県青嶺に想いを馳せて、身はさておくも、せめて心は吟行に同行しているのである。

『明　星』第六巻第一号「農人の歌」（大正十四年一月）

1　風吹けどこれ騒音の街ならず身は霜月の桑畑に立つ
2　桑の枝藁もて畑に結ぶにも親心など湧き出づるかな
11　土くさき両手なれども重ぬればわが温き心にも沁む
12　子のために風船玉をふくらますやすきひと日も我に稀なり

すっかり農業の現場に生きる「農人」清平となった。

1「風吹けど」は、桑畑に吹き付ける風が高い音を立ててざわざわと鳴っている。以前までの街暮らしでは、その音が街の騒音に聞こえたが、今は最上の畑の中で、その騒音のように大きな音をたてている桑の風に鳴る音を聴いているのである。

2「桑の枝」は、強風から桑の枝を保護する為か、藁で枝を結んでいると、自然と、桑の枝に対して、親心が湧いてくるものである。大地にあるものに対する清平の強い愛情が感じられる。

11「土くさき」は、清平がふと、自分の両手の土くささに気づいたときに感慨深い感情が心に湧きあがってきたのであろう。体臭からしてまさに「農人」となった自分を自覚したのである。この嗅覚に訴えての表現に注目したい。

12「子のために」は、普段は子供と安らぐ暇もなく、ひたすら荒地で働き続けている「農人」清平の、父としての悲哀が歌われている。風船を子供のために膨らますといった、ほんのちょっとした時間で、安らぐ余裕もなく、働き続ける過酷な清平の姿が浮き上がってくる。

『明　星』第六巻第二号「短歌六首」（大正十四年二月）

1　しらしらとゆきのくさりにつながれて出羽の空に山の並びぬ
3　たそかれの枯木のもとに藁たけば荒野に似たりわが冬の庭
6　土くさき拳なれども馬を打つ日は稀にして涙のみ拭く

1「しらしらと」は、見渡してみると、出羽の山々は、雪のすっぽりと覆われて、まるで、雪の鎖につながっているように、山が、白くつながって見えるのである。

3「たそかれの」は、清平の自宅の冬の庭はさすがに花もなく、それだけでも寒々しいのに、雪の庭で枯木のもとで藁をたくと、それはまるで、枯れ草だらけの荒野に似ている。我家の庭も荒れた野の景色となるのだ。

6「土くさき」は、野に暮らす作者の手は土のにおいがしている。だからといって、野に遊ぶ馬に乗る機会もごく少なく、その土くさい手では涙をぬぐうときの方が多いのだ。何に涙を流しているかは不明であるが、農人の生活の厳しさに恐らく、涙することが多いのであろう。

『明　星』第六巻第三号「出羽の雪」（大正十四年三月）

5　藁塚に雪の積むごとはるかにも鳥海山のしろきいただき

6　から松の四尺の幹をうづみたる事務所の前の雪の原かな

9　それとなく身にせまりくる愁あり山に積もれる雪明りにも

12　こころには椿の花を抱けども雪まじりなる風のみぞ吹く

東北の雪について興味を持った寛に（前述、大正十二年冬頃清平に雪の話を文化学院の生徒に聞かせたいという寛の発案があったことから）特に知らせたい気持ちがあったのであろうか。同じ東北とはいえ、盛岡とは違って、この最上郡戸沢村は大変雪深い。

5「藁塚に」は、冬枯れの畑にこんもりと盛られた藁塚に降り積もった雪のように、遙か彼方の鳥海山の積雪も、きっとうずたかく積もっているのであろう。鳥海からは離れたこの最上の地からもそれがはっきりと見える。6「から松の」は、四尺も枝を伸ばすから松さえも、雪に閉ざされてしまう。どれだけ雪深いかが具体的に伺い知れる歌である。

9「それとなく」は、雪明りで景色は薄明るいとはいえ、なんとなく身の迫るような愁いを感じずにはいられない。冬の積雪に雪明りとは反対に、一抹の気分の暗さを対照させている。

12「こころには」は、雪の季節も終われば、椿の咲く頃となる。そんな春への希望とはうらはらに、季節はまだ、風雪の吹き付ける冬なのである。雪国の長い冬の中、春を待ちわびる心境である。

さて、雪に閉ざされて家の中も暗くなるなど、村人達の生活も不自由を余儀なくされる雪について、清平は著書で「雪国風景ところどころ」として昭和三年あたりに記したとする文章を紹介しているので、ここに提示しておきたい。

普通の農家へ此の積雪期中に訪れて見るなら、先づ家の中の薄暗いことおびただしい。雪明りというものはよほど明るいものだけれども、日光の明かりには及ぶべくも無い。唯でさへ暗澹たる冬空の下だ。それにおゝいおだれで家を囲繞し、おまけに丈余の雪が立ちふさがる。正に暗からざるを得ない。

寒くてたまらないというのは吹雪の日である。風邪が痛いほど冷たい。彼のシベリヤの荒野から日本海を渡って吹き付けてくる風なのである。（中略）もしも紙一枚ほどの戸の隙間でもあるものなら、うどん粉のような粉雪は容赦なく室内に吹き込む。人々は炉辺に閉じ篭り、天地は徒に荒れ狂う風雪の叫びに任せるばかりである。（注30）

このような過酷な自然環境の中でも人々は工夫をしながら厳しい冬を越していくのである。そしてこのような自然環境の中で、何とか暮らしやすいように工夫することも、その土地ならではの文化の一つであろう。清平はこの風土の生み出す独特の文化を歌というもので何とか伝えようとしていたのではないだろうか。

『明　星』第七巻第三号「筑波と故郷」（大正十四年九月）

1　男女川《みなの》今日わたる人旅路には身の疲れねど恋に疲るる
5　静かなる山の心も変るらんしばらく晴れてまた小雨降る
10　弟の家既に成り新しき木の香をこめて夏の雨降る
11　胡瓜など土間にまろぶも山の色窓に迫るもよしや故里

故郷の山の景色は相変わらずであるが、弟も自立して立派に家を建て、時は確実に経過をしている。大正十三年の歌では、故郷での違和感が詠まれていたが、その違和感を乗り越えたのであろうか。故郷の風物に愛情を注ぐ余裕が見られる。この詠草は清平の半年振りの『明星』詠草である。荒地での仕事に追われて歌を詠んでいる余裕が清平に無かったのであろう。

1「男女川」は、清平自身のことか。大正十三年の帰省した故郷での歌には、故郷に居て暮らした頃は、恋も知らなかった。といった内容の歌がある。その歌と対比させてみると、恋を知らないどころではなく、既に、恋に疲れるほどの人生経験を積んでいることが伺える。また、故郷に帰りながら、旅路にあると詠んでいることなども心境の変化と捉えられる。大正十三年の、帰省時には、「遠く来し客人としてもてなされ七日起き臥す故郷の家」と詠み、お客、よそ者の待遇を受ける違和感を感じていたのに対して、、自ら旅路にある旅人と称していることなどは注目できる。

5「静かなる」は、恐らく、故郷の筑波山の景色を眺めてのことである（清平は大正十四年の帰省時には筑波山に登ったとある）。[注31] 静かで落ち着いた、雄大な山も、心が変わることがあるのだ。ましてや人の心は移ろいやすいものであろう。

10「弟の家」は、故郷が、もう既に、弟一家の居場所であることを弟の新築の家の木の香をかぎながら、感じているのであろう。

11「胡瓜など」は、土間に転がる胡瓜や、窓に迫った、山の色をふと見ると、そこに清平の知っている昔ながらの故郷があり、故郷を肌で感じたのだ。

さて、この戸沢村での清平にとって、一番の思い出と言っても過言ではない出来事は、大正十四年九月、寛・晶子との面会である。寛・晶子一行の十和田吟行の途上、とても短時間ではあったが、清平の住む戸沢村から二駅の新庄駅でその面会は果たされた。この、寛と晶子の十和田行きについての企画はもともとは八月に予定されていた。大正十四年七月十日　白仁秋津宛寛書簡[注32]に、

この夏は八月四五日より十和田湖へ参り候。本年も御遠遊如何。東京へ御出でなされ候ならば、是非秋田、青森の旅行に歌を御一所に詠むみ度候。帰途は信州軽井沢に一二泊の予定に候。御上京を少し御早め被下度候。妻よりも右御勧め致候。

と、白仁秋津を誘っている。しかし、実際八月は信州に五日間旅行して、十和田までの旅は行われなかった。そして寛・晶子書簡⑪大正十四年九月八日　でもって、十和田旅行へ清平を誘っている。

⑪ 大正十四年九月八日（推定）
封有・毛筆巻紙
表　消印　大正十四年九月九日　九段
住所　山形県最上郡戸沢村
最上分場
宛先　古宇田清平様
（「歌集添削要求に対する返事」の清平添え書き有）
裏　住所　東京市麹町区富士見町五丁目九番地　与謝野方
「明星」編輯所
東京市神田区駿河台袋町十二番地　文化学院内
「明星」發行所
差出　与謝野寛
与謝野晶子

啓上

御清安と存じます。
小生と妻とが来る十五日の夜
行（急行）にて上野を立ち、
翌朝五時五十七分に山形へ
着、直ちに十和田湖畔
に向ひ、同夜は途中の大
湯ホテルにて一泊可致候。
若しおひまならば、十和田へ
おいで如何。
十和田にては和井内ホテルに二
三泊し、大館に引返して、
青森県北津軽郡杉柳
村安田秀治郎君方に二
泊し、五戸町へも廻り、
帰京の予定です。
東北の山川を初めて見ることが二人
の心を躍らせます。
若し御目に懸らるれば幸

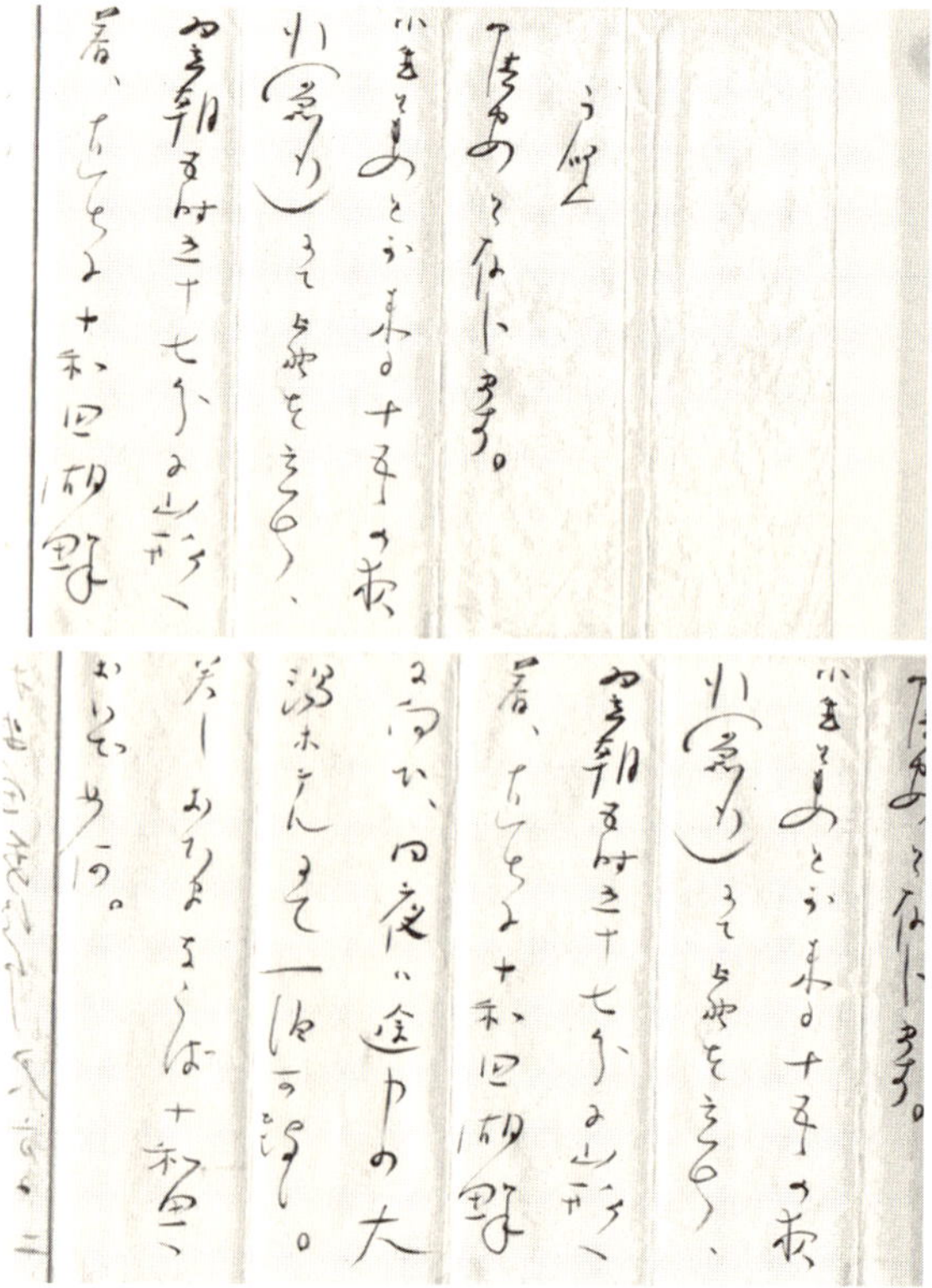

ひです。

草々

九月八日

寛

晶子

古宇田清平様

御もとに

或は平野、関戸二君も同行するかも知れません。

（推定）大正十四年

（理由）寛晶子の十和田旅行は大正十四年九月のことから。『明星』第七巻第四号十、十一月合併號（大正十四年十月）の詠草に、寛「十和田湖其他」、清平「孤影」から寛一行と清平が新庄駅で会したことがわかる。

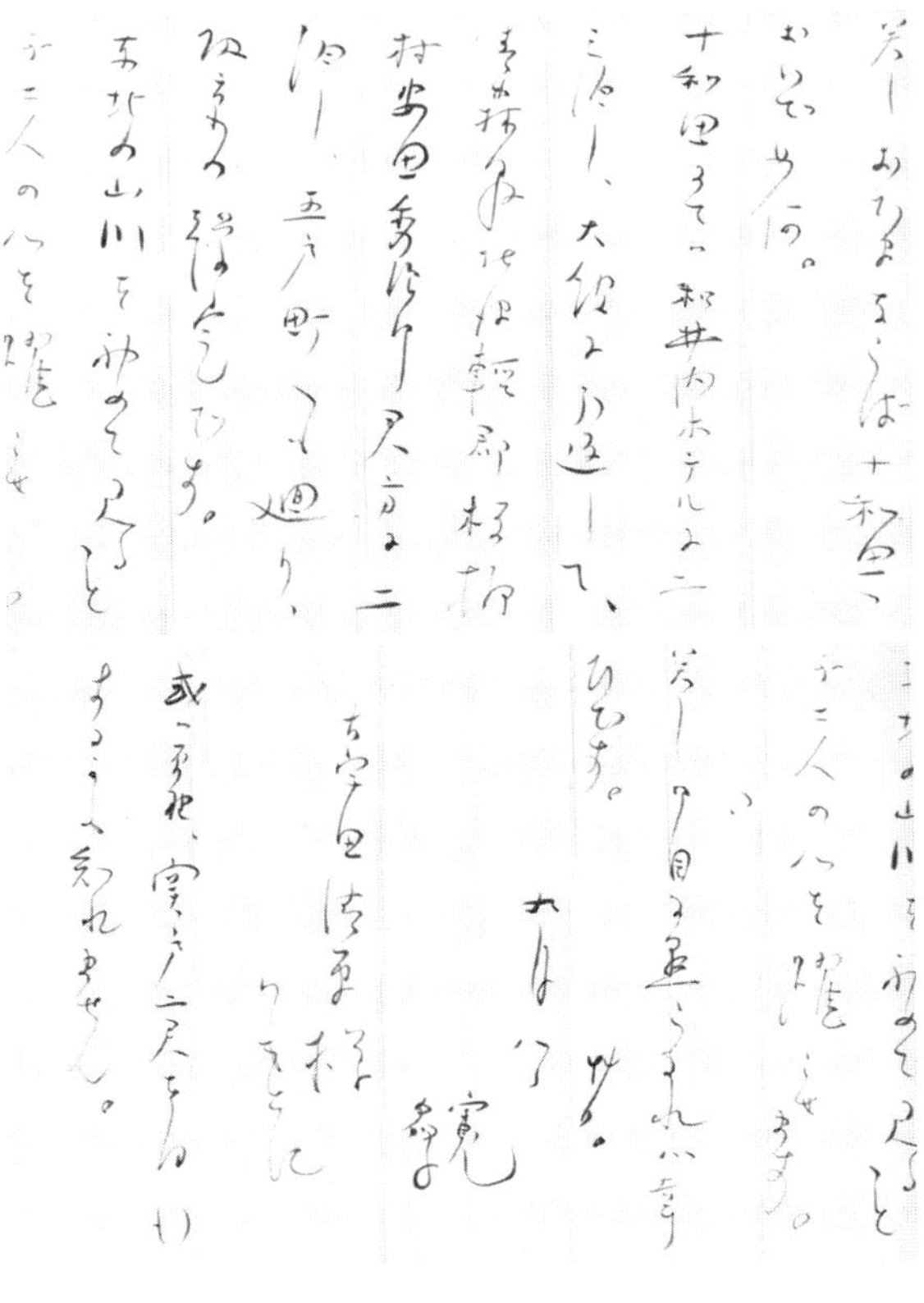

清平はこの寛・晶子の十和田旅行の事（注7）を、

大正十四年の秋に、与謝野両先生が奥羽の旅に来られた。同行しないかと言う手紙の中には、私の住んでいる津谷駅から二つ目の新庄駅到着の時間も書かれてあった。用事が多くて同行できなかったが、新庄駅に先生夫妻を迎いて、五分間の停車時間中いろいろ話しを交わすことができた。

と、述べている。そしてこの新庄での面会のことが『明星』第七巻第四号に、清平は「孤影」に、寛は「十和田湖其他」で歌に詠んでいる。

『明　星』第七巻第四号「孤影」（大正十四年十月）

1　先生を待つうれしさを共に鳴く新庄駅の朝のこほろぎ
2　先生と五分ほどを駅頭に逢へる此の日の足る心かな
3　天人の五衰も知らぬ若さもて北の駅舎におり立てる君
4　なつかしき大人《うし》の姿を前にして九月の出羽の霧に吹かるる
5　明けがたの霧深けれど先生と夫人とありて寒からぬ朝
6　青みたる山うつくしき海なりき我目にありし大人《うし》と夫人は
7　わが夫人美しくしてその言葉泉に似たりこころにぞ沁む
8　残るわれ霧より寒したちまちに霧に消えたる汽車を見送り

清平にとって第二次『明星』第一巻第一号と同様に忘れられない『明星』はこの号であろう。それは、この十和田湖吟行を寛が清平の名を詠み込んで歌っているからである。

清平と立ちて云ふこと人生のただ五分のみ新庄の駅
歌ありや清平の云ふ花の実のとりいれ忙し近く歌なし
秋なれば蓑がんじきを著けねども荒野より来て若き清平
わが見てもわれ既に老ゆ若き人おどろく歌をわれに教へよ

「十和田湖其他」与謝野寛　より

寛らの一行と清平との新庄駅での面会は、列車の乗り換えの非常に短い時間にもかかわらず、このように寛から「清平」と名前を入れて歌が詠まれた。清平にとっては、並々ならぬ感激である。寛はこういった時に、日常的に人名を入れて歌を詠んでいたわけではないので、清平の感激もひとしおである。寛の「歌ありや」は丁度、この年の春と夏には『明星』への清平の詠草が途切れてしまった時である。荒地の開墾に多忙を極めていたのであるが、それを指しての歌である。また、「秋なれば」の歌では恐らく清平の便りや歌によってその雪国のモチーフとして蓑やがんじきを提示したのであろう。寛は清平のことを東北の荒野と雪に格闘する若者、といったイメージを少なからず持っていたであろうことは理解できる。清平は寛の「わが見ても」の歌に対し、「常に歌の激励をして下さる先生であった。(注33)」と述べている。

寛には自分たちのように都会で生活する者達には得られない風土、文化を清平が携えていることも大いなる魅力だったのであろう。清平の暮らす過酷な自然環境・風土・そして労働こそが寛には得られないものであるし、得られないものであるからこそ、強く惹かれるものがあったのではないだろうか。しかし、それも、清平のまじめに仕事に歌に取り組む姿勢や、寛・晶子の教えに応えようと努力して、晶子と寛の期待するある程度のレベルをクリアした歌人としての清平の姿があったからこその信頼関係なのである。

寛・晶子との面会後の『明星』での清平の歌を引き続き、順を追って、見ていく。

『明　星』第七巻第五号「日光と土」（大正十四年十二月）

1　日の御子が出羽の国見に出でませば山も晴れつつ秋に連なる
（大正十四年秋、東宮殿下をわが山形県農事試験場へ迎え奉りて以下七首）

4　秋晴れて近く光れるしら雲も今日の御啓に従へるかな

6　日の御子の御前にあれば貴けれわが育てつる花とくだもの

7　北の国あかき苹果《りんご》の木のもとにしるし給へるおん靴のあと

詞書にもあるとおり、東宮殿下が清平の勤める試験場に視察に来た。その時の歌である。秋晴れのりんご畑に東宮一行の壮麗な一団。普段の田舎の景色とは打って変わっての見違える景色に、清平も、胸躍らせたのであろう。

1「日の御子が」は東宮殿下の行啓に、山も、天気も表敬してか、清々しい秋の晴れた日となっている。清平たちの荒地の開墾が、やっと、実を結び始めたところである。その、晴れやかな気持ちが、尚一層、晴れやかに感じられているのである。

4「秋晴れて」は、空の雲でさえ、今日の行啓に従っている。行啓のありがたさを感じ入っているのであろう。

6「日の御子の」は、自分のやってきた仕事が、東宮の目におさめられたことで、今までがんばって荒地の開墾を行ってきたことが誇らしく感じられ、その仕事に対するプライドとモチベーションが充足され高揚する感情が吐露されている。

7「北の園」は、りんごの木のもとに残された東宮の靴跡さえもなんだか、誇らしく思えてくるのである。6「日の御子の」に引き続き、高揚する清平が感じられる。

清平は、この行啓の翌年、大正十五年に、山形県の募集した『如何にせば共栄の社会を農村に実現せられ得べきか』という論文に応募し、第一位に入選している。やはり、荒地の開墾にプライドを持ってあたっていたからこそ、このような意欲なども起きるものではないだろうか。日の御子の行啓は、清平の農業探求などの、モチベーションの一助となったのではないだろうか。前述しているが、賢治もこの年、私設の実験的農場経営と考えられる「羅須地人協会」を立ち上げている。

『明　星』第八巻第一号「枯草」（大正十五年一月）

2　枯草の原にわが立ち思ふこと枯草よりもたよりなきかな
3　枯れはててわが高原の農場の唯だひろびろと冬に入る色
9　みぞれにも雪にも荒き土堀りぬ北の最上に住めばこそあれ

11 枯草の実などこぼるる音やみて氷雨の音に野は変りゆく

また、過酷な冬を迎える季節がやってきた。その季節の到来を告げるのが詠草題の「枯草」なのだ。

2「枯草の」は、厳しい自然、荒野の開墾に立ち向かう清平に、相当に強い意思がなくては務まらないのであるが、心は時に弱くなることを詠んでいる。枯草を足下に従える清平も、ふと、枯草よりも頼りなく、心細い心境になる時があるのだ。清平の己の弱さ、人間の弱さを素直に詠んでいる。

3「枯れはてて」は、枯れ果てた農場を見ると、もうそこは、雪はなくとも、冬の到来を告げる景色である。刈り入れの終わった、農場は殺風景である上に、更に、枯れ果てて、尚一層広々と寒々しくみえるのである。

9「みぞれにも」は、荒野の過酷な開墾の様子が歌われている。雪が降ろうが、みぞれが降ろうが、農人たちは休むことなく、働き続けているのである。これは、北国の荒地の最上だからこそのことなのだ。それだけ、最上の環境は厳しいものなのだ。

11「枯草の」は、荒野に響くパラパラと荒れ野の枯草の実のこぼれ落ちる音が、季節の移ろいと共に、氷雨のパラパラと降る音に変わり、冬の到来が、いよいよ告げられるのである。

『明　星』第八巻第二号（大正十五年二月）「出羽の雪」

1 なつかしき都の人に歌として出羽の雪の消息を書く

3 岡山に妻を帰してわれ一人降り積む雪を見つつ淋しむ

9 雪をのみながめて君を思ふこと忘れんとして忘れ難かり

13　雪の上に顔あつる子等わが如き愁の顔は一つだに無し

1「なつかしき」は、「なつかしき都の人」、恐らく寛・晶子を指すのであろう。寛・晶子に雪の消息を伝えているのだ。前述したが、寛の雪に対する興味、清平はそれに応えようとしているのではないだろうか。

3「岡山に」以降十四首は妻が、実家の岡山に行ってしまった留守中の寂しい心境を詠んだものが主である。妻の帰省については清平著書に「冬は暖国がよしとして妻は実家の岡山へ旅立つ」(注34)とある。その帰省の期間などの詳細は記されていないが、この歌の掲載されている『明星』第八号第二巻に引き続き、『明星』第八巻第三号にも妻の帰省に関する歌、八首の掲載が認められることから、長期にわたったものと思われる。

3「岡山に」は妻を実家に帰したばかりで、単に寂しく、語る相手もなく、雪を見るしかないのだろう。

9「雪をのみ」は、そこに居ない妻のことを離れているほど、なぜか、考えてしまう。考えたって仕方の無いことであるから、考えないようにしようとしても、また、妻のことを考えている自分に気づく。妻に対する深い愛情の感じられる一首である。

13「雪の上に」は、清平がこんなに妻の不在に寂しく、恐らく表情もどこか沈んでいるのに対して、子供たちは元気に雪と戯れていて、暗い表情のかけらも無い。清平と子供たちとのこのちがいに少し戸惑いを覚えているのである。

『明　星』第八巻第三号「野の人」(大正十五年四月)

2　わが居間を二たび三たび廻れども落ちつくべくもあらぬ心ぞ

5　身をおくは最上郡の雪の中心はさてもいづくにかある
9　北海の岩に立つとも思はれて屋根に掻くなり三尺の雪
11　新庄の城下にくれば一月の軒ことごとくしら雪に乗る

「野の人」は、『明星』前号第八巻第二号「出羽の雪」に引き続き、全十四首中、九首は妻の岡山への帰省で妻の不在を詠んだものである。

2「わが居間を」は、妻の不在に所在投げに、うろうろと居間を歩き廻る清平の姿である。妻がいないと、なんとなく落ち着かない心境なのだろう。

5「身をおくは」は、身は、妻とはなれていても、心は、妻のいる岡山へと向かっていることが歌われている。相聞歌の浪漫的な響きを含んでいる。このように、妻の不在になんとなく心の定まらない日々をすごす中、外界の最上の雪は深く、まだ春の訪れは感じられないのである。

9「北海の」は、清平が著書の「雪国風景ところどころ」で次のように述べている。

雪の沢山積む此の辺の人家の屋根を気をつけて見ると、その勾配が大変急である。勿論雪の重圧を避けるために外ならない。やくざな建物が雪のために圧しつぶされる事は珍しくない。だから雪の降り加減によっては何度か屋根の雪下ろしをという厄介な作業をせねばならない。

平常降った雪の上に更には屋根から下ろした雪が積み重なって、家の周囲はまるで雪の山だ。人家の軒が通路と同高となり、家々は馬鹿に低いもののように見られる。人の出入りする戸口は遥かに足の下方となる。(注35)

このように、清平の暮らす最上郡戸沢村は、いかに雪深いかがよく理解できる。

また、雪の深さについては、11「新庄の」にも、よく表れている。新庄は、城下町で、戸沢村よりはにぎやかな街であるが、やはり家の軒がすっぽり雪に埋まってしまうほどの豪雪地帯であることは変わりは無い。その光景は、まるで、雪の上に軒が乗っかっているように見えるのである。いずれも雪深く、雪が高く降り積もっている風景が見られる。

さて、清平が雪を歌った頃の寛・晶子からの書簡に、

⑫　大正十五年三月十六日

表　消印　大正十五年三月十六日　九段
　　宛先　山形県最上郡戸沢村最上分場
　　宛名　古宇田清平様
　　　　　（「中原綾子住所知らせ」清平書き込み有）
裏　住所　東京市麹町区富士見町五町目九番地、与謝野方
　　　　　「日本古典全集」編纂所
　　　　　東京府落合局区内長峰村一六二一、新しき村出版部内
　　　　　「日本古典全集」刊行會

啓上

御清安と存上候。まだ御地には
雪が残りをり候や。東京は本年は早く暖かに相成候。
お尋ねの中原綾子夫人は
　東京市外下渋谷、七一七
に住まはれ候。
お作、四月号に（拝見のうへ）
載せ申し候。　　　　　艸々
　三月十六日　　　寛　　晶子
古宇田清平様
　　御もとえ

と、いう中原綾子の住所を尋ねる清平に答える書簡である。中原綾子と清平の間にどのようなやり取りがあったのかは中原綾子の書簡が存在しない現在、不明であるが、この時点で清平が中原綾子の住所を知らないことから、そうは親しい間柄ではないことが伺える。

書中に「まだ御地には雪が残りをり候や」の記述は清平の「出羽の雪」の歌を受けてのことであろう。また、「お作、四月号に（拝見のうへ）載せ申し候」の記述どおり、大正十五年四月『明星』第八巻第三号には「野の人」の清平詠草が十四首掲載されているのである。

『明　星』第九巻第三号

「野の人」（大正十五年十月）

1　馬もまた、山と川とに親しむか駆歩のひびきを秋に立て行く（友と馬にて、羽根沢温泉に赴く）

6　陶器《すゑもの》にひびの入りたるここちして庄内人の訛をばきく

13　秋の雲しらしらとして高く飛ぶその青空の下の農場

15　なつかしき燕などは飛び去りて悪ろき雀の食らふ野となる

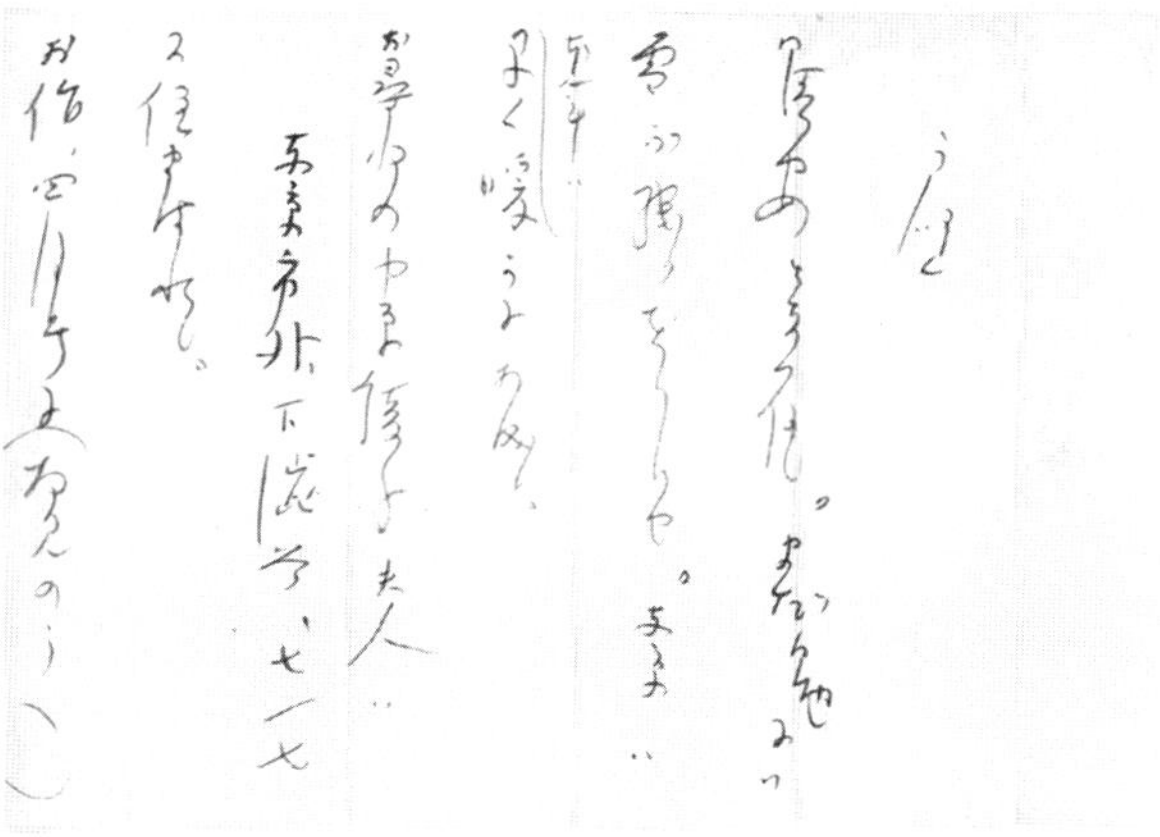

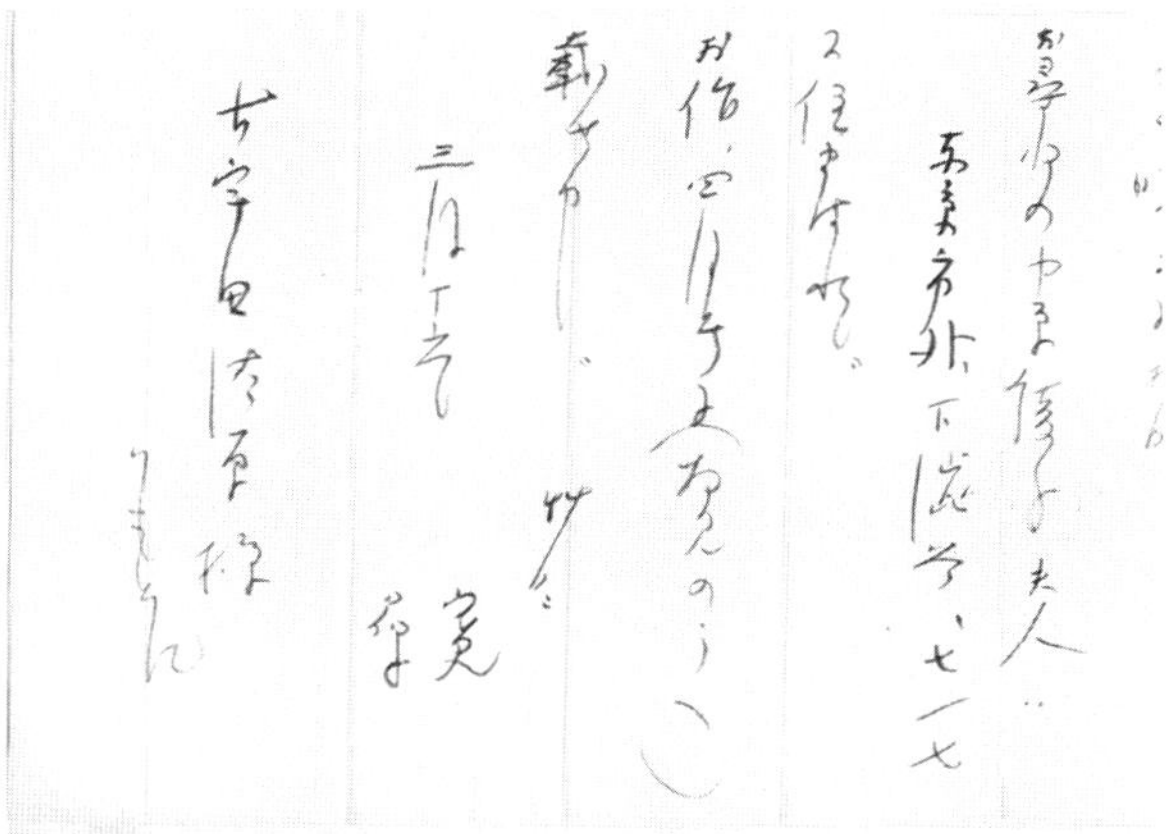

『明星』第八巻第三号「野の人」からの連作である。全十八首中、十一首は詞書の「友と馬にて羽根沢温泉に赴く」の吟行である。その時のことを清平は、

羽根沢温泉は、最上郡の辺鄙な山間にある余り世に名の知られていない静かな湯場である。大正十五年の秋、僚友と馬に跨って出掛けた。馬で行くのにふさわしい湯場であった。(注36)

と、述べている。

1「馬もまた」は、清平の著書での回想どおりの風景が描かれている。羽根沢温泉は馬で行くのにふさわしい、山奥の温泉である。馬も、清平らと同様に、山川の風景に感動しているのであろうか。馬の駆歩の音がひびき、一層の旅の趣を加えているのだ。

6「陶器に」は、羽根沢温泉が、山間の鄙びた場所であるから、そこに暮らす庄内人もかなりの訛をもって話す人々なのであろう。東北訛りの、濁音で話す、いわゆる「ズーズー弁」が耳に振動を感じ、陶器にひびの入るように聞こえてきたのであろう。

13「秋の雲」、15「なつかしきは」、清平の農場での日常を歌ったものである。13「秋の雲」は、澄んだ秋空に白雲が流れ飛ぶ。その下に清平の農場がある。視点が、青空の白雲から、下界の農場を見下ろすように動き、秋空の空間をより一層際立たせている。

15「なつかしき」は、農場で生活をしていると、雀なども、愛でるものから、作物を荒らす困ったものと目に映ることもある。作物に害を与えない燕、春を告げる燕も、もうとうに飛び去ってしまった。そんな燕を思うと

なつかしく感じるのであろう。また、季節は移ろい、秋となると、悪い雀が農作物を食い荒らすので、更に荒れた野となってしまうのだ。

『明　星』第十巻第一号「野の人」（昭和二年一月）

3　農場の鐘の音澄み空気澄み歌のこころも秋に澄みいる

5　野の我の淡き憂も秋の来て葡萄の実ほど色づけるかな

9　草にゐて秋の歌詠む野のわれと同じこころを啼けるこほろぎ

10　幸運に身を躍らせてある如しわが野を過ぎる秋のしら雲

『明星』第八巻第三号、第九巻第三号に続く一連の詠草題、「野の人」である。秋の澄んだ空気に、実りの秋。これが野の人の束の間の喜びである。

3「農場の」は、清々しい秋の空気の中、鐘の音も秋晴れの空に響き渡り、一層清々しい。この清々しさに包まれて、清平の歌心も澄んだ空気と等しく、清々しい。

5「野の我の」は、葡萄の濃く色づいてゆくのに従って、清平の心の愁いも次第に深まって行くのである。

9「草にゐて」は、草の中に座って、秋の歌を詠む清平の気持ちを理解して、清平と一緒に歌うこおろぎ。このこおろぎに清平は親近感を覚えているのであろう。また、逆に、野にいる清平の気持ちを理解できるのは、同じ野にいる、こおろぎだけなのかも知れず、清平の一抹の孤独感を感じる。

10「幸運に」は、秋晴れの清々しい空に浮かぶ雲は、まるで幸運なことがあって、うきうきした気持ちで、軽いステップを踏んでいるかのように、ふわふわと上下しながら農場の上を通過して行く。その雲を見ている清平も、その心が軽く、晴々としてくるのである。

『明　星』第十巻第二号「雪と黒点」（昭和二年四月）

5　農園もそれをめぐれる山もまた昨日に変るひといろの雪
7　雪のうへ蜜柑の皮の散りたるも北の国には日の色と見る
11　をりをりに豆の種子撰る手を休めてつく溜息を人に知らるな
14　雪の野に鴉下りゐるさまに似て我の憂ひもあらはなるかな

5「農園も」は、一晩のうちに降り積もった雪が、昨日の景色を一掃させ、新たな景色を作り出している。白い雪によって、日々、清平を取り巻く世界が塗り替えられていく情景を表している。

7「雪のうへ」は、北国の寒々とした雪景色には蜜柑のオレンジ色の皮さえも鮮やかに明るく目に映るのである。

11「をりをりに」は、恐らく単調に、機械的に豆の種を選っているのであろう。そんな時、ふと手を休めて洩らす溜息。その溜息を一緒に作業する人に知られないように。との想いである。

14「雪の野に」は、詠草題と直接関わると思われる。詠草題「雪と黒点」の「黒点」とは、14「雪の野に」で詠まれている、白い雪の上に黒い鴉がまいおりた情景。その、雪原に見える黒い鴉が「黒点」だと考えられる。そして、この黒点である鴉は、清平の憂いの象徴でもあるのだ。このように雪に閉ざされた北国の冬は作者にとって、明るさを欠いた陰鬱とした気分に自然と向かわせてしまうのであろうか。作者の思い悩む気持ちは、太陽の黒点と同様に、心にどんどんと広がっていくのであろうか。

②　第二次『明星』終刊から『冬柏』へ

第二次『明星』は昭和二年四月発刊の『明星』第十巻第二号をもって、事実上の終刊となってしまった。昭和になり、寛・晶子の「日本古典全集」刊行への多忙と資金調達が物理的に『明星』に打撃を与えたのである。しかし、寛も晶子も当初は休刊のつもりで、復活させることを考えていた。

昭和二年秋には、白仁秋津（九月二三日）後藤是山（十月十一日）に次の書簡を送っている。[注37] 印刷物なのでその内容は同一である。

〔印刷〕

啓上　私共此度左の所へ転居致しました。

東京市神田區袋町十二文化学院内

「明星」發行所

与謝野　寛

晶子

猶毎週土曜より月曜に掛けて、「東京市外、下荻窪、字川南三七一与謝野光」方に滞在して居りますから、短歌会の詠草、「明星」の原稿、其他の重要なる郵便物は彼方へお送り下さいまし。追て休刊して居りました「明星」は近く發行の予定です。層一層御助成を願つて置きます。

また、昭和三年一月の寛・晶子の賀状（注38）には、

新春の壽詞を捧げ候

昭和三年一月一日

東京市外、荻窪、字川南三七一

与謝野寛

晶子

次いでながら、今年は雑誌「明星」を復活致すべく候。

と、『明星』復活の意気込みが述べられている。しかし復活するには財政の立ち行かないことが同年四月三日白仁秋津宛　寛書簡（注39）に記されている。

「明星」早く出したく候へども財政の点にて埒明き申さず候。支那より六月の初に帰り候て、計画をし直し可申候。支那参り候は語源を調べ候一助のためニ候へども、また、風物に接して支那の歌を詠ミたしと考へ候ためも有之候。門司にて久々にお目に懸り度候につき、出立前に時日を可申上候。

歌の發表を致す雑誌ハ今一度必ず作り可申候。沢山ニおよミおき被下度候。世間才事の歌にハ絶対に伍し候

希望無之候へども、友人が互ニ消息に代へて、歌を印刷致し度候。

このように、現在『明星』は休刊となっているけれども、歌は詠み続けるように励ましている。そして『明星』の復活については満蒙からの帰国を期として、本格的に考える旨が述べられている。そして、満蒙からの帰国後、六月二十二日　赤木毅宛　寛書簡(注40)に、

樺太よりおかへりなされ候はば御出で被下度候。御歌も沢山おたまり被成候事と奉存候。「明星」が早く出し度候。諸友の歌のみ多く溜まり、それを出す機会なく遺憾に候。

と、『明星』復活の具体的実現にはまだ至っていないことが理解できる。そして、七月八日　古宇田清平宛寛書簡には、

⑬　昭和三年七月八日
封なし

啓上
私どもよりも御疎音に流れ申し候。おゆるし上下度し。

このたびは御国産のさくらんぼを御恵み上下難有く頂戴して、賞味致し申し候。東京にて買ひたるものとは、風味ことなり申し候。日数を経過しをらぬためと、特によき品をおえらび下されたがためなるべし。御礼申上候。先頃五十日近く満蒙の旅を致し五月十七日に帰京致し所、留守中の用事重なりをりて、忙しく暮し申し候。

明星の休刊が存外に長引き心くるしく候。経済的に困りしゆゑに御座候。この秋より是非とも復活致したく候。歌は皆々詠みつゞけをり

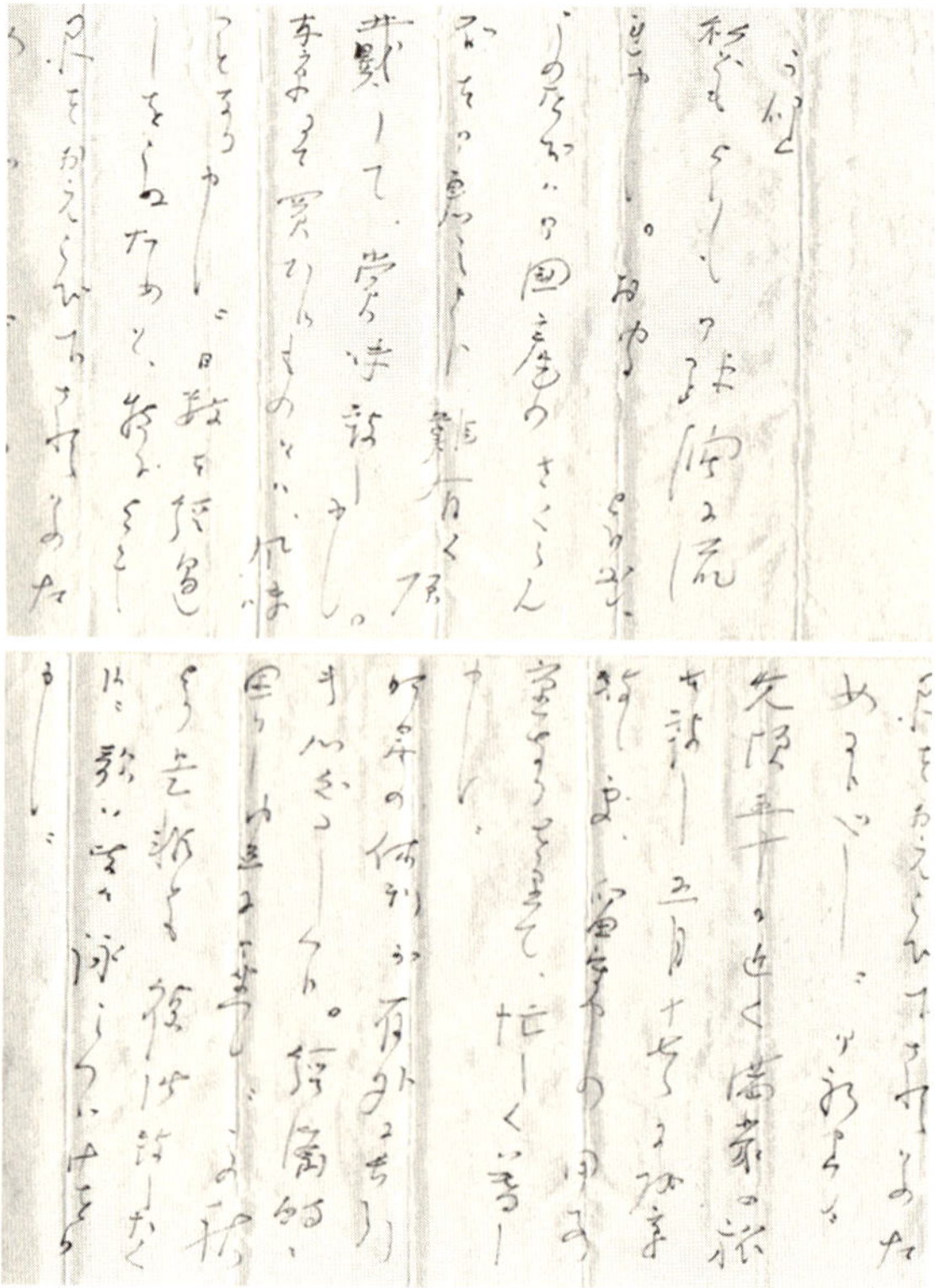

申し候。

中原女史の近頃のお宅を存ぜず候。府下烏山村の由なれど御当地を存ぜず候。

この夏は八月に入りて軽井沢に十日程参りたしと存じをり候。

御近状いかゞあらせられるや。御歌も御見せ上下度し。世間には平凡にして生硬なる似而非歌のみ流行致しをり候。かゝる頽廃時代に、我々のみは精進致し、自分だけの歌を作り度し。平凡歌人には伍し御考心無候。妻からもよろしく申上候。御清安に入らせられるやう御奉祈上候。

艸々拝具

七月八日　　　寛

古宇田詩兄
御もとへ

と、『明星』については「明星の休刊が存外に長引き心くるしく候。経済的に困りしゆゑに御座候。この秋より是非とも復活致したく候。歌は皆々詠みつゞけをり申し候」と、やはり経済的に立ち行かない事情が述べられている。そして白仁秋津や赤木毅と同様に歌を詠み続けるように励ましている。また、「世間には平凡にして生硬なる似而非歌のみ流行致しをり候。かゝる頽廃時代に、我々のみは精進致し、自分だけの歌を作り度し。平凡歌人には伍し御考心無候。」と言って、世間での平凡な歌に染まらないように注意を与え、オリジナリティーのある、個性の有る「自分だけの歌」を詠むことを求めている。

また、書簡に「御近状いかゞあらせられるや。御歌も御見せ上下度し。」とあり、清平の詠草があまり寛・晶子に送られていない様子が伺える。それは『明星』発行が滞っていた頃に、先にも述べたが、清平は農業の論文を発表する機会が増えているからではないだろうか。

大正十五年に県から『如何にせば共栄の社会を農村に実現せられ得るべきか』という論文の募集があった。私はこれ迄の農村生活の体験から割出した現状を訴え、更に明日の諧和共栄を願望する具体案などを纏めて起稿し応募した。幸いにも第一位に入選した。(注41)

また、昭和二年二月には『盛岡高等農林学校同窓会学術彙報　第四巻』に「On the plofitable limit of the use of machinery in the farm management」を、昭和三年五月には『盛岡高農創立二十五周年記念論叢』に「新墾畑地における畑作農業経営の事例並に開墾に関する数種の調査」を発表している。清平はこの論文に物理的な時間を要したために『明星』への詠草が滞ってしまったと考えられるのである。

この様に、『明星』復活の意思は持ちながらも、なかなか具体的な再建策は立てられなかったようである。翌昭和四年になると、その新年の賀状からも『明星』復活の意思を見せる文言も消えてしまっている。

しかし、『明星』復活に対する意思がなくなってしまったわけではなかった。昭和四年三月三日　杉山孝子宛晶子書簡(注42)に、

このほどは、御親切なる御手紙を下され、雑誌のために並ならぬ御寄贈頂き候ことを、いく重にも忝く存じ申候。昔よりの久しき御芳情に涙ぐみ申候。

猶、雑誌のことは、私ども夫婦と以前よりの同人達とにて再興致す相談中に候ゆゑ、御寄贈のお品は、その基金として、預けおき申し候。先日御地の新聞に出で候ことは、半分は真実に候へども、横浜の人が出資するなど申すことは全く跡形もなき誤伝に候。

歌の仲間、詩の仲間のためにも是非に雑誌が欲しく候。これまで、私自身の力にて発行いたし候へども、一昨年より世の中の不景気にて、毎月二三百円の不足を補ひ候こと、私どもの手にてはむつかしき状態となり、止むなく休刊致し候。今度は従来よりも薄きものとし、毎月百円くらゐの補助にて出来上り候やうに致したしと存じ、その計画を友人達と共に致しをり候。

其後、あなた様のお歌はいかゞとお尋ね申上候。何卒沢山にお作りなされ候やうに祈上候。人生は短く、思

ひしよりは寂しきものに候へども、せめて詩歌の上に長く生き度候。

この書簡にある「先日御地の新聞に出で候ことは、半分は真実に候へども、横浜の人が出資するなど申すことは全く跡形もなき誤伝に候。」と述べている大阪毎日新聞の「明星」復活誤報事件については、菅沼宗四郎がこの発端となったことを自著『鉄幹と晶子』(注43)で述べている。

（内山英保という横浜興信銀行の重役で鎌倉に住んで余生を送っていた老人が、『明星』復活資金を提供しようという話になったが、寛の潔癖から破談となっていた。しかし、宗四郎はこのいきさつを知らずに）

昭和四年一月九日の十一時頃だった。早稲田大学出の伊藤某といふ駆け出しの記者が来て、ストーブの前に温もってゐる。お世辞のない、ブッキラ棒の東北弁で、豪傑風の男だったが、こんな凡暗な記者もあるかなと、半分揶揄的にべらべら喋りはじめ、ついうかうかと『明星』發行の計画概要といふべき筋書きを話して了つた。

すると豈計らん哉。翌翌日の十一日の大阪毎日新聞のGO・STOP欄に、与謝野寛、晶子、木下杢太郎、吉井勇、堀口大学等五氏の写真を挿入して左記の記事が掲載された。

「明星」―「スバル」そして再び「明星」へもどった与謝野鉄幹、晶子夫妻は、いろんな事情から、それも廃刊して無為をかこつてゐた。

ところが、堅実な歌風で一世に超然としてゐた若山牧水が逝いてから、めつきり寂しくなつたのをなげくあまり、ここ三度歌壇振興の大旗をとつて立つことになつた。

陣営にあつて糧道援護の大任にあたるのは、与謝野氏高弟中の異彩、横浜関税統計係長石引宗四郎氏（その後菅沼と改姓）だといふ。

とかくただれがちの財政問題を、石引氏の会計手腕にゆだねるからは、何事も万事違算なく、とんとん拍子でゆかうといふのである。

与謝野夫妻を中心に、木下杢太郎、堀口大学、吉井勇氏などが中心に商工都市の横浜に「歌」の一大雑誌を出すといふのは、ただそれだけでも荘なりというべし。

なんでも数名の著名な実業家が大乗気で、兵糧をつぎ込むから成功夢疑ふべからずとある。

この記事を見た私は、全く蒼くなってしまった。これは一大事とばかりに直ぐさま寛先生の所へ行って、こんな失策をして申訳がない。私の話したことは、この記事と大分相違してゐるが、かう書かねばニュースにはなるまいし、何としても私の失策であるからと平謝りに詫び入ったところ、暫く先生も考えてゐたが、宜しい、私が本山社長に事情を話してくるから安心せよと言はれ、やれやれと一息した。（中略）

かうした経緯があって『明星』の復活の問題を出したが、先生ははっきり『明星』は出さない。今後も出してはならないと仰せられたが、併し歌誌発行の機運は、之を契機として急に熟し、遂に昭和五年三月二三日『冬柏』第一号の発刊となったことは喜ばしい次第であった。

と、『明星』を復活させて発行するチャンスは、内山による資金調達の面で一時可能となったが、寛の「潔癖」といった性癖のために、結局はまた、暗礁に乗り上げてしまったこと。「第二次『明星』は出さない」と寛はいうものの一方では、この大阪毎日新聞の「明星」復活誤報事件によって「歌誌発行の機運は、之を契機として急に熟し」ていくのである。更に杉山孝子宛晶子書簡にあるとおり「歌の仲間、詩の仲間のため」に『明星』の規模を小さくしてでも雑誌を復活させたいといった希望を持ち、その実現に向けて始動していくことになる。しかし、雑誌の内容は恐らく「歌の仲間、詩の仲間のため」とあることから「詩歌」の雑誌が想像できる。これでは第二次『明星』の発刊意義からすると随分な尻すぼみな内容での復活の企画である。その内容を広く生活全般と謳い、文化のオーガナイザー的な存在たりと、大変広いグローバルな視点でもってはじめられた第二次『明星』とは様相が一変してしまっている。ここに、第二次『明星』の目指した発刊意義に破綻をきたしたことが伺えるのである。震災から続いた雑誌の経済的圧迫に加え、森鷗外の死、執筆者の不足などが重なり、発刊意義を通しきることが出来なくなっていった。その現状に目を向けざるを得なくなった。と、言った方が的を得ているかもしれない。現実問題として、雑誌存続の道を選ぶなら、その発刊意義を志半ばで実現できなくても仕方がない。と、折り合うしかすべはなかったのであろう。しかし、だからといって、第二次『明星』は文学史上において「文学史的意義はない」（石丸久「明星」『日本近代文学大事典』講談社、昭和五十二年一月）などと、簡単に片付けられることではない。紅野謙介が「運動体としての第二次『明星』―与謝野晶子の〈文化主義〉をめぐって」(注44)で、

〈文化主義〉の運動体として第二次『明星』を捕らえなおすこと。それはとりもなおさずこの雑誌の文学的意義を低いとするような、「文学史」概念そのものを批判的にとらえなおすことにそのままつながるだろう。

と、述べるとおり、第二次『明星』の存在意義は否定されるべきではない。また、加藤百合が「西村伊作―文化学院と与謝野晶子」(注45)で、

第二次『明星』は、直接購読者五百人弱（大正十二年現在）と店頭売り五千部内外（同）によって成り立っていたが同人達は後記で読者に向かい、できる限り、直接購買に移ってほしい、理想をいえば「匿名的な店頭売りをやめたい、と常に呼びかけているところが注目される。文学史的意義は余りないと言われる『明星』であるが、読者までふくめた文学的空間を一種の身内とすることで自由な表現を可能にする、いわばサロン文学の試みと捉えることで見直すことができよう。

と、指摘している。また、少し視点は異なるが、太田登は「大正歌壇の中の晶子―女人歌の台頭をめぐって（注46）」の中で、

第二次『明星』は、アピールする晶子（前段に「〈太陽〉と〈薔薇〉とは円環と豊饒の宇宙を表象し、「内から自然に湧き上がる熾烈な実感」の光輝を意味するものであった。さながら〈熾烈な実感〉を若い女性たちに熱烈にアピールするかのようにうたう晶子であった」とある。）にとってかけがえのない文学的広場であった。もとよりかつての浪漫的香気と甘美な抒情性はすでにあせていたが、〈熾烈な実感〉をうたう円熟の晶子がそこに輝くように存在していた。（中略）のみならず、第二次『明星』の広場からは、晶子のアピールにこたえる深尾須磨子と中原綾子という卓絶した新人が出現したことも注目される。（中略）赤彦主導の『アララギ』歌風が大正歌壇を制覇するなかで女人歌の命脈を保ちえた功績も大きいといえよう。

と、特に女性歌人に注目して、第二次『明星』は次世代の歌人の育成に大いに貢献したことを指摘している。太

田の指摘するところの中原綾子は昭和二十五年に『スバル』を創刊している。

いずれにせよ、それまでの文壇の概念を超えた分野を超越した広いスケールを第二次『明星』は抱えていたことは確かであり、それが中途で挫折してしまっても、今後の研究においては注目してゆくべき雑誌であると言っても過言ではないだろう。確かに、あまりにも大きな発刊意義を唱えてしまったがために、現実問題として焦点がぼやけてしまったのは事実である。しかも、生活全般にわたるすべての「文化」を発表し、それによって先ずは同人を啓蒙してゆくといったことを、第二次『明星』を媒体として行うには、まだ誌上の内容の成長や同人の受容といった点で、時期尚早だったのではないだろうか。寛・晶子の描いた第二次『明星』の発刊意義を体現していくだけの体力が第二次『明星』には残念ながら存在していなかったと言うことになろう。しかし文化のオーガナイザーとしての役割は少なくとも確実に果たしていた。沖良機が「旅かせぎが村おこし・町おこしに一役買った」と言うのも、庶民レベルでの一つの文化の浸透である。文壇と言った狭い範疇に留まらずに出発している『明星』だからこそ、文壇の闘争だけにこだわる余裕はかえってなかったのではないだろうか。それよりも世界を広げたさまざまな文化をより多く、より濃厚に伝えていきたかったのではないだろうか。このことが第二次『明星』を文学史上という非常狭い範囲でだけ見たときに「文学史的意義はない」と言わしめてきた一因と考えるのである。

注1　近藤晉平『九州における与謝野寛と晶子』（二〇〇二年六月、和泉書院）
2・44・45　『國文学　与謝野晶子―自由な精神』第四十四巻四号、十一月三日号（平成十一年三月、学燈社）
3　与謝野晶子「晶子歌話」（『定本　與謝野晶子全集　第十三巻　短歌評論』昭和五十五年四月、講談社）

4　中　皓『与謝野鉄幹』（昭和五十七年四月、桜楓社）
5・6・7・8・9・10・11・12・14・15・21・22・32・37・38・39・40・42　逸見久美『与謝野寛晶子書簡集成
第二巻』（二〇〇一年七月、八木書店）
13・17・18・19・20・23・24・25・26・27・28・29・30・31・33・34・35・36・41　古宇田清平『短歌と随筆　自然
を愛し人間を愛す』（昭和四十四年、浅間嶺発行所）
16・46『与謝野晶子を学ぶ人のために』（一九九五年、世界思想社）
43　菅沼宗四郎『鉄幹と晶子』（昭和三十三年六月、中央公論）

第四章　清平の『冬　柏』時代（昭和五年〜十年）

第一節　『冬　柏』発刊意義

昭和四年一月の大阪毎日新聞の「明星」復活誤報事件をきっかけとし、第二次『明星』に代わる雑誌の発刊が強く望まれる中、昭和四年十二月二十五日に晶子の「五十回誕辰会」が行われた。その席上で徳富蘇峰が『明星』の休刊を嘆き、雑誌の刊行の機運が急激に高まった旨が『冬柏』第一号（昭和五年三月二十三日）の「刊行の辞」に平野萬里によって記されている。

昨冬冬至の夕、與謝野晶子夫人の五十の賀筵が東京會館で催された時、席上徳富猪一郎先生のご挨拶があった。それは極めて興味深いものであったが、終わりに先生は明星の休刊を遺憾とせれられ、著者と読者の間を永年結びつけて居た親しむべき絆をこの際何とかして繋ぐやうに切に御奨めがあつた。先之新詩社の若い人人の間にも發表機関の必要が感ぜられて居たので、於是相談一決して爾来準備を急ぎここに本誌の刊行を見るに至つた。冬柏といふ名を與へたのもその縁によるのである。

このように、十二月二十五日の晶子の誕辰会を契機に雑誌刊行の機運が更に高まり、そしてその熱の冷めぬままに新年を迎えたことが寛・晶子の昭和五年新年の賀状(注1)によって知ることが出来る。

昭和五年一月一日　新年賀状〔印刷〕

新年の御清福を祝し上げ候。

東京市外、下荻窪三七一

与謝野寛・晶子

猶この序に申し上げて御助成を乞ひ候。雑誌「明星」を復興致すまでの間、友人平野萬里君が公務の余暇、来る三月より雑誌「玉冬柏《タマツバキ》」を發行し、専ら「明星」同人の作物を掲載することに相成候。また私共は二月一日より四月廿六日まで、毎週土曜日の午後、第二回「明星講演会」を駿河台袋町十二文化学院講堂に開催致すべく候。題目は近代文豪の諸相（石濱金作）平安朝の代表歌、主として和泉式部の歌（寛）源氏物語の内、夕顔、花の宴、須磨（晶子）。会規は文化学院内「明星講演会」へ御申込下されたく候。

昭和五年元旦

この賀状からすると「雑誌「明星」を復興致すまでの間」ということから、寛が菅沼宗四郎に「『明星』は出さない」と言ったもののやはり、『明星』復活の希望は捨てきれていないことが理解できる。また、第二次『明星』の発刊意義を考えれば、『明星』といった雑誌名のままでその分野を詩歌へと規模を縮小して刊行するのでは『明星』の意義が自ずと消滅してしまうことになる。そこで「雑誌「玉冬柏《タマツバキ》」といった、新たなものを作り出す必要があったのであろう。

さて、昭和四年年末からの急激な雑誌発刊に向けての準備の結果、三月二十三日には新雑誌『冬柏』の創刊にこぎつけるのである。そして、平野萬里によって「刊行の辞」で『冬柏』刊行の経緯が述べられている。（前掲続き）

明星の再興はもつと望ましいことだが、与謝野家の負担を甚だ重からしめる處があつて俄に出来にくい。冬柏はそこへ行く道程として一時之に代るものである。同人の僅少な據金を本として出すものであるからその体裁の如きも極めて貧しく明星に比し同日の談ではないが、無きには勝るであらう。とは言へ内容は殆ど全部同様与謝野先生の手で整えられるものであるから、その点は明星に変りはない積りである。唯当分同人の一人として事務に当たる小生の趣味が田舎びて好んで時代の後端を行く所から、御不満の方も多からうと思ふが、暫く御辛棒を願ひたい。その代り永続性はあらうかと思う。幸にして本誌が漸次生長し、経済上に独立し得る域に達したら即時明星の名に復すると共に体裁も一変するのである。それ迄待って頂きたい。

本来は『明星』を復活させたいが、その内容（体裁も含んで）と資金において満足し得ないものであることから、『明星』の名で雑誌の発行はできないこと。そして、やはり、目指しているものは『明星』発行であること。以上が理解できる。すなわち、『冬柏』は、『明星』という雑誌名ではないけれども、しかし『明星』の規模を縮小した雑誌であると理解できるのである。つまり、『明星』の発刊意義を継承した雑誌ということになろう。

『冬柏』第一号の巻末の「消息」に寛・晶子が『冬柏』創刊にあたって述べていることは、

○我我の間に雑誌を持つことは、特に親しい先輩と諸友との思想上の近状を知るために緊要である。雑誌は世間に多いが、その目的が営利である以上、商品として書かず、商品たるに適せざる我我の述作を載せてくれる筈が無い。自由に各自の筆に成つたものを載せようとするには、どうしても我我の雑誌を持つてゐねばならない。お互いの間に雑誌があつて、新しい述作を毎月発表し合ふと、それが直ちにお互いの精神上の交通になり、他の内部生活を読むことの喜びを感ずると共に、自己の刺激として励まされる所も併せて多い。人間は一面に怠け者にならうとし、安易に甘んずる性情もあるから、雑誌でも無いと、刺激し合う機会がなく、それをよい事にして、うかうかと創作力を鈍らせもする。雑誌を持つた経験のある我我に取つて、昭和二年五月このかた雑誌を失つてゐた事は、非常に寂しい思ひを忍んで来た事であり、以前から我我の雑誌を助成して下さった師友に対して、まことに申訳の無い失態を重ねてゐる事として、人知れず心を苦しめるのであった。茲に「冬柏」が唯一の自由機関雑誌として我我の間に生れ出でたのは、誰よりも先ず我我夫婦の喜びであり、諸友に対して感謝を申上げる所である。

○「冬柏」は決して軽率に計画されなかつた。発行費の収支について十二分に考慮せられた。紙数の少ないのを初め遺憾な点のあるのは、手堅い出発点から漸次に順当な発達を計りたいためである。同人はお互いに此点を考へて我慢したい。社外の先輩諸友も暫く寛恕を賜りたい。唯我我が良心的に甚しく自ら痛むこと無くして「冬柏」のために述べ得ることは、この形式の簡素は止むを得ないとして、この内容には力めて無用の文字、無誠実の文字、無創意の文字を排除して掲げない事である。この意味において「冬柏」の発行は社中同人を自重と発奮とに導くべく、号を遂うて掲ぐる所が諸君の新声であることを期待する。
○「明星」の読者であった諸君に、今月から「冬柏」を差出します。同時に託せられゐた「明星」の前金を「冬柏」の前金に振り替へました。此事をご諒承下され、「明星」同様に御愛読下さることを願ひます。

このように『冬柏』の発刊意義は第二次『明星』の発刊意義と共通している。以下に第二次『明星』の「一隅の卓」と『冬柏』「消息」を対照させ、同旨の箇所を並べて示したい。

①

『明　星』

「私たちの先輩や友人の間に小さな同人雑誌が欲しいと云ふ事は四五年来の希望であった。雑誌が無いと自然に怠け癖が附く。」

『冬　柏』

「我我の間に雑誌を持つことは、特に親しい先輩と諸友との思想上の近状を知るために緊要である。」
「人間は一面に怠け者にならうとし、安易に甘んずる性情もあるから、雑誌でも無いと、刺激い合う機会がなく、それをよい事にして、うかうかと創作力を鈍らせもする。」

②

『明　星』

「「明星」には窮屈な主義乃至主張も無い。唯だこの小さな草紙の上で、幾人かの同人が之を機縁に益々人生と学問芸術とに対する愛を深め、誠実と敬虔と刻苦とを以て特殊な各自の自由な表現を試みたいと思ふばかりである。言ひ換れば、学会と芸術界との一隅に、自由にして気楽なる縦談の座を設け、各自の気儘なる述作を持寄って相互の鑑賞と批評とを楽しまうとするのである。」

『冬　柏』

「自由に各自の筆に成ったものを載せようとするには、どうしても我我の雑誌を持ってゐねばならない。」

「「冬柏」が唯一の自由機関雑誌として我我の間に生れ出でたのは、誰よりも先ず我我夫婦の喜びであり、諸友に対して感謝を申上げる所である。」

③

『明　星』

「断えず新聞雑誌に書いて居る連中でも、仲間の雑誌に載せる風に勝手気儘なものを書く具合には行かない。發行者の注文とか新聞雑誌の性質とかを顧慮して筆を執るのと、自分の内からの要求の儘に他人の思はくを考へないで自由に書くのとは、書く人間の心持が大分にちがふ。この後者の必要を満たすために、茲に愈々この「明星」を復活して出すことになった。」

『冬　柏』

「雑誌は世間に多いが、その目的が営利である以上、商品として書かず、商品たるに適せざる我我の述作を載せてくれる筈が無い。自由に各自の筆に成ったものを載せようとするには、どうしても我我の雑誌を持ってゐねばならない。」

④

『明　星』

「「明星」の初号は急に出すことになりましたので、内容にも體裁にも意の如くならなかつた所があります。追々に皆が力を合せて好くして行く積りです。兎に角、この形の雑誌は―外国には澤山ありますが―我国には只今の所「明星」が一つあるだけです。」

『冬　柏』

「「冬柏」は決して軽率に計画されなかつた。」

「この形式の簡素は止むを得ないとして、この内容には力めて無用の文字、無誠実の文字、無創意の文字を排除して掲げない事である。この意味において「冬柏」の発行は社中同人を自重と発奮とに導くべく、号を遂うて掲ぐる所が諸君の新声であることを期待する。」

①は、雑誌が無いことで怠け癖がついて、創作の習慣がなくなることを危惧している。次に②では「自由」な雑誌であること。しかし、その内容については『明星』の方が広い範囲の内容であることが明示されている。③は雑誌のために書くのではなく、書きたいから書くことを示している。④は内容も体裁も簡素であることを認めながら、以降の発展を目指していくことが共通しているが、『明星』ではその発刊準備の時間がなったことを率直に述べているのに対して、『冬柏』では軽率に計画されていないと、述べている。実際には『明星』にしても『冬柏』にしてもその刊行に当たっては、行き当たりばったりではなかった。『明星』の場合には大正十年十一月復活までにおよそ五年ほどの時間がかかっているし、『冬柏』の場合にはおよそ二年の時間がかかっているのだ。

この様に時間的には『冬柏』の準備の方が短時間であったことや、やはり『明星』という雑誌名を採用できなかったことから、世間に安直に発刊されたことを誤解されることを避けたのではないだろうか。実際に、昭和二年からの第二次『明星』の休刊期間中には寛・晶子を中心として新詩社同時人の間でも常に『明星』復活をもくろんでいたのであるから、計画が軽率ではなかったと言えるのであろう。また、第二次『明星』で打ち立てた販売形式である「直接購入」についても『冬柏』は踏襲している。『冬柏』第一号「消息」で平野萬里が、

○本誌は直接読者に限り頒布する主義を取り一切本屋の店頭に出しませんから、愛読者のご尽力によって新しい読者を作って頂くより外に発達の方法はありません。それ故旧明星を愛読下すった方は勿論新に愛読を給はる諸兄姉に於かれても同好者の御勧誘が願はしい次第です。

と、述べていることから明らかである。また、購読料についても寛・晶子が前出の「消息」で、

「明星」の読者であった諸君に、今月から「冬柏」を差出します。同時に託せられゐた「明星」の前金を「冬柏」の前金に振り替へました。此事をご諒承下され、「明星」同様に御愛読下さることを願ひます。

と、述べていることからも、金銭的にも『冬柏』は第二次『明星』からの継承性を持つことが理解できる。

しかし一方、第一次『明星』よりも第二次『明星』で広げた発刊意義をどうしても狭めなければならなかったため、動機の狭小、極私性、極仲間性という方向に傾いたことも理解できる。第二次『明星』「一隅の卓」で晶

子は、

「明星」の内容は狭く限ることを好みません。私達は生活の全部に触れたいと思ひますから、必ずしも芸術に偏せず、すべての思想と学術に亘り、雑駁でない研究と紹介とをも併せて試みたいと思ひます。内外の労働、経済、教育、婦人問題等にも触れる積りです。

と、述べ、その内容の広さを示している。しかし、『冬柏』では特に内容については触れられず、「この内容には力めて無用の文字、無誠実の文字、無創意の文字を排除して掲げない事である。」と大変抽象的で分かりにくい。従って、『明星』のように内容をはっきりと書いていない以上、新詩社同人を対象と考えることを基本にすれば、それは自ずと詩歌を中心とした内容を示すことになる。第二次『明星』の執筆者には高田保馬（社会学者）、山田孝雄（国語学者）、河田嗣郎（経済学者）、桑木厳翼（哲学者）、牧野英一（刑法学者）、柳宗悦（民芸研究者）、吉野作造（政治学者）、尾崎行雄（政治家）ら、当代各分野では一流の学者らが揃って執筆をしていた。しかし、『冬柏』にはこのように、やはり華やかさには欠けるところがある。そこで実際に『冬柏』第一号の執筆者をここに示し、『明星』の執筆者との違いを再認識しておきたい。

与謝野晶子、石井柏亭、木下杢太郎、赤木毅、新居格、白仁秋津、小森鹿三、尾崎咢堂、江南文三、吉田精一、茅野蕭々、平野万里、与謝野寛、田中悌六、田澤栄子、掛貝芳男、前沢絢子、小金井喜美子、内山英保、関戸信次、桑野信子、高田保馬、吉野一枝、西田猪之輔、福田克子、兼藤紀子、菅沼宗四郎、渡辺六郎、水

木彪、熊坂満、村上操、三島祥道、山西薄明、猪瀬槌子、廣川松五郎

この様に、第二次『明星』発刊の時とは異なり、芸術・学問・翻訳の分野からの執筆陣が薄くなっているのである。これは昭和五年の寛・晶子の賀にある。(注2)

雑誌「明星」を復興致すまでの間、友人平野萬里君が公務の余暇、来る三月より雑誌「玉冬柏《タマツバキ》」を發行し、専ら「明星」同人の作物を掲載することに相成候。

といった、意思の表れであろう。つまり、第二次『明星』で行き詰った所の課題である広い範囲の執筆者の問題をとりあえずは、規模縮小といった形で様子を見ようとしているのであろう。それは『明星』の時のような積極的な発刊意義の消失であると早急に判断するべきことではなく、逆に言えば『冬柏』は第二次『明星』と同じ末路、廃刊の憂き目にあわせてはならないという慎重な態度で臨んでいると見られるのである。『冬柏』までが廃刊になってしまっては、『冬柏』を充実発展させて『明星』復活をする算段が崩れてしまうのである。『明星』復活があくまでも目標であるから、ここは焦らずに慎重に歩もうとしているのであろう。この寛・晶子の考えに従って、平野万里が『冬柏』「発刊の辞」で、

明星の再興はもつと望ましいことだが、与謝野家の負担を甚だ重からしめる虞があつて俄に出来にくい。冬柏はそこへ行く道程として一時之に代るものである。

と、説いて、『冬柏』がすなわち第二次『明星』であることを明示している。

さて、この様に、『冬柏』＝『明星』である以上はその発刊意義も根幹は同一と考えられ、『明星』で言うところの「生活の全部」の意識も当然捨てられてはいないのである。『明星』では特に印刷製本にこだわっていた。しかし『冬柏』が資金的にそれが無理なために実行できていない点を見れば、「生活の全部」は置き去りにされているように見えるが、前述の通り、その販売体制にこだわったり、相変わらず晶子の自嘲的表現の「旅かせぎ」の吟行は続けられているし、それに加え、『冬柏』誌上ではウサギの繁殖を呼びかけるなど、具体的な生産活動にまで言及している点などは『明星』とは違った形は取っているものの、「生活の全部」を当然意識してのことと思われる。

また、特に老境を感じている寛にとって、『冬柏』はその創作活動を存分に行うための重要な場所となっていくのである。『冬柏』の発刊された昭和五年三月に文化学院を辞職し、その席を晶子に預け創作活動に力を注ぐようにしている。また、昭和七年には更なる創作活動に励むことを意識して慶応大学を辞職しているのである。『冬柏』は以上のように第二次『明星』の出版意義を形を変えながらも継続して持ち続けたこと自体に文化的に意義を持っているといえるはずである。しかし、第二次『明星』よりも規模の小さいこの『冬柏』は文学史的意義において軽視されがちであることは否めない。

しかし、逸見久美が述べる(注3)

「冬柏」は昭和初期の寛・晶子の作風を知るうえに必要であるとともに、二人の研究資料としても重要な文献が多く掲載されていると、資料的な意味合いでの『冬柏』の意義も一方で存在することは研究史上においては重要であろう。

第二節　『冬柏時代』とその作品

一、山形県豊里村時代

清平は昭和四年に最上分場の移転に伴い、戸沢村から豊里村へと転居をした。これをもって豊里村時代の始まりで、青森に転勤する昭和十年までの六年間を豊里村時代とする。この昭和初期は、東北にとっては凶作が続いたり、大地震による津波が起きたり、大変辛い時代であった。清平は回想して、

昭和四年に、この戸沢村から同じ郡内の豊里村に最上分場を移転した。建物も新築、圃場も新しく作った。そして今度は殆ど作物の試験で、兼ねて隣接の行啓記念萩野開墾地入植者七十七戸の経営指導が役割であった。(注4)

と、新しい土地で新しい気持ちの中、昭和五年『冬柏』の刊行がなされていったのである。清平も新詩社同人として、第二次『明星』に引き続き、歌を詠み、寛・晶子との書簡のやり取りも続いて行われた。以下に示した『冬柏』に採録された清平歌の状況であるが、昭和十年を境に昭和二十七年までのブランクがある。これは、昭和九年の大凶作を境に、昭和十年に青森県に転勤となり、本業の農業に力を入れざるを得なかったこと、大戦で

社会の混乱にあったことなどが理由である。清平はこのブランクについて

昭和十年以降久しい期間に亘って、職務その他の都合でブランクが続き詠草がなかった。『冬柏』は昭和二十七年三月の第二十三巻春季号で廃刊となった。『冬柏』誌上には通巻二百二十五首が載っている。歌のブランクと云えば、昭和十年三月二十六日、寛先生の逝去の時も、昭和十七年五月二十九日晶子先生逝去の時も共に哀悼歌を詠まずに過ごし、今でもそれが悔やまれる仕末である。(注5)

と、著書の中で述べている。

『冬柏』における清平歌一覧

雑誌名	巻	号	発行年	詠草題名	歌数	清平歌集での分類
『冬　柏』		2	昭和5年4月	曠原の雪	9	出羽の雪
『冬　柏』	2	1	昭和5年12月	立石寺の秋	39	立石寺の秋
『冬　柏』	3	2	昭和7年1月	農場の歌	29	土の感触
『冬　柏』	3	3	昭和7年2月	母の喪に	35	挽歌　亡き母へ
『冬　柏』	3	4	昭和7年3月	雪とスキイ	29	出羽の雪
『冬　柏』	3	5	昭和7年4月	出羽の雪	19	出羽の雪
『冬　柏』	5	2	昭和9年1月	出羽より	19	出羽の雪

『冬　柏』	5	3	昭和9年2月	出羽より	29	出羽の雪
『冬　柏』	6	1	昭和9年12月	凶作の歌	26	凶作の歌
『冬　柏』	6	2	昭和10年1月	凶作地と雪	39	凶作の歌　出羽の雪
『冬　柏』	32	春季	昭和27年3月	近江夫人を悼む	7	挽歌　近江夫人を悼む

『冬柏』での詠草の題名を見ると、母と近江満子への挽歌を別にしては、清平の風土に根ざした詠草である。特に、清平の専門である「農業」に関する詠草が多いことが注目される。大正六年に晶子は「農民の心」(注6)で

農民の生活が此後も今のやうな素朴と粗野とを続けて居るなら、此後も科学と人道とに由つて深化され精錬されることが無いなら、私はその生活を今より以上に尊敬することができない。寧ろ時が経つに従つて今より以下にその生活の価値を遞減して考へるであらう。

私は鍬を執らない。しかし私は都に住まうとも、田舎に住まうとも、自分の汗水を流した栄力で自分の生活を立てる意味に於ては、私もまた農民の心を行はうとして居る者だと思つて居る。唯だ今日の農民の心には甘んじたくない。私の望む所は自ら学び、自ら洗錬し、自ら実行する未来の農民の心である。

と、農民について述べている。晶子の言う「自ら学び、自ら洗錬し、自ら実行する未来の農民」はまさに、この実験農場で働く清平の姿と重なってくる。農業という分野で「科学と人道とに由つて深化され精錬される」人生が豊里村で生活する清平の姿なのである。このような晶子の考えからすれば、清平は晶子にとって単なる「農業

人」という位置づけでなく、晶子の望む「未来の農民」としての位置づけを得られている筈である。また、清平も晶子の望む農業人の姿を体現すべく、努力していたのではないだろうか。これは同時に『冬柏』時代の清平歌の特徴とも言うべき事項である。

では、次に、清平の『冬柏』に採録された歌と寛・晶子書簡を追って見て行きたい。尚、ここに示す『冬柏』歌は初出雑誌『冬柏』を引用した。

『冬　柏』第二号「曠原の雪」（昭和五年四月）

1　裸木も雪をかづけば人の身の我などよりは世に光るかな

4　風出でて雪を飛ばせば冬木立雪の行くへを求めてぞ泣く

5　冬の国人の言葉にあらずして聞くは雪吹く風の音のみ

9　鳩舞へリ雪に怯ゆる人の身の寒き顔など知らぬ如くに

春近いとは言いながらも、雪深い荒野である。

1「裸木も」は、裸木が雪を担いでいる。これは、人間の清平よりも冬の曠野にあっては、はるかにたくましく、雪原の中で目立っている。自然にあっては人間の存在が如何に無力であるかを感じているのであろう。

4「風出でて」は、雪原の野に風が強く吹くと、その風が、雪を飛ばし、木立に吹きつけ、そして木立は風に音を立てて泣く様に鳴るのである。その木立の鳴る音は、まるで、風に吹き飛ばされた雪の行方を尋ねて泣いているかのように聞こえてくる。風に鳴る木立の音は、どこか物悲しい音を立てているのであろう。それを聞く清平もまた、物悲しい気持ちになるのであろう。

5「冬の国」は、冬の雪国で聞こえてくるものは、人間の声ではなく、風雪の音のみであることを詠んでいる。雪深いこの地にあっては、人声すら、風雪に閉ざされてしまうのである。

9「鳩舞へり」は、余りの雪に寒さに人間はすっかり、おびえて、閉じこもってしまうのに、ひきかえ、鳩は、その様な人間のおびえをまったく知らないかのように、冬空を飛び、舞っている。人間はこの大自然の驚異の前ではただひたすら「怯える」しかないのであろう。

『冬　柏』第二巻第一号「立石寺の秋」（昭和五年十二月）

1　わが渡る馬見ヶ崎川水かれて早くも石は冬の顔する（以下羽前の立石寺に遊びて）

5　秋に来て出羽の国の山寺の岩岩の気に吹かれて歌ふ

11　友肥えて坂の半に疲るれど山の句多し心つかれず

18　山寺の岩岩に降る秋の雨岩もみずから澄み入りて聴く

清平が友人と立石寺の秋に吟行した時の歌である。『明星』時代より、吟行はしていて、歌の掲載もあったが、この「立石寺の秋」のように、三十九首という歌数もさることながら、詠草題に提示された吟行のみで構成されているのは『明星』『冬柏』での詠草中、唯一である。また、立石寺といえば芭蕉の名句「閑さや岩にしみ入る蝉の声」で有名となったところである。当然、芭蕉の編んだ句を意識しての作歌である。芭蕉の句に用いられた語を直接は用いないまでも、芭蕉の夏の立石寺と清平の秋の立石寺の景物を自然と読者が対照して描くように詠んでいる。

1「わが渡る」の川は、馬見ヶ崎川であるから、立石寺からは離れるが、馬見ヶ崎川を渡るルート、つまり仙台方面からではなく、山形方面から、立石寺にやってきたのであろう。目指すは立石寺。立石寺に近いこの地の秋は、もう既に冬の様相を呈しているのである。

5「秋に来て」は、山寺の岩岩に点在する堂を見、その、岩岩の堂から漂う気に触れて、歌心が一層募って清平たちは吟行するのである。

11「友肥えて」は、清平らしいウィットにとんだ歌である。「馬肥ゆる秋」になぞっているのであろうか。

18「山寺の」は、立石寺を目指し山寺を登っていると突然の雨に見舞われたのであろう。この雨音は岩にしみ入るように澄んだ音で清平の心にもしみこんでくるのである。

清平は師の寛・晶子のように吟行に出かける機会は仕事の関係、移り住んだ豊里村の地理的条件からも、なかなか得られなかった時期でもある。だからこそ、この立石寺吟行は清平にとっては、感慨深いものとなったのであろう。

そんな折の清平宛寛・晶子書簡は、

⑭　昭和六年六月二十三日

表　消印　昭和六年六月二三日

住所　山形県最上郡最上農事試験場　最上分場

宛先　古宇田清平様
裏　住所　東京市外下荻窪三七一（電話　荻窪一五三
差出　寛（毛筆署名あり）
与謝野晶子
（「冬柏時代　さくらんぼ礼　歌の注意あり」清平書き込みあり）

暑中の御自愛を一層祈り
上げ候。

啓上
御雄健に入らせられる御事を
何よりも奉賀し上候。
昨日は結構なる果物を遙
々御恵み上下忝く拝受仕り候。
多年に亘る御芳情を
蒙り、両人に於て、常に感激致
しをり申し候。老境に
入り候ためか、昔の友人達
が殊におなつかしく存

ぜられ候へども、皆々境遇が変化し、しげしげと御消息を承ることも出来ず、それが一しほ思慕の情を切ならしめ申し候。「冬柏」を出だし候も、せめて其著の舊友の連作を、新しき友人のものと併せて掲載致したきために候。貴兄も絶えず御作を御寄せ上下度し。短歌は平凡主義に堕落致し御傾向著しく、今後百年ぐらゐは衰退致すものと推断致し候。唯だお互が辛うじて萬葉の真精神を維持し、新しき世界的の叙情詩を短歌に試みるものと信じ候。

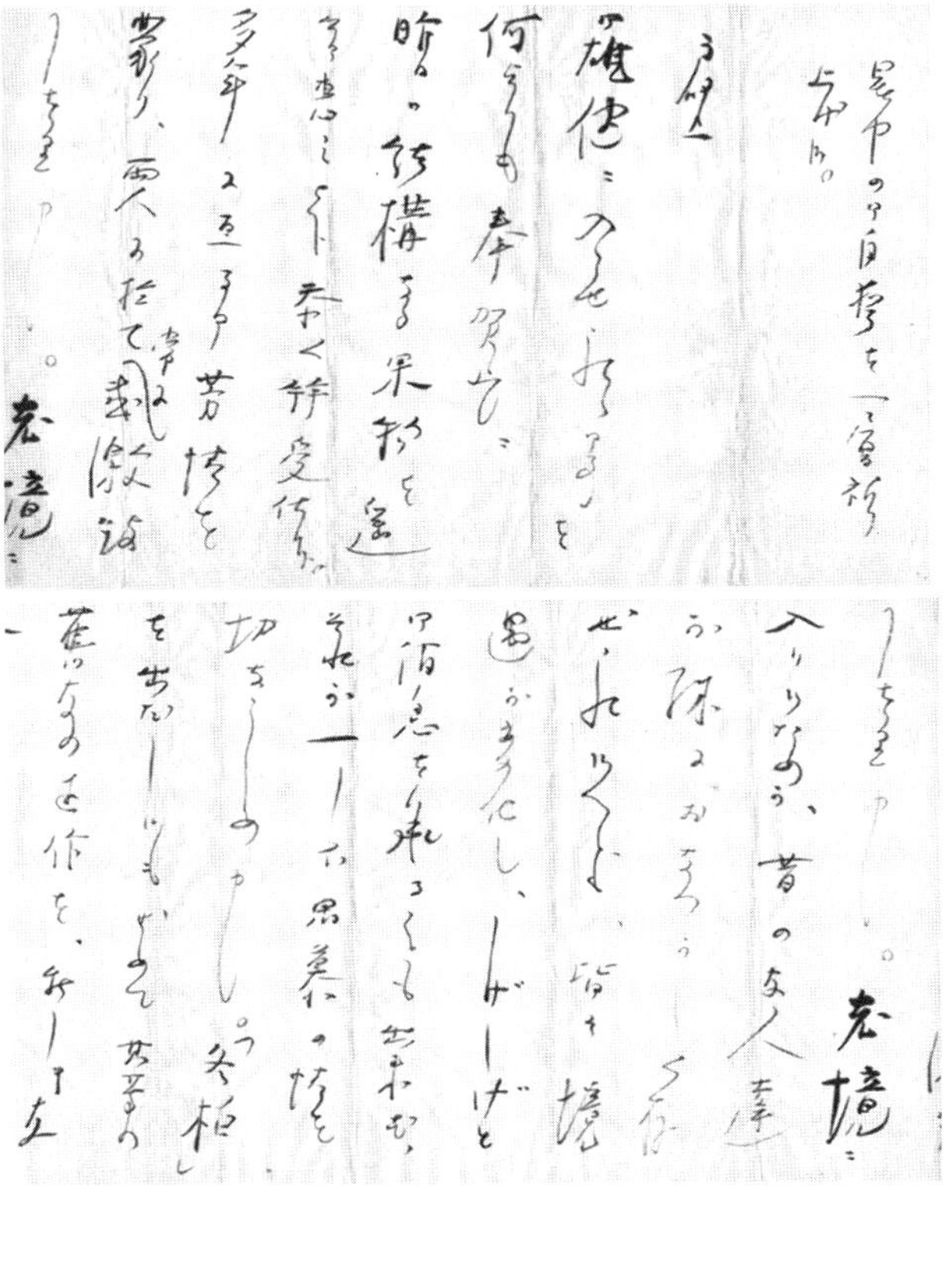

お互の一団が墓中に入り候はゞ、短歌はその質に於て全く沈衰する外無べし。詩とても現状のやうには、千載に光る佳作は出でず、一時を快しとする浮薄風の作品のみ重畳すべく候。

併し他日はまた後の俊才が出現して、遙かに我々の精神に盟座し、更に我々の意表に出でたる新聲を地上に放ち、候ことを期待致し候。

御上京の事もあらせられ候はゞ御光来上下るやう願上げ候。

「冬柏」は御覧上下る事と存じ候。推賛致すためには、御友人中へも御勧誘願上候。平野萬

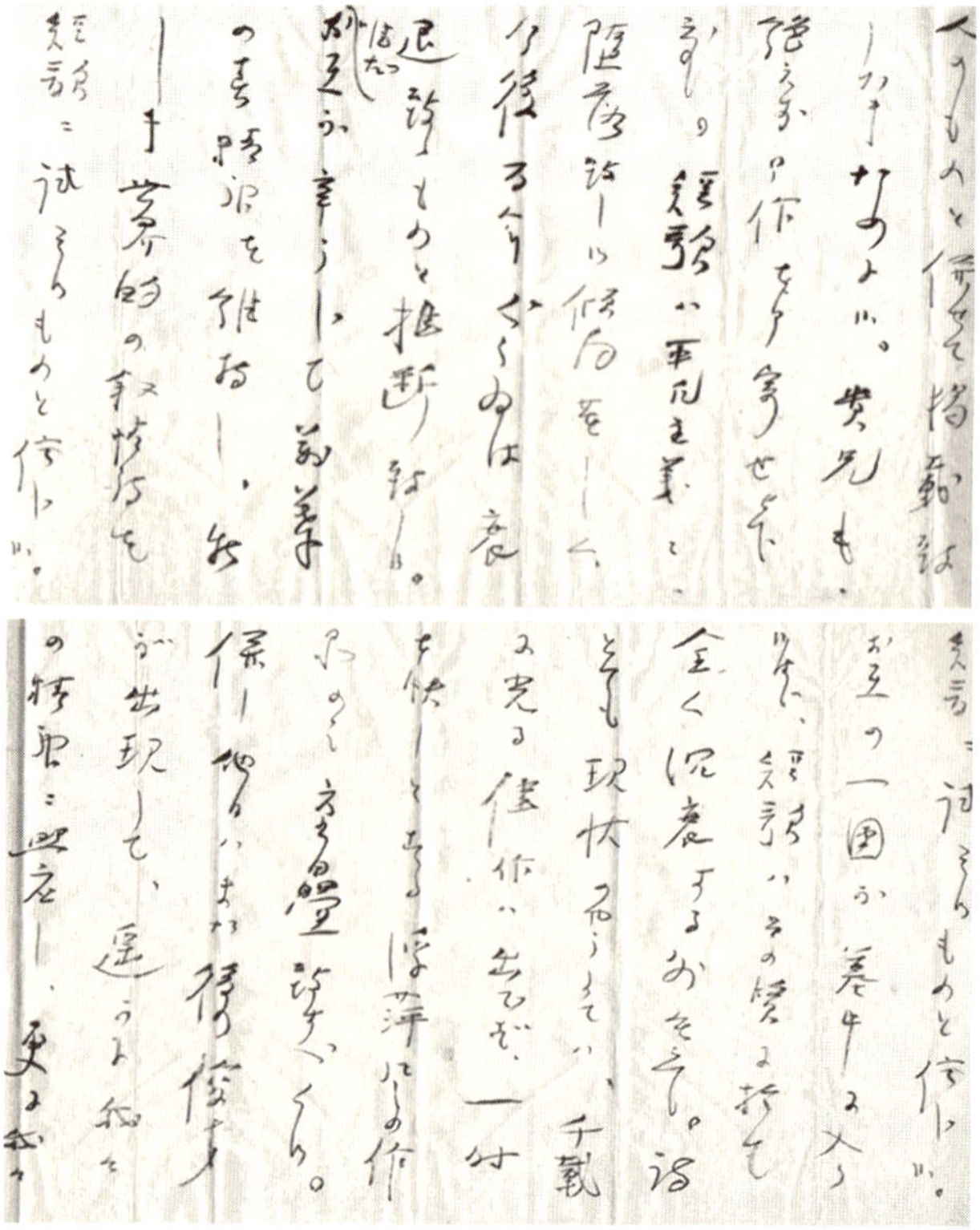

里兄が主として経済上の衡に当りくだされた故、何卒同君を御援助上下度候。公務の殊の外忙しき中より同君が雑務までを見て熱心に何かと御心遣ひを上下。同君の詩歌の才能は友人中の随一と推讃致しをり候。世人は白秋、勇両君などの處家を評判致候へども、真の実力は萬里君に有。東西の学識もあり、科学者にして詩歌の秀れたるは珍しき事なる。　草々

六月二三日　寛　晶子

古宇田清平様御もと

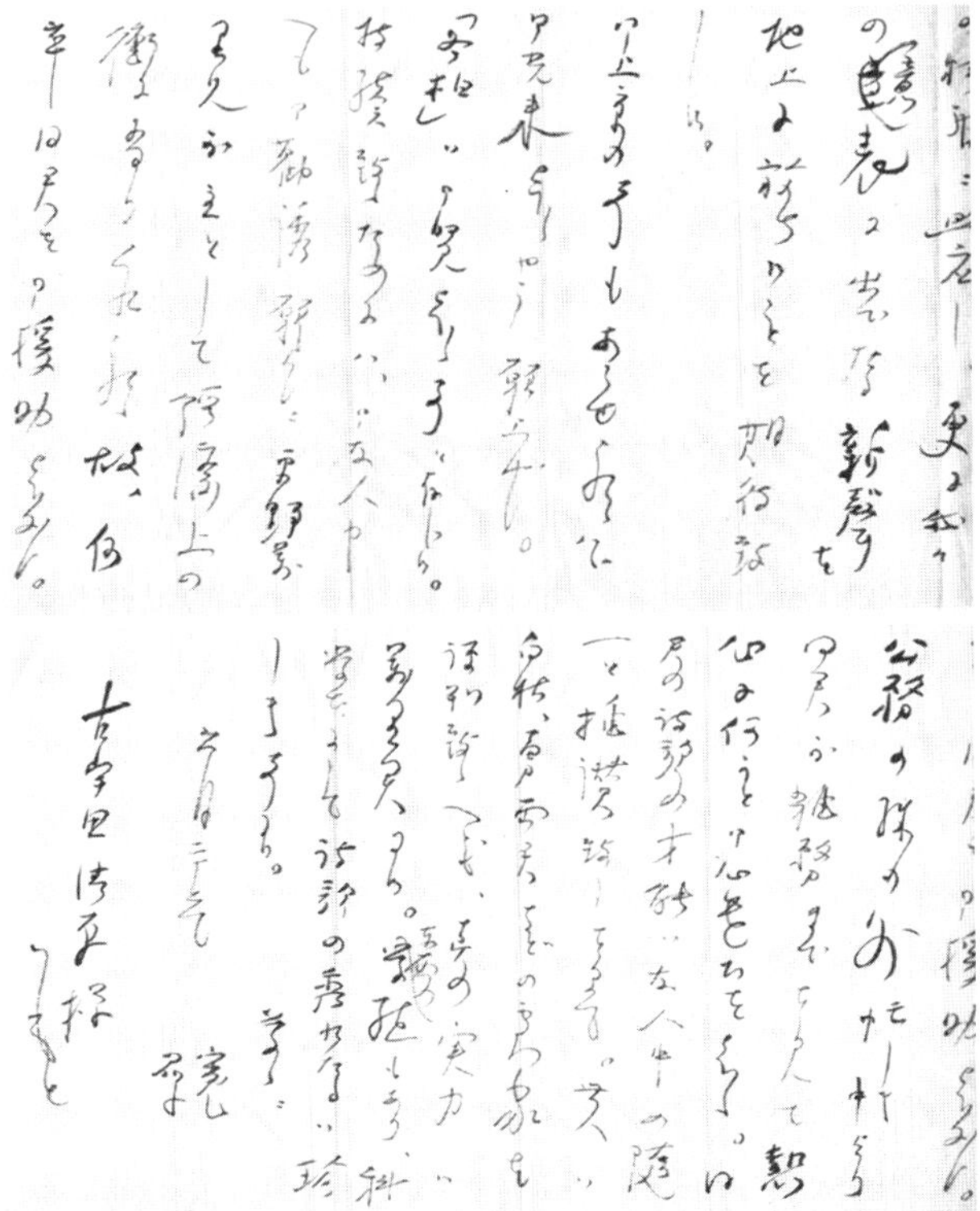

現在の文壇の「平凡」なことを嘆き、自己研鑽に努めていくことを呼びかけている。また、白秋・勇に万里が勝っているとの評価は第一次『明星』からの因縁であろう。ここに白秋と勇のことに言及しているが、勇についてはこの書簡の六日前に、内山英保宛寛書簡(注7)に、

御高書を頂戴仕候。「スバル」のこと拝承仕候。吉井君のためにも短歌のためにも確実に雑誌の出で候ことハ甚だ結構なる事と存じ、大喜び仕り候。

と、決して、勇のことを粗末に考えているのではないことが理解できる。寛・晶子とは方向を違えたとは言うものの、決してその力量の停滞を望んではいない。むしろ、彼には彼に合った場が必要なことを理解している。一方、白秋には、白秋宛同年七月二十二日寛書簡(注8)で、

「冬柏」九月号のために御詩をお恵み下され候やう願上候

と、述べていることから、清平宛書簡に記したこととは意味合いが変わっている。寛には白秋・勇らに真に実力が無くて、問題外にする。と言った意思の無いことが理解できる。翌年になるが、白秋には九月二十七日書簡(注9)で寛は、

次に願上候ことハ、改造社より短歌研究とか申す雑誌を出すよしにて、妻と小生とニ頻ニ執筆致すべきやう

大橋要平氏が希望致され候も、私ども両人ハ、歌壇の諸家に交りて厚顔僭越なる行為を致すニ忍びず、絶対ニお断り致しおき候。然るに大橋氏ハこの心持ニ同感せられず、両人が「常人の謙遜」ニ似たる辞退を致すものの如くニ解して、猶いろいろと御深切ニ寄稿を求められ候。それニつき私共ハ大橋氏に向ひて、「私共の心もちは北原白秋君がお一人御承知につき、同君にお聞き下されたし」と申し置き候。若し、大橋氏にお会ひの節、何か此話が出で候はゞ、よろしく御教示おき被下度候。

と、述べ、白秋に信頼を寄せている。白秋に対しても勇に対しても、道は違ってしまったが、それぞれの道で発奮することを望んでいるのであって、この清平に宛てた書簡どおり、白秋・勇の活動や作品などに期待を全くしていないと解するのは早急である。一方で、新詩社の考え、寛・晶子の考えを理解して積極的に体現していく人物として平野萬里には期待しているのである。その期待とはやはり、萬里が白秋や勇などのように著作をもって生業としていないところ、「生活全体」の思想から言えば、生きるために苦労しながらその中で出会う詩歌の「直感」を得ている点などが信頼を置くところなのであろう。この点で言うなら清平も萬里と同様である。清平は農業と言うフィールドで活躍しながら短歌に励んでいるのである。しかし、清平は農業の多忙によって、徐々に短歌に没頭する余裕、物理的な「時間」が奪われ始めてきたのである。

『冬　柏』第三巻第二号「農場の歌」（昭和七年一月）

4　蟲の音は細きながらに澄みたれど野に詠む我れの歌は光らず

6　野の旋風《つむじ》われを繞りてつと起り何を書くやと奪ふ手の帳

14　ふくよかにまろき甘藍《たまな》を手に抱きぬこの重たさも大地の力
27　刈りてのち野の広きかな案山子にも寒くや沁まん農場の鐘

「農場の歌」の詠草題のとおり、農場の日常を詠んだものであるが、特に歌に悩んでいる清平の姿が伺える。

4「蟲の音は」は、野にあっては、か細いながらもその虫の奏でる音色は澄んでいて美しい。一方、清平の歌は、同じ野で詠みながらも、野の虫の音と比べたらたいしたことはないのである。自身の歌の冴えのないことを嘆いているのである。

6「野の旋風」は、野に吹く旋風が、清平がどんな歌を詠んだのかと、歌を書き込んだ歌帳を覗きに来ている。浪漫的傾向の見られる歌であるが、旋風にまで、歌を案じられていると思ってしまうほど、清平は歌に悩んでいるのであろう。

14「ふくよかに」は、作物を大地から得る実感、そして、作物を生み出す大地の偉大なる力を、収穫したたまねぎのずしりとした重さから感じ取っている。

27「刈りてのち」は、刈り取りを終えた農場は殺風景で、だだっ広く感じられる。そんな農場に役目を終えた案山子が立っている姿は、寒々しく感じられ、更に、農場の鐘が、案山子の寒々しい身にさらに沁み入るように響いている。聴覚を良く働かせ、感じいるところなどに注目したい。


『冬　柏』第三巻第三号「母の喪に」（昭和七年二月）
3　庭の隅南天の実の紅けれど昨日変る家の寂しさ

4　母なくてこの朝咲ける庭の花造花の如し我れに香らず
9　帰り来て雪に光れる山にさへ目に浮ぷなり母の葬列
10　かなしみを心に持てばことさらに吹く風寒し北國の駅

3「庭の隅」4「母なくて」は、共に母の亡くなった翌日、ふと庭先に目をやり、詠んだものである。

3「庭の隅」は、相変わらず、南天の実は紅く、生気に満ちているが、母は亡くなってしまったのだ。この家は母を亡くし、母の亡くなった昨日から、がらりと変わってしまったのである。変わらない南天の紅い実を見ていると、母のいなくなってしまった現実が、より一層悲しみを帯びて清平の胸に迫るのである。

4「母なくて」は、母を失った悲しみのために、庭に咲く花の香も清平には感じられなくなってしまったのだ。庭の花は、まるで造化の花のように無機質で、命の温かさを感じられないものとなってしまたのである。

9「帰り来て」10「かなしみを」は、共に母の葬儀を終え、山形に戻っても、母を失った悲しみから立ち直れないでいる清平の姿である。

9「帰り来て」は、何を見るに付けても、目に繰り返し映るのは母の葬列である。母を失った悲しみから逃れられないでいる。

10「かなしみを」は、ただでさえ、寒い北国。悲しみを抱えた冷えた心でいると、風の冷たさが、一層身にしみるのである。

また、清平は「母の喪」について、次のように回想している。

父の死んだ時には一首も詠んでいないのに、母の亡くなった時には何首かできた。父にも母にも子供としての敬慕の念に軽重はない筈だが、母に対してはまた格別なのであろうか。(注10)

と、母が亡くなったその悲しみはまた、格別であることを述べている。この清平の悲しみの歌を見て、寛は『冬柏』上で清平の母の挽歌に、「何の芽ぞ霜のしづくに光りつつ春の音符を枝につらぬる」と詠んで、死をいたむと共に、悲しみの涙に暮れる心の冬もいつしか春がやってきて、心の痛みも癒えることを示唆し、清平を励ましている。また、寛と晶子は清平のこの詠草を知るや、すぐに清平に書簡を送っている。

⑮ 昭和七年一月十二日

表　消印　不明

宛先　山形県最上郡豊里村

宛名　古宇田清平様御前

（「昭和七年冬柏時代」清平書き込み有）

裏　住所　東京市外荻窪二一一一九

差出　与謝野

啓上

御雄健に入らせられる御事を

賀上候。久振に沢山の御歌を御見せ上下、春草々この年を第一によろこび申し上候。何卒おつゞけ上下るやう祈上し候。横濱の菅沼宗四郎君（もと石引夢男）が「萬朝」時代より貴下の御名を記憶しをりて、いつも貴下のお歌が「冬柏」に出でぬを惜まれをり候。

猶「新しき感じ」を「新しき言葉づかひ」にて、音楽的に新しく御作曲上下るやう、お心掛け上下度し。昨日の言葉遣にては、折角の新しき感じが御て古臭く奉り、作者自身にも真に「新しく作れリ」と云ふよろこび無く、読者にも心を

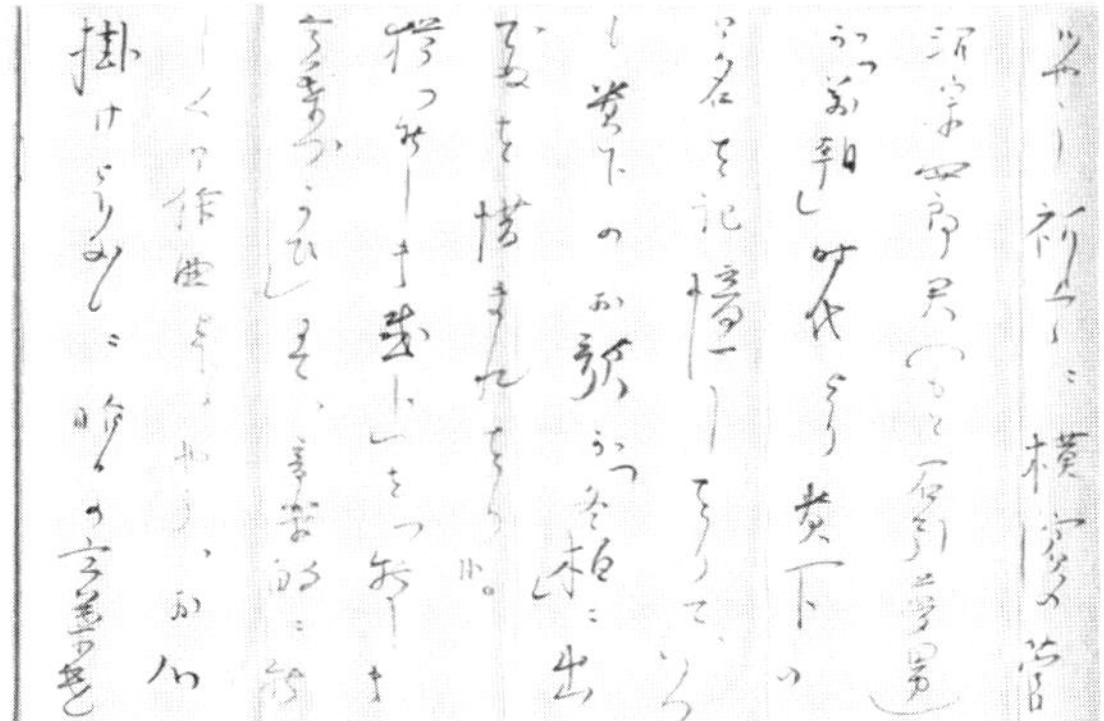

打たる新しき感激に接し
難く候。
御母君を失ひ給ひ候こと、御作
によりて承知し候。御哀悼申上候。
歌は自ら考いて後にいよいよなつかし
きものに御座候。貴下は御位
地《ママ》も定まり候のちにて、御母上
の御心に御安心と御満足とを
十分にお捧げ奉る事と存
じ上げ候。私ども夫婦は、何
れも身の定まらぬ三十歳前
に父母を失ひしため、御思ひ
出でて、何の満足の一端をも
与へ得ざりしことを遺憾
に存じ申し候。
御作の一部を撰して二月の
「冬柏」に載せ申し候。本月は
原稿多く其れゆゑ御作の残

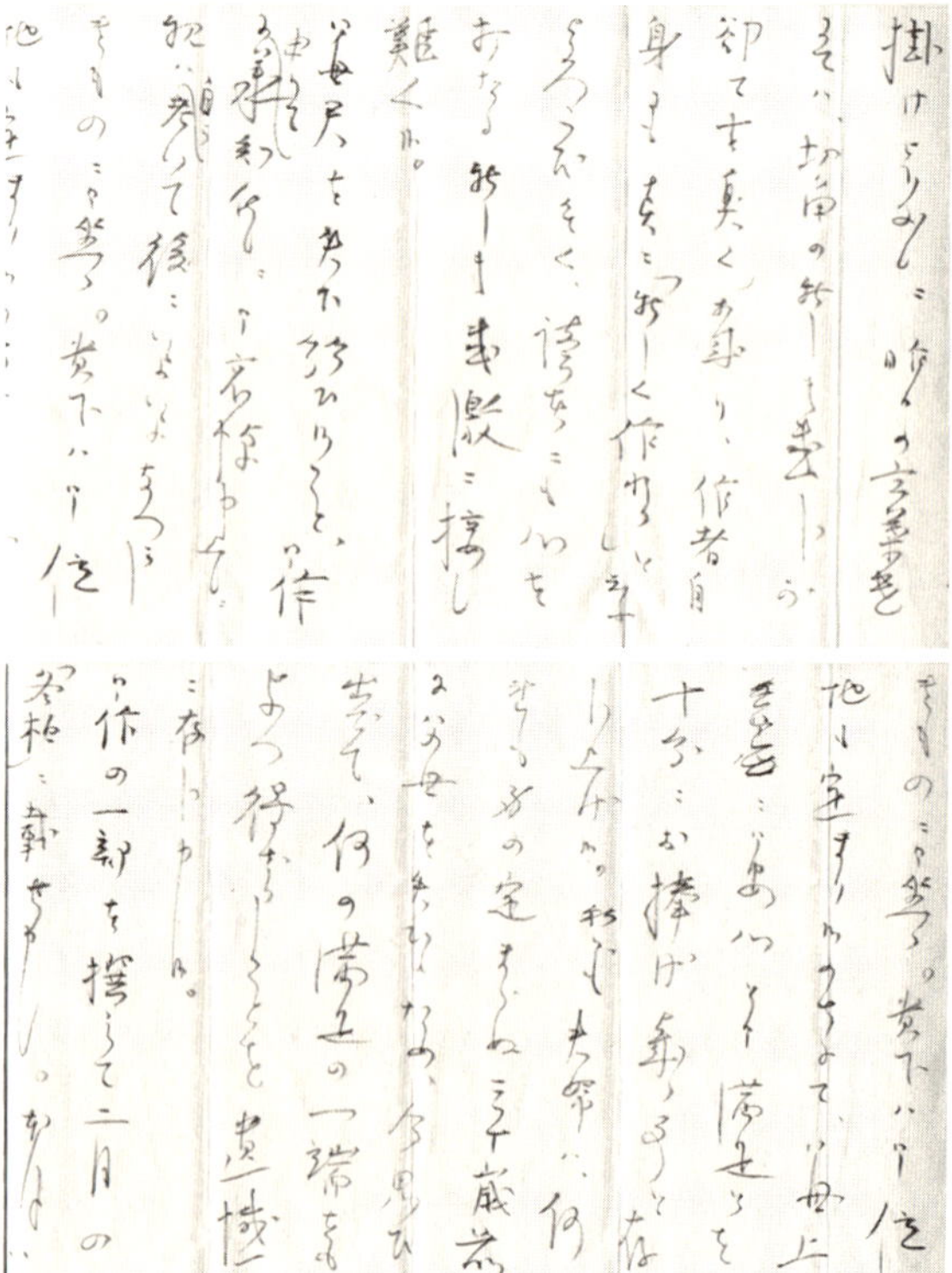

部は三月號に載せ申すべく
候。右お含み上下度候。
私ども、もはや長くは生きをら
ざる。生前に、出来るだけ
多く詩友の佳作を拝見致
度と存じ申し候。　拝具
正月十二日　寛　晶子
古宇田清平様
御もと

昭和六年代には、清平の『冬柏』上での詠草が見られていないことを、菅沼が嘆いたことが、寛・晶子の書簡によって、清平に伝えられている。また、清平の歌の傾向が固まりつつあることを指摘して、更に歌に励むように激励している。ついで、母を失った清平の心中を思いやり、自身の経験を持ち出して清平の悲しみを共感していると共に、強く励ましているのである。ここに、師弟関係の厳しさと優しさの両面がよく現れている。心よりの師弟関係でなければ通りいっぺんの弔事で済ませてしまうところ、歌の話題をあえて供することで、歌によって、その悲しみを浄化する方向

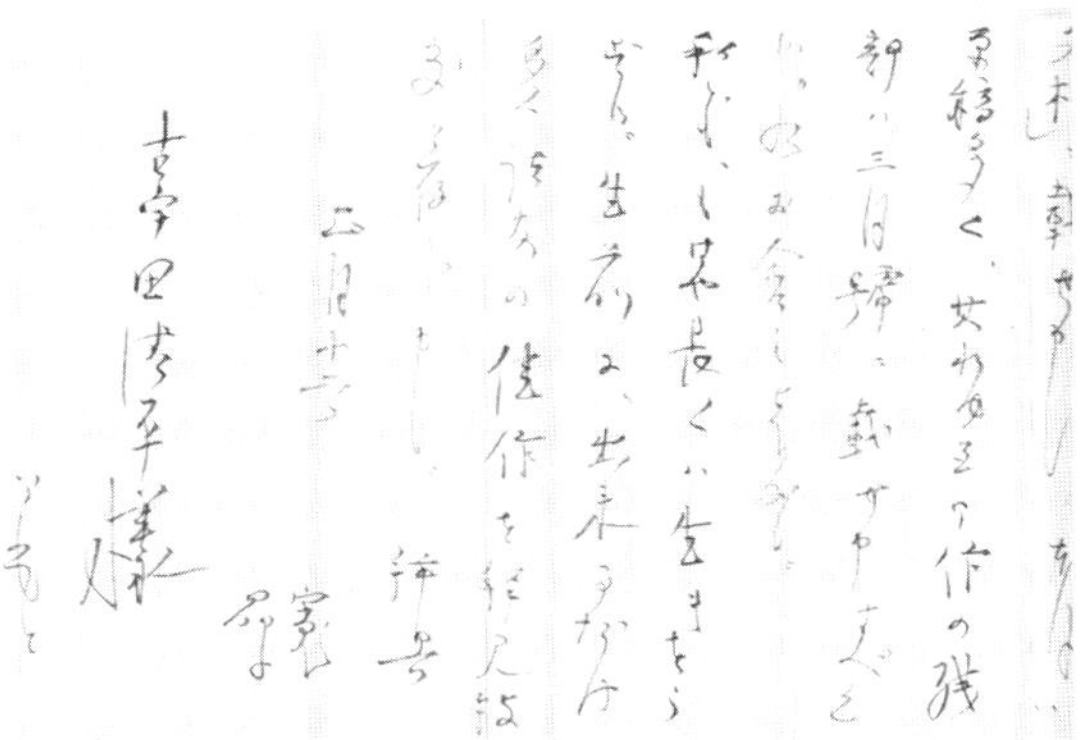

付けがなされたように感じられる。これこそが歌の師としての真の思いやりではないだろうか。

『冬　柏』第三巻第四号「雪とスキイ」（昭和七年三月）

1　我もまたスキイを駆りて空を飛ぶ誇りを感ずしら雪の山
4　滑り得て危き恋のさかひなど踰えしが如く楽しきスキイ
18　海ならば氷山と見て驚かん軒より高き野の雪これは
19　雪を裂く光に身をも比べつつスキイを駆りぬ雪の幾町

盛岡時代に比べて、流石に山間部だけあって、スキーに勢いを感じる。閉ざされた冬の唯一の楽しみがスキーであることは明確である。この山間部では、スキーはただの楽しみではなくて、立派な交通手段としての役割も兼ね備えている。しかし清平にとっては農場をスキーで滑ることは冬のストレス解消に役に立っているようである。この頃のスキーについて清平は、

今日でこそスキイが流行してきて、雪の世界を縦横に踏破することが出来るが、村人達にはまだまだ実用化されて居らない。（注11）

と、述べている。スキーの普及にはまだいま一歩のところであったとすれば、清平は、最上の田舎にあって、かなりのハイカラぶりである。

1「我れもまた」は、そんな、ハイカラなスキーを自在にこなし、空を飛ぶが如く滑る清平は、空を飛ぶような感覚を得られることで、誇らしい気持ちにもなったのであろう。

4「滑り得て」は、恋とスキーとを同一に見立て、いずれも、突然来る困難を、ひょいと乗り越えることの快感を表現している。

18「海ならば」は、雪が軒よりも高く積もったことに驚いているのである。もし、この場が海だとすれば、雪は氷山となるのだから、氷山に出くわすとは、かなりの驚きとなる。清平が空想の世界に遊んでいるのが伺える。

19「雪を裂く」は、まるで光のように速く雪原をスキーで駆け抜けるスピード感溢れる歌である。スキーの速さに乗った時、そのスピードの速さに、感動を覚えているのであろう。

『冬　柏』第三巻第五号「出羽の雪」（昭和七年四月）

1　側候師多弁に過ぎて当たらざる予報も笑まし雪の少なし

10　わが前の雪を飛び行く岩ありと見る束の間に滑り止む人

12　人あまた乱れて雪をすべれども山は己れの静けさに立つ

15　杖を立てスキイのむれをやや離れ歌思ふとき汗を忘るる

詠草題が「出羽の雪」とあるが、『冬柏』前号の「雪とスキイ」につづく、一連の詠草と見え、清平がスキーに遊ぶことが詠まれている。夢中でスキーをしていても、ふと、我に返ると、歌のことを思い、静けさがよみがえってくる。にぎやかにスキーを楽しむ人の喚声に満ちている空間からの孤立も、時には快いものなのであろうか。

1「測候師」は、あれこれと講釈を付けて雪の降りについて語っていた測候師の予報が外れ、雪の少ないことに思わず笑みを浮かべているのである。大雪を伴う吹雪だと、外にも出られないが、雪の降りが少ないと、スキーをしに、外にも出られるので、予報が外れても清平は喜ばしく、うきうきして、笑みがこぼれるのである。

10「わが前の」は、スキーで滑りながら、ほんの一瞬の判断を詠んだのである。勢い良くスキーで滑りながらも、眼前に岩が見えると、間髪をいれずに急停止する。その、一瞬の停止に至る動と静の落差が更にスキイの勢いのよさを感じさせる。

12「人あまた」は、スキーに興じる人々。対して、寂として動かぬ山を見て、その流されぬ堂々とした、山の姿に感動を覚えているのである。

15「杖を立て」は、汗をかきながら夢中で滑っていたが、ふとそのスキイの輪から外れ、歌を読んでいると、いつの間にか汗も引いてしまっている。清平の体温がクールダウンしていくのが感じられる。

さて、この頃の清平宛て寛・晶子書簡には次のものがある。

⑯ 六月二一九日

表　消印　昭和　年六月三十日　中？

住所　山形県最上郡豊里村

宛先　古宇田清平様御もと

（「昭和さくらんぼ」清平書き込み有）

裏　住所　東京市杉並区荻窪2ノ一一九
　　差出　与謝野寛
　　電話　荻窪一一三番

啓上　御清健に入らせられる御事と存じ上げ候。この度は御國産の「さくらんぼ」を沢山にお遣し上下、御厚意によりて、山形産の土より成れる甘味に心を沾ほし申し候。御禮申し上候。

家も両氏も多事多難の時、ますますご自愛上下度し。

お作を毎月お待ち致しをり候。平凡なる詩歌時代に、お互が勉強さずば、後人に昭和の廃頽を笑はれ申すべく候。御勉め上下度し。

御上京の機會あらせられずにや。　拝具

六月廿九日　寛　晶子

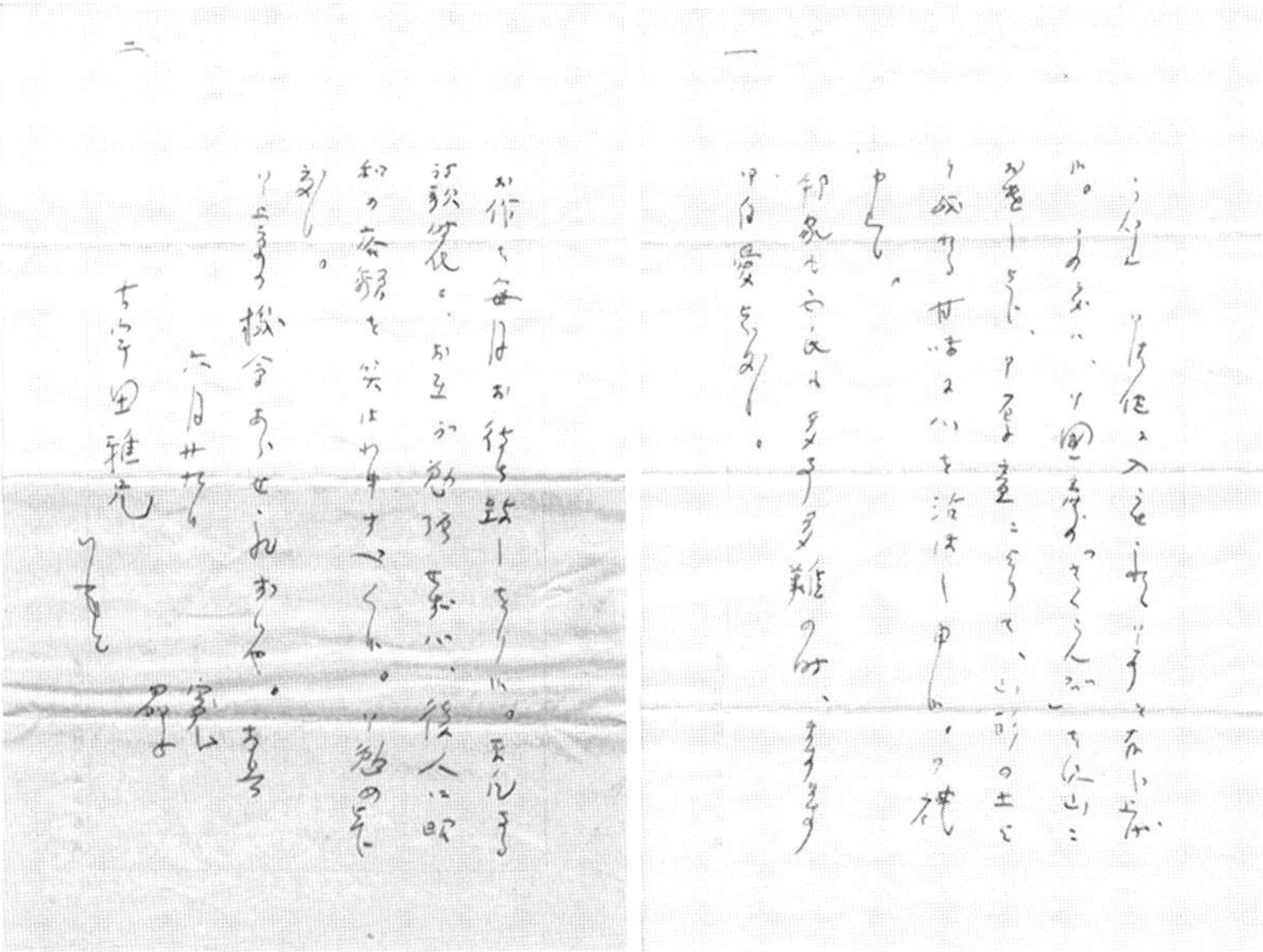

古宇田　雅兄
御もと

（推定）昭和七年
（推定理由）毎年さくらんぼの礼状があるしかし昭和七年には礼状が見当たらないので、この一年だけ、さくらんぼを送らなかったとは考えにくいから。

さくらんぼの礼であるが、清平への激励を述べ、作歌を促している。

⑰ 六月二六日

表　消印　昭和八年六月二十六日　杉並
　住所　山形県最上郡最上農園分場
　宛名　古宇田清平様御前

裏　住所　東京市杉並区荻窪二ノ一一九
　差出　与謝野
　電話　荻窪一一三番

啓上　結構な「さくらんぼ」を沢山におめぐみ下

され、早速家人、友人と共に賞味致しをり候。
御芳心に浴し候こと、忝く奉存候。
久しく御高作を拝見いたさず候。つづけて
お作り上下るやう願上候。近頃、山城正忠
君など廿五年前の同人が咲返り、頻りに
新作を示され、うれしく存じをり候。
社中同人の奮き詩君は、みな貴下の名を知り、
貴下のお作を承知いたしをりて、近頃御作
の無きは何故かなど噂致し申し候。殊に
菅沼宗四郎君（前姓石引）などは　に貴下の
お噂を致し「萬朝」時代よりの熟知に由るこ
とに候。白仁君なども「萬朝」時代よりつゞけて
今日に及び、一ト月も休まれず、驚嘆仕り候。
思ふに小生と妻も永くは地上にあらざるべく、
生前に成るべく詩友と友に歌ひたしと存じ
候。詩君にして御奮發下さらずば、新詩社
の唱へ候新しき歌は、小生夫婦の歿後、或は
全く滅び去るべしと憂慮せられ候。（尤も多

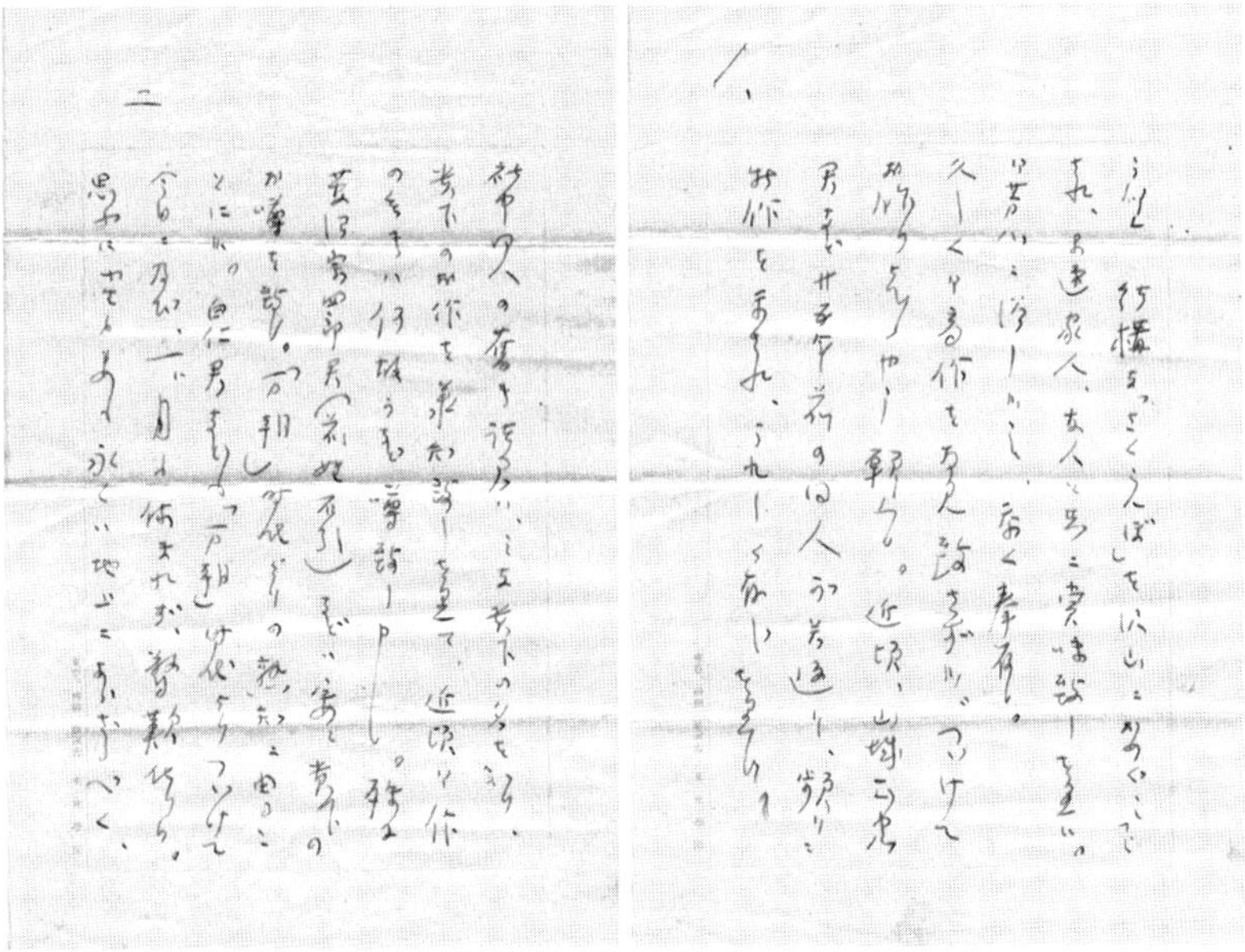

くの年月を経過する内には、真価を認め候文学所家も作をも現れ候ことは疑ひなく候へども、一時は滅び申すべく候）　敬具

六月廿六日　寛

古宇田清平様　御前

昭和八年は珍しく豊作であったため、清平はかえって、取り入れ其の他で多忙を極めたのであろう。清平に対して同人から注目されているのが理解できる。この書簡などを受けてか、翌、昭和九年には自身の反省を歌っている。

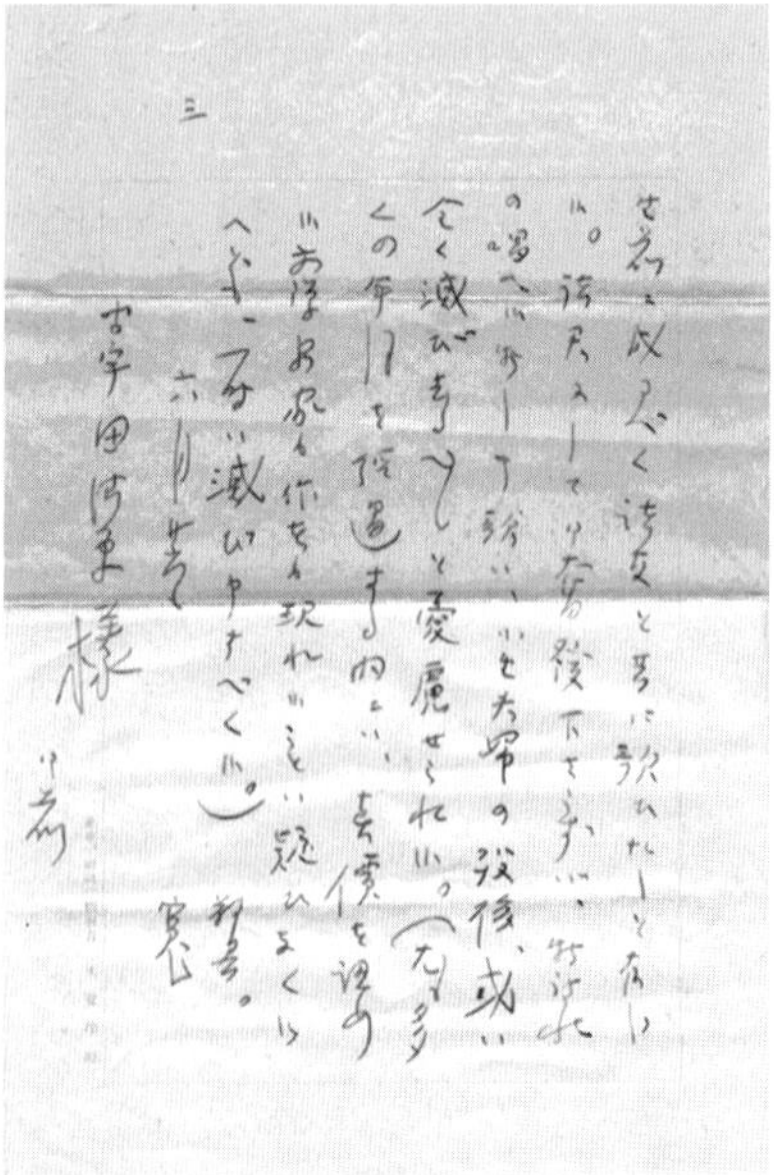

『冬　柏』第五巻第二号「出羽より」（昭和九年一月）

1　にぶき才いよいよにぶし怠りて歌無し師にも恥づべかりけれ
2　わが歌を促したまふ師の言葉ひろ野の雪のなかに身に沁む
5　わが行くは毅《つよし》のわたる海ならで浪より白く小雪ふる原

詠草「出羽より」は、『冬柏』第三巻第五号』「出羽の雪」（昭和七年四月）以来の詠草である。昭和七、八年、特に八年は、豊作で、清平の生業である、農業技師として、積極的な活躍が見られた。昭和八年には、五月、六

月、七月と、その成果を立て続けに論文にまとめ、発表している。そのために、『冬柏』の歌の方は、しばしのブランクとなってしまったと思われる。

このように、歌にブランクを空けてしまったことに対して、1「にぶき才」2「わが歌を」などで、歌に向き合う清平の自身の態度を反省している。それは、寛・晶子からの清平宛書簡⑰（昭和七年六月二十六日）に、

久しく御高作を拝見いたさず候。つづけてお作り上下るやう願上候。（中略）近頃御作の無きは何故かなど噂致し申し候。


とあり、この言葉を真摯に受け止め、作歌を怠っていることを恥じ入ったのである。また、書簡で清平の歌の傾向が固まりつつあることなども並んで、指摘されている。寛・晶子の目には感動の「新鮮さがない」と映ったのであろう。

1「にぶき才」とは、ここではもちろん歌の才能のことである。歌の才能が無い上に、歌を作ることを怠ってしまい、ますます、歌の世界から遠ざかってしまったことを恥じ、師の寛・晶子に顔向けできないことを詠んでいる。

2「わが歌を」は、書簡⑰にあった、清平の作歌を促した寛・晶子の言葉が、北の荒原の雪の原の中で、清平には心に突き刺すような言葉となって感じられているのである。広野の中に一人ある孤独は、清平が歌から、師から取り残されていく孤独となって、激しく心に響いているのである。

5「わが行くは」は寛・晶子の注目する赤城毅のことに思いをはせ、（清平よりも）過酷な生活環境でも頑張っ

ていることを自身の励みにして、発奮している。

『冬　柏』第五巻第三号「出羽より」（昭和九年三月）

3　少年にまじりて我れも少年の若きにかへる雪をすべれば
5　雪ひろき斜面に立ちてスキイより先づ我がこころ走らんとする
17　天地もあらぬが如く吹雪して見がたくなりぬ三尺の前
18　雪の原兎の跳ねし跡さへも惜しき傷ぞと思はるるかな

冬の出羽の雪原でスキーに心躍らせている。作者はスキーをこよなく愛し、楽しんでいるのである。夢中になってスキーを滑るこの楽しさを何とか歌に表現しようと苦労しているのであろう。「雪とスキイ」「出羽の雪」に引き続き、詠草中にはスキーの歌が過半数を占めている。

3「少年に」は、少年と一緒にスキーを滑ると、清平も、老いを感ずることなく少年に帰っていることに気づき、喜びを感じているのである。

5「雪ひろき」は、雪原に向かうと、心がはやるのである。待ち切れずに、体よりも心が先にスキーで雪原を滑り始めてしまうのである。

17「天地も」は、天地の境すら、見極められないのだから、三尺先も見通せないほどのひどい吹雪である。吹雪の驚異的な強さ、自然の驚異を感じずにはいられない。

18「雪の原」は、あまりにも見事な雪原故に、雪原に点々と付けられたうさぎの足跡が、雪原のまっさらな表面を傷つけてしまって、なんだかもったいなく感じているのである。17「天地も」とは打って変わって、吹雪の後の真っ白くすべてのものを包み込んだ、穏やかな雪の原の光景である。

以上の清平の歌を見てくると、確かに、詠草題が重なり、同じテーマのものを続けて詠んでいることで、清平の歌の傾向が固まりつつあると見なされ、寛・晶子の目には感動の「新鮮さがない」と映ったのも理解できる。次の寛・晶子書簡にも清平に対して、作歌における留意点が述べられている。

⑱ 昭和九年（推定）四月十六日

啓上　御清安を賀し上候。お歌延れながらお返し申上候。直言致すことをお許し上下度候。お作にもっと新しき着想と、新しき表現（言葉づかひ、言葉の音楽）をお出し上下度候。歌と散文との差を最終にお考へ上下候て、あと著想（詩になる著想）をしかとお摑へなされ、其上、如何に、それを言語に作曲せんかと御苦心上下度候。言葉の音楽が新しくなければ歌の創作とは申されず候。言葉のおもしろさと著想とが一体になるやうに御苦心下されるやう、願上げ候。大兄の感じ方や、表現や、型が出来をり候。一首ごとに新しき型を発明なされ候やう御努力上下度候。誰れと感じるやうなることを、誰れと云ふやうなる言葉づかひにて表現せられ候には貴兄の新作（発~~見~~明権ある作）とは申し難く候。かく申せども、とかく自己の型に篭り易きやうに候。何卒、いつでも~~新しく~~旧き型より飛び出して、新しき言葉の踊りをお見せ下さるやう、お心がけ願上げ候。貴下の御作の態度が安易なるやうに見受けられ候。雪の中の冬木立のやうにお苦み下され。同じ詩境に停滞なさらぬやうに願上候。お返し致し御詠艸の中、二点はわづかに歌に入れるのみ。三点はやや可なるのみ。私共に四点、五点の批点を附けたさるお作をお見せ願上げ候。

次に申上げにくき事ながら、新詩社の社費を御詠艸にお添へ上下度し。私共少なくも一日はこの御作を拝見することに費しをり候。貧しき身の上につき、御諒察の上、社費を頂き度し。かか

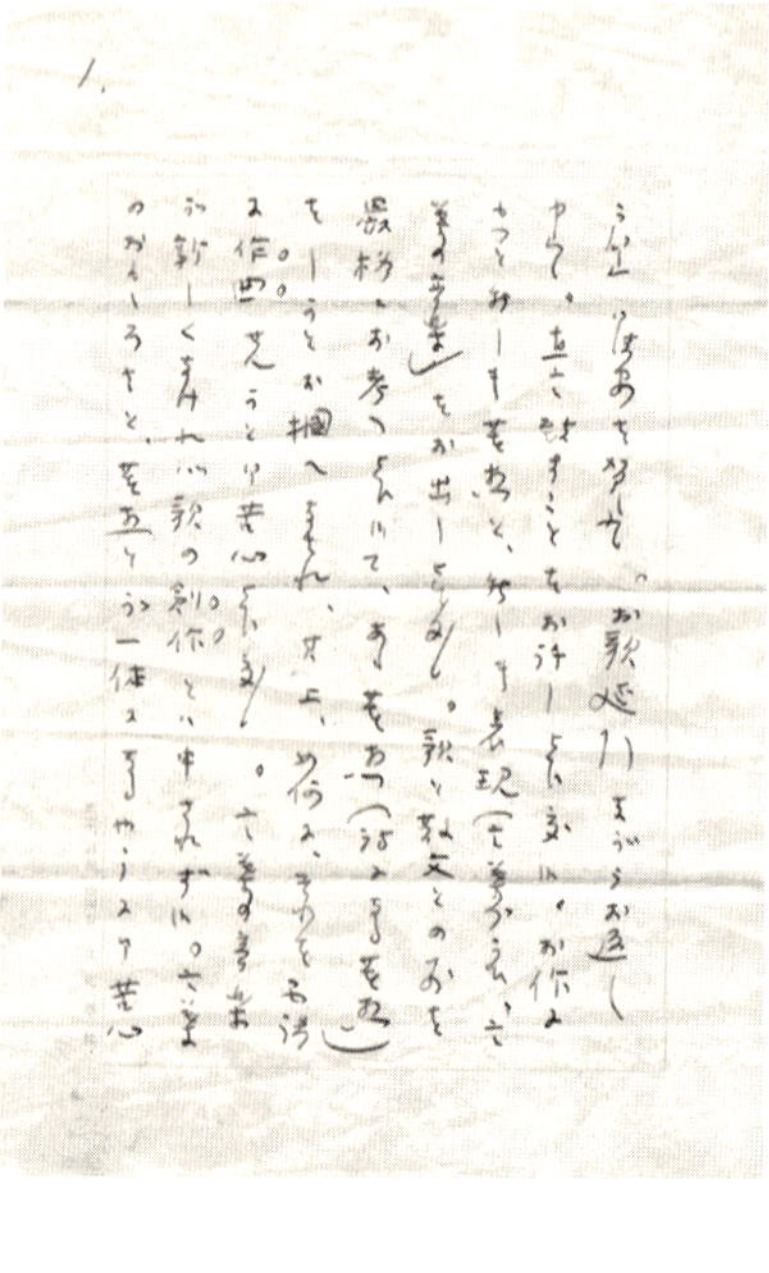

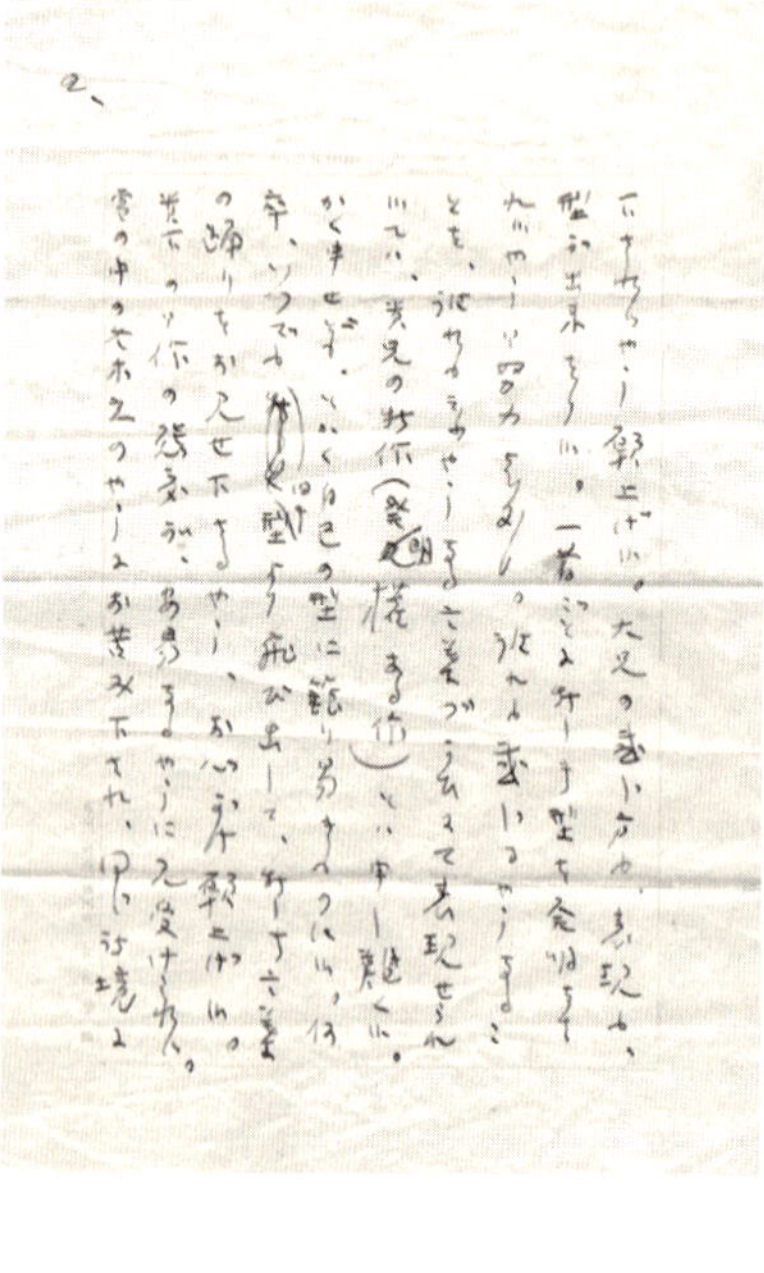

る事、他の人には書きしこと無し候。　寛　晶子

四月十六日　拜具

古宇田清平様御前

（推定理由）書簡中に指摘のある「もっと新しき着想と、新しき表現（言葉づかひ、言葉の音楽）をお出し上下度候」の通り、昭和九年のこの時期まで、

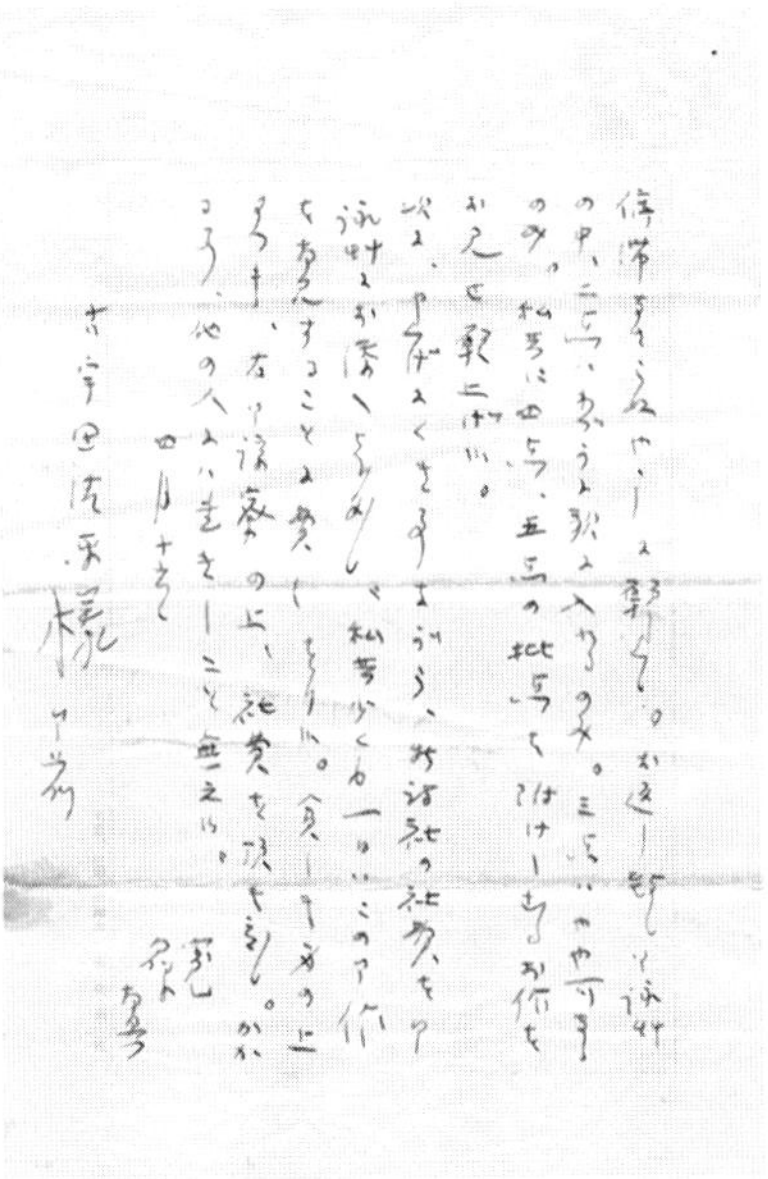

『冬　柏』	3	4	昭和7年3月	雪とスキイ	19	出羽の雪
『冬　柏』	3	5	昭和7年4月	出羽の雪	19	出羽の雪
『冬　柏』	5	2	昭和9年1月	出羽より	18	出羽の雪
『冬　柏』	5	3	昭和9年2月	出羽より	19	出羽の雪

以上のようにテーマを同じとする歌が並んでいること。

また、書簡中の歌に対する心得はこの昭和九年二月刊行の晶子『優勝者となれ』と内容がほぼ合致することによる。

以上、推定理由にも示したとおり、寛・晶子は一連の清平の出羽の風土の歌からの脱却を提示している。

⑲ 昭和九年六月二十八日

（葉書）

表　消印　昭和九年六月二十八日

宛先　山形県最上郡豊里村

宛名　古宇田清平様御もと

差出　東京市荻窪二―百十九

与謝野寛

裏　啓上　御雄健を賀上候。本年も桜桃をお遣し上下、おかげにて御地の美味を新嘗致し申し候。多年の御深切を忝く感銘仕り候。さて、其後御歌ハ如何に候や。〝釜に水を汲み出したまふやう御努力を願上候。

妻よりも御礼を申し侍り候。

いよいよ大凶作の到来である。清平は、昭和八年の大豊作に引き換えて、同九年は天候

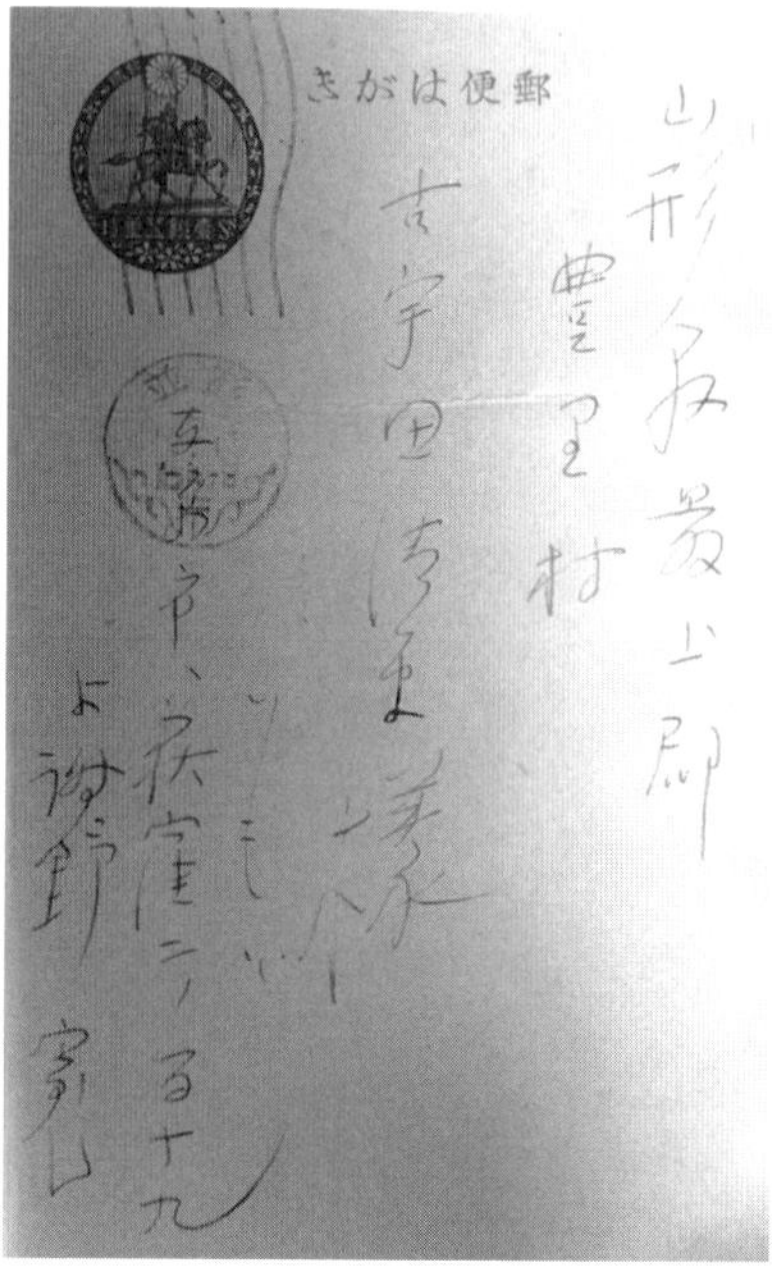

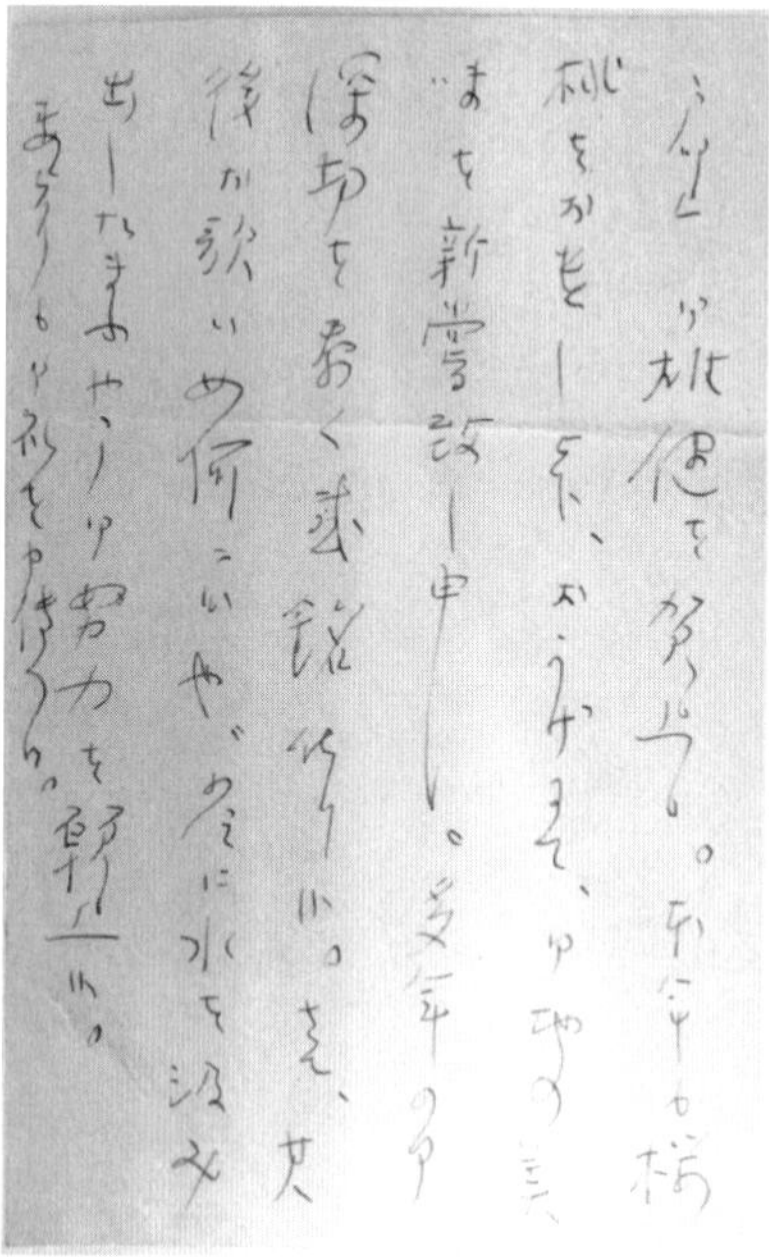

不順、東北地方は大凶作となった。農民の顔は暗く、その生活実状は悲惨なものだった。(注12)

と、述べている。

『冬　柏』第六巻第一号（昭和九年十二月）「凶作の歌」

7　稲の穂の何れの田にも黒ずみて天に向きたり恨めるがごと

12　田も畑も依るよし無くて山に入り飢ゑてあさりぬ木の根草の根

22　葛の根と橡の実を食む其れもよし聞くに堪へんや娘さへ売る

26　見て嘆き語りて嘆きはた聞きて嘆くも足らず北の凶作

この号から二号連続で、詠草題「凶作の歌」が『冬柏』に掲載された。東北の厳しい凶作の、農民の生の苦しみが、ドキュメンタリー調に歌に詠まれている。この昭和九年の東北地方の凶作は日本の食糧問題に打撃を与える、ひどく深刻なものであった。当時の新聞などの報道にも、ずいぶん、農民の悲惨さが取りざたされた。清平もその現場に居合わせ、「農民の顔は暗く、その生活状態は悲惨なものだった」(注2)と述べている。

7「稲の穂の」は、黒モチ病にかかってしまい、米は実らずにいるのである。稲さえも、天を仰いで救済を求めているのであろうか。「恨めるがごと」は、まさに農民が、凶作をもたらした天を恨んでいるのである。

12「田も畑も」は、食料を生産している当の農民たちも食料は尽き、山の木の根や草の根で飢えをしのいでいるのである。

22「葛の根と」は、いよいよ農民達も生活に行き詰まり、葛の根、橡の実で飢えをしのぐ姿が詠まれている。農民は、それでも更に行き詰ると、生きるためにと、娘を人買いに売るのである。こんな農民の実態に、清平はたえられない気持ちになるのである。

26「見て嘆き」は、見ても聞いても耐えがたい凶作の悲惨な状況を詠んでいる。清平もなすすべなく、凶作を受け入れるしかないのである。清平は農業技師としての己の無力を痛感しているのだ。

『冬　柏』第六巻第二号（昭和十年一月）「凶作地と雪」

4　子を売りし憂さを紛らす杯もこの世を呪ふ酔となりゆく
6　凶年に小学生も縄を綯ひ紙鉛筆に代へんとぞする
12　あても無く生くるならねどみのらねばあて無き如し北の農人
15　藁餅は知事も来りて試せどもまだ知らざらん松皮の餅

無惨極まりない「凶作」の状況がよく分かる。抗いようのない自然であることは雪や荒地から体験しているものの、これほどまでの惨状は清平にとっても農民にとっても類を見ない経験であった。この「凶作」をきっかけにして、日本の食糧難問題が急浮上し、清平はその打開のために、青森に渡って米の栽培の北限に挑戦することになる。清平の歌には、この「凶作」によって引き起こされた農民達の惨状を社会に訴える意識が働いていたのではないだろうか。悲惨な状況をあえて歌のテーマとしたところから、所謂『明星』調の浪漫的な調べ、晶子の星菫調からはかけ離れたものになっていることは、特筆すべきことである。ことに、この凶作の惨状を克明に世に伝えるには、『明星』調はそぐわない。それにはどうしても、プロレタリア的な視点が働くのが自然ではないだろうか。清平が好むと好まざると、清平の抱える「現状」が清平に農村の窮状を歌といった形式で訴えさせているのだ。これは浪漫的といった方向で括るならば新詩社の範囲を超越していったことになるだろう。

4「子を売りし」は、家族が生きるためにやむなく子供を人買いに差し出した親の、やり場のない気持ちを、なんとか酒の力を借りて紛らわそうとするが、その酒も、ただただこの、浮かばれない世の中をひたすら恨む酔いにしかならないのである。

6「凶年に」は、4「子を売りし」ほどのやりきれなさはないものの、たとえ子供であっても、働いて、学用品を揃えなくてはならない。厳しい現実である。

12「あても無く」は、東北の農民たちは、農作物が実らない限りは、その意に背くとも、あてなく生きるしか仕方のないのが現実である。いつになったらこの惨状を打開できるかの見通しも無くただひたすら、毎日命をつなぐのみである。

15「藁餅は」は、凶作の視察に知事が荒地の農村を訪ねたのであろう。惨状を示す藁餅を知事は食べたが、その藁餅でさえも、実はまだよい食べ物なのだ。農民は、知事の知らない、松皮の餅を食べているのである。想像を絶する、貧困がそこには存在するのである。

二、青森へ

東北の深刻な「凶作」によって、農民の生活は悲惨を極めた。そこで、清平は昭和十年、山形から青森へと移住し、その歌詠み人生も一変するのである。青森に移住しての作歌活動が停止してしまうことなどは恐らく清平自身も予想だにしなかったのではないだろうか。清平の転勤にあたっては、

山形県の勤務地から青森県の勤務地にかわる時、朝日新聞歌かの山形地方版に『歌人技師』去るというようなみだしで、山形県在住の間の短歌のことや職務のことを載せられたし、青森日報はこれまた冷害試験地主任として『歌人技師』来たると云うような見だしで書かれたものである。(注13)

などと、世間では多少評判になったようである。しかし、せっかく報道された『歌人』としての道は過酷な環境によって閉ざされることになる。そもそも清平の転勤の理由は、

東北救済の声は急激に高まった。政府として農事方面では東北六県の各県に冷害に対する試験機関を設けることになった。各県とも最も環境の悪いところを選んで、昭和十年に設置と決まり、青森県はいわゆる南部地方旧南部藩の三本木郊外の藤坂村に設立された。そこを私が担当することになった。冷害克服の重任を負って仕事に打ち込んだ。その当時、水稲の担任は田中技手であって、ここで選出された『藤坂五号』が、冷害に強い稲の品種として、翌年の凶作下でも好成績を挙げ、一躍有名になったのであった。私も主任の立場から、一株一株抜き取って種を採る個体選抜の作業などに立ち働いたものである。(注14)

と、清平が述べるとおり、清平の生活は青森県藤阪凶作防止試験地の主任として農業の多忙へと傾いていくので

ある。清平らの藤坂での仕事ぶりは現在でもその記念館がその地に建てられるほどの功績である。清平が述べる通り、藤坂の清平のもとで働く田中稔技師が後世大変有名になって、「藤坂五号」の功績がたたえられているが、実はその影には清平の功績大なのである。以下にこの田中稔技師についての新聞記事を紹介する。

昭和46年の10月、青森県農業試験場内に「田中稔記念館」が落成した。その前年に試験場を去った田中場長を称えて、彼を敬愛する農家の浄財を基に建設されたものである。56年には「田中稔稲作顕彰会」も設立され、稲作発展に寄与した県内農家・技術者の表彰が今もつづいている。

田中がいかに農家に慕われていたかが、よくわかる。その彼が、はじめて青森の土を踏んだのは昭和10年だった。ちょうど東北地方に冷害が頻発した時代である。この年、農林省は「凶作防止試験地」を各地に設置。その一つが彼が赴任した藤坂（現藤坂支場）だった。

新設間もない試験地には施設らしいものは何もなかったという。ただ真夏でも12度の冷めたい水が湧き出ていた。この水が以後18年間、田中の冷害研究を助ける。彼が育成した「藤坂５号」はこの水から耐冷性を付与され、救世の大品種に生長したからである。

戦後の日本が食料危機を脱出できたのは、保温折衷苗代と藤坂５号のおかげだといってよい。保温折衷苗代による早植と耐冷性品種の藤坂５号が相和し、はじめて北日本の稲作が安定、増産が可能になったからである。田中はその功で総理大臣表彰に輝いている。（「農業共済新聞」一九九七年七月九日）

清平の農業への多忙は日本の食糧難の打開であり、日本の人々の命に関わる深刻な問題で、何としても成功を収めることが急務であった。従って、著作活動が農業のフィールドへと傾斜してゆくのも必然なのである。昭和十一年五月には初の著書『畑作とその経営』（養賢堂）が、続いて翌月六月には共著『新興作物ラミーの栽培』（富民叢書）の出版が続いている。また、論文については昭和十年には『農業及園芸』十巻一号から四号、十・十二号と精力的に執筆している。この状況では、確かに、『冬柏』で詩作に没頭する時間がなかったことがうなづける。更に、清平が青森にわたる昭和十年の三月には、恩師、寛が没するといった不幸に見舞われる。しかし、清平は多忙に紛れ、その時に挽歌を詠むことすらできなかったのである。そのことは「昭和十年三月二十六日、寛先生の逝去の時も、昭和十七年晶子先生逝去の時も共に哀悼歌を詠まずに過ごし、今でもそれが悔やまれる始末である。」と述べている。そして、後に次の四首の歌を詠んでいる(注15)

先生の在りし世もわれ襟正し無き今の世も襟正し詠む
わが歌を師の叱咤するみ声すら朱筆の跡に乗る心地すれ
詠草に朱筆の跡のきびしさも高き諭しも光る添削
朱を添へて俗をいましめ且つ正しなさけあるかなわが大人《うし》の筆

現在のところ、清平に宛てた青森時代以降の寛・晶子書簡は存在しない。従って、現存する清平宛て書簡は山形時代の昭和九年六月二十八日「さくらんぼの礼状」ということになる。「釜に水を汲み出したまふやう御努力を願上候」といった師の言葉は清平の心に残るところであろう。山形時代の寛・晶子の書簡は清平を叱咤するものが多く、清平としてはその師の言葉に明らかな形で応えることなく、結果としていささか寛・晶子に対して中途半端のような状態で、『冬柏』から去っていってしまったのである。これは清平にもやりきれない心残りとして心に響いていたはずである。だからこそ、歌に対する態度を改めて「先生の在りし世もわれ襟正し無き今の世も襟正し詠む」と詠じたのではないだろうか。

また、清平の所蔵していた『冬柏』（現在は横浜学園蔵。清平から昭和三十年代に『明星』『冬柏』はじめ、『みだれ髪』『毒草』『小扇』などの清平蔵書を寛・晶子縁の近所の学校に譲った）を見ると次のように、一旦青森時代で途切れてしまうのである。

昭和五年	第一巻	一号～九号	九冊
昭和六年	第二巻	一号～十二号	十二冊
昭和七年	第三巻	一号～十二号	十二冊
昭和八年	第四巻	一号～十二号	十二冊
昭和九年	第五巻	一号～十二号	十二冊
昭和十年	第六巻	一号～十一号	十一冊
昭和十一年	第七巻	一号～十二号	十二冊
昭和十二年	第八巻	一号～十一号	十一冊
昭和二十三年	第十九巻	夏秋冬号	三冊
昭和二十四年	第二〇巻	春夏冬号	三冊
昭和二十六年	第二十二巻	十二号	一冊

昭和二十七年　第二十三巻　春号　一冊

この様に、清平の青森時代を契機に清平の作歌活動の一つの時代が去ったのである。

しかし、この間、清平が農業のフィールドで成した功績は大きい。詩歌の世界からは已む無く遠ざかった一方で、「農業人、古宇田清平」といった金字塔を打ち立てたのだから、清平が如何に情熱を傾けたのかが理解できる。第二次『明星』から『冬柏』へと受け継がれた「生活全体」といった思想は清平に関して言うならば、文壇、文学といった狭義のフィールドからははずれて、農業のフィールドで新しい挑戦を試みて実現したのだから、確かに「生活全体」に関わっていることであり、それも寛・晶子の求めるものであったはずだ。しかし、残念ながら、農業に関して『冬柏』に発表の場は求めようも無く、それを、著書や農業専門雑誌といった場に発表して「生活全体」を体現したに過ぎないのだ。

清平の作歌活動はその後、しばらくは農業への多忙や大戦といった社会情勢によって滞ることになるが、終戦を境に昭和二十二年に与謝野光によって第三次『明星』が、昭和二十六年岩野喜久代によって『浅間嶺』が、昭和二十八年には信楽香雲によって『雲珠』が発刊され、清平の投稿がまた開始されるのである。

特に昭和二十六年『浅間嶺』一号に菅沼宗四郎が書いたものの中に清平の名を挙げていることを思い出として清平が述べている。

菅沼氏が書いた雑記の中に、

萬朝の古き投書家その一人出羽の国の古宇田清平

という一首を添ひて、一度会ってみたいけれど、まだその念願を果たさないとあって、私も是非会ひたいと思っていた。（注16）

菅沼は清平の若い頃、投書家の頃からその名前を目にしていたのは確かである。晶子撰の『摘英三千首』にも清平同様に歌の採録が認められる。また、清平に会いたがっていることは清平宛て寛・晶子の書簡でもたびたび話題となっていた。

横濱の菅沼宗四郎君（もと石引夢男）が「萬朝」時代より貴下の御名を記憶しをりて、いつも貴下のお歌が「冬柏」に出でぬを惜まれをり候。（昭和七年一月十二日）

社中同人の奮き詩君は、みな貴下の名を知り、貴下のお作を承知いたしをりて、近頃御作の無きは何故かなど噂致し申し候。殊に菅沼宗四郎君（前姓石引）などは　に貴下のお噂を致し「萬朝」時代よりの熟知に由ることに候。白仁君なども「萬朝」時代よりつゞけて今日に及び、一ト月も休まれず、驚嘆仕り候。

この様に清平のことは、恐らく同人中でもある程度の知名度があったことを示している。菅沼は横浜短歌会の中心的人物で、『冬柏』ではその活躍が注目されている人物である。寛・晶子ともに近しい間柄であったため、日常の四方山話の中で清平の消息を気にかけることは想像に難くない。もし、菅沼が清平のことを話題にしたその時に、寛・晶子が清平に対してその作歌やその態度が新詩社にそぐわない。または、清平にこれ以上の力量がないと判断しているなら、その旨を菅沼に話したであろう。少なくとも清平の山形での作歌が滞りがちになった時（寛・晶子が清平に叱咤激励の書簡を出していた頃）に、その機会はあった筈である。しかし、菅沼が『浅間嶺』でこの様に清平を懐かしむ歌を詠んでいるということは、きっと、寛・晶子は清平に対して否定的ではなく、清平の新詩社での存在を認めていたということにはならないだろうか。後日、といっても、菅沼も定年退職した後に、清平は大阪出張の帰り道に菅沼を訪ねて、共に『雲珠』の主幹である鞍馬の信楽香雲を尋ねている。そこで清平は、

十年の知己の如くに語り合い菅沼います鞍馬に登る（注17）

という一首を詠んでいる。

清平の青森時代は、清平の作歌活動の一旦の休止の時期ではあったが、それは決して作歌を忘れたのではなく、作歌という表現ではない「農業」というフィールドで寛・晶子の求めていた「新しい音楽」を表現していたといえないだろうか。

注1・2・7・8・9　逸見久美『与謝野寛晶子書簡集成　第二巻』（二〇〇一年七月、八木書店）
3　『日本近代文学大事典　第五巻　新聞・雑誌』（昭和五十二年、日本近代文学館）
4・5・10・11・12・13・14・15・16・17　古宇田清平『短歌と随筆　自然を愛し人間を愛す』（昭和四十四年、浅間嶺発行所）
6　与謝野晶子「優勝者となれ」（『定本与謝野晶子全集』（昭和五十五年四月、講談社）

結　本研究の意義と今後の課題

古宇田清平は大正三年頃から投書家として短歌の活動を始め、与謝野寛・晶子に認められていった人物である。第二次『明星』の復活の際に新詩社の同人として、大きく飛躍してその名を残している。これは、第二次『明星』の発刊意義に深く関わるところである。清平が農業の技術者、しかも日本の農業技術のパイオニアという任を担っていることは、寛・晶子が第二次『明星』で体現しようとした、

「明星」には窮屈な主義乃至主張も無い。唯だこの小さな草紙の上で、行く人かの同人が之を機縁に益々人生と学問芸術とに対する愛を深め、誠実と敬虔と刻苦とを以て特殊な各自の自由な表現を試みたいと思ふばかりである。言ひ換れば、学会と芸術界との一隅に、自由にして気楽なる縦談の座を設け、各自の気儘なる述作を持寄って相互の鑑賞と批評とを楽しまうとするのである。若しこの韮迫な草紙を介して我々が未知の同好の間に新しい精神的の交友を得ることが出来るなら望外の幸である。（編輯同人）（第二次『明星』第一巻第一号「一隅の卓」より）

「明星」の内容は狭く限ることを好みません。私達は生活の全部に触れたいと思ひますから、必ずしも芸術

に偏せず、すべての思想と学術に亘り、雑駁でない研究と紹介とをも併せて試みたいと思ひます。内外の労働、経済、教育、婦人問題等にも触れる積りです。（第二次『明星』第一号「一隅の卓」より）

と、いった、意義をかなえるには絶好の存在であったに違いない。文壇に限らず広い範囲での学問、「生活の全部」といった思想で清平を見た時に、清平が単なる農業人でないことは大いに期待を寄せるところだったであろう。晶子は大正六年「農民の心」（注1）で、

農民の生活が此後も今のやうな素朴と粗野とを続けて居るなら、此後も科学と人道とに由つて深化され精錬されることが無いなら、私はその生活を今より以上に尊敬することができない。

と、手厳しく「農民」について述べている。単に作物を旧態依然として作り続け、素朴と粗野であることの批判をしているのである。一方、晶子の求める「農民」は科学の力を持って、農業技術の開発に努め、その心持も学ぶことで人道的に深化されていかねばならないと考えているのである。しかして、晶子の述べるところの「農民」にぴたりと適合するのが清平なのである。農業技術の開発のため、研鑽を積み、それを世の人々に啓蒙してゆく、清平はまさに科学の中にある農民なのである。そうして、その科学の進歩に努めるということは、新しいことを学び、そしてその力で新しいものを発明していくのである。そこにはおのずと、新しい感動、新しい自分だけのもの、オリジナリティーといったものが培われ、新しい自己の開発に繋がるのである。晶子は『歌の作りやう』で「新しい自分の感情が湧く人格作り」には「神経を鋭敏にすること」「情念を豊かにすること」「実社会

と交渉すること」「自然に親しむこと」「読書を励むこと」を説いている。この晶子の教えを清平は生活の中でみごとに体現する環境にあったのである。

また、晶子は「私の歌を作る心持」で「実感の上に立脚」して歌を詠むことを勧めている。ここで言う晶子の実感とは、

「実感」は私的感情の範囲に属する特殊の感激であつて、それに由つて、作者である私自身が、常識以上に飛び出し、その以前に感じなかつた所の新しい喜びなり、新しい悲しみなりに触れて、平生とちがつた興奮に命を振動させたもので無ければなりません。云ひかへると、作者が一つの新しい感情の世界を発見し、他人の経験しない感情生活を体験するので御座います。

というもので、やはり、徹底してその人自身の創作する態度を求めている。そうして、このような創作を詩歌といった形で表現するには手垢の付かない「言葉の音楽」が必然であることも晶子は並べて説いている。また寛も「言葉の音楽」には晶子同様である。

清平は以上のような寛・晶子の考えに立脚して編まれた『明星』『冬柏』においてはまさに期待の新詩社同人であったのだ。そのことは『明星』第一号「一隅の卓」にも述べられている通りである。

私達の宅に以前から新詩社短歌会と云ふものがあります。今度の「明星」はその新詩社から出すのでは無いのですが、その短歌会の作物で特に佳いと思ふものは「明星」の方に推薦して載せようと思ひます。本号に

載せた後藤是山、山名敏子、古宇田清平三氏の歌はその最初に新詩社から推薦したものです。

また、『明星』第七巻第四号（大正十四年十月）で寛が「十和田湖其他」で、

清平と立ちて云ふこと人生のただ五分のみ新庄の駅
歌ありや清平の云ふ花の実のとりいれ忙し近く歌なし
秋なれば蓑がんじきを著けねども荒野より来て若き清平
わが見てもわれ既に老ゆ若き人おどろく歌をわれに教へよ

と、清平を詠んでいることからも理解できる。

清平は第二次『明星』・『冬柏』の意義に応え得る存在であったことは寛・晶子のみならず、菅沼初め、同人中にも周知であったはずである。さらに『明星』『冬柏』などへの清平歌の採録状況、震災による『明星』再刊後の購買を求める広告や、寛の還暦祝いの広告などに発起人として名が挙がっていること、同人への寛・晶子の書簡に清平の名が挙がっているのにもかかわらず、現在において「古宇田清平」の名が、文壇上とまでは行かなくても、『明星』『冬柏』の研究史上に表れていない事実は、イコール清平が文壇上注目に値しない人物であるとするのは早急である。

確かに清平の歌の数は多くはないが、第二次『明星』および『冬柏』の発刊意義の求めに十分に応じていることはいうまでもない。一方で第二次『明星』は寛・晶子の願いとはかい離した歌が多くあり、必ずしも清平の歌

風が主流とはなりえなかったことなどの問題は孕んでいる。加えて、戦前に清平の歌集の出版が叶わず、その作品を世に問う機会を逸したことは未だに清平が文学のフィールドで注目されていない大きな要因であろう。また、農業のフィールドでの多忙によって、作歌が不断でなかったことや、それにしたがって、歌数も多くないことも要因の一つであろう。しかし、清平への注目がなされてこなかったことは、清平個人の歌の資質とは関わらないところに問題があるのではないか。これはむしろ、『明星』『冬柏』の発刊意義の研究が立ち遅れていることに問題があるのではないか。確かに、第二次『明星』の提示した意義は「生活全部」であり、その文学的イデオロギーの欠如、というよりは敢えてイデオロギーを提示しないことへのこだわりが、すべてのものを取り込もうとしてしまったがために、その雑誌としての目指すところの焦点が人々には見えず不安に陥ったのではないだろうか。文化のオーガナイザーとしての役にはその間口が壮大であるが故に、これをすべて受容していく場が、読者が、まだ育ちきっていなかったのではないだろうか。故に、歌壇で言えば『アララギ』が結社としての一種の階層的な年功序列的会員組織を整えて、啓蒙していく方法に、つかみ所のない『明星』とは違った安心感があったのではないのだろうか。加えて、『冬柏』で昭和十年に寛が、次いで十七年に晶子が志半ばで没したことや、戦争で生活に余裕がなくなり、文化的な側面が衰退したことなども『明星』の不幸であったのだ。

しかし一方で『アララギ』の写実からは姿勢を異にする人々の興亡も大正から昭和初期にかけては見逃せない。そのような中にあって、『明星』『冬柏』は全く違った性格を持った雑誌だったのである。

私は我が国の歌壇といふやうなものに交渉を持って居りません。競争意識の盛んな歌壇から御覧になれば、私は全く別の存在で御座います。（大正六年「私の歌を作る心持」）

と、晶子の示したとおり、「全く別の存在」として『明星』『冬柏』を捉えなおし、その文化的役割、文壇との関わりにおいて、今後は再度見直し行く必要がある。そうして見直していく中で、「古宇田清平」の存在は再認識されるのである。

注1　与謝野晶子「優勝者となれ」(『定本　與謝野晶子全集』昭和五十五年四月、講談社)

参考文献

古宇田清平『短歌と随筆　自然を愛し人間を愛す』（昭和四十四年十月、浅間嶺発行所）
逸見久美『与謝野寛晶子書簡集成　第一巻』（二〇〇二年十月、八木書店）
逸見久美『与謝野寛晶子書簡集成　第二巻』（二〇〇一年七月、八木書店）
逸見久美『与謝野寛晶子書簡集成　第三巻』（二〇〇二年一月、八木書店）
与謝野寛・与謝野晶子『鉄幹晶子全集　十五巻』（平成十六年十月、勉誠出版）
与謝野晶子『定本與謝野晶子全集』（昭和五十五年四月、講談社）
入江春行『晶子の周辺』（昭和五十六年十一月、洋々社）
赤塚行雄『女をかし　与謝野晶子』（一九九六年十一月、神奈川新聞社）
『日本の作家六　与謝野晶子』（一九九二年四月、小学館）
菅沼宗四郎『鉄幹と晶子』（昭和三十三年、中央公論社）
『与謝野晶子を学ぶ人のために』（一九九五年五月、世界思想社）
中　皓『与謝野鉄幹』（昭和五十七年四月、桜楓社）
近藤晋平『九州における與謝野寛と晶子』（二〇〇二年六月、和泉書院）
平子恭子『年表作家読本　与謝野晶子』（一九九五年四月、河出書房新社）
『山形県の歴史』（一九九八年十二月、山川出版）
「国文学　与謝野晶子」第44巻4号　十一年三月号（平成十一年三月、学灯社）
「国文学　解釈と鑑賞　四四八　近代短歌・結社と方法」（一九七一年、至文堂）

資料

清平詠歌集

（注　＊〇印を施した歌は清平著書「歌集の部」に所収の歌である。また、便宜上、歌に番号を付与する。）

一、『摘英三千首　與謝野晶子撰』（大正六年十月二十日）南北社

子安貝の巻

1　やはらかに春の御空のかき抱く金色の日と君をこそ思へ　常陸　古宇田清平

2　月の夕尺八吹けば悲しびの限りも知らず穴よりぞ湧く　常陸　古宇田清平

3　幽霊も狐も海も山川も別ち知らざるわれに君なし　筑前　木《ママ》宇田紫峯

ことなげの巻

4　洞穴を出でたる時の眼前に見る海のごと君はなつかし　常陸　古宇田清平

5　ゆくりなく相見し人のかりそめの微笑だにも忘られざらむ　常陸　小《ママ》宇田清平

黙せる空の巻

6　われと我が身をいたはりて向かひたる朝の鏡は正目して見ず　東京　古宇田清平

7　朝あけに草履の上の素足ほど明るく白き夏の雨降る　東京　古宇《ママ》　清平

8　泥濘をさいなまれ行く馬のごと醜きものは誰にかあらむ　常陸　古宇田清平

9　嬉しさも憂きも見えつゝ秋山の温泉の湯氣のぼる朝かな　東京　古田《ママ》　清平

白き鳥の巻

10　假初の戀は捨てよと冬の來て木を刺す如く風の冷たし　東京　古宇田清平

11　簾巻き眠るが如く静かなる海見ることも飽き足らぬかな　常陸　古宇田清平

若き命の巻

12　うづくまる心の如し灰色の雲の彼方の今日の太陽　常陸　古宇田清平

13　月の夜の大路小路にわが影のをどりも歩む夏の來たりぬ　常陸　古宇田清平

○14　酒造場の石岡に來てわれ酒に醉はず少女に醉へ　常陸　古宇田清平

15　一人して思ひ疲れしはての如赤き椿のくづれぬるかな　東京　古宇田清平

16　人一人住まざる星の世界とも我身をおける家を思へり　常陸　古宇田清平

銀泥の巻

17　いたましく板に喰ひ入る鋸の齒音のさまに耳鳴りのする　古宇田清平

18　銀の霜月にうち向ふ一時は盛んなれどもされどはかなし　古宇田清平

二、第二次『明　星』（大正十年十一月～昭和二年四月）

『明　星』第一巻第一号「青涙集」（大正十年十一月）

○1　秋風や七面鳥の怒りたる庭のかなたの高き白壁《かべ》
○2　風吹けば吹くに任せて行く所あるが如くにたんぽぽの散る
○3　大空に白き日ありて悄然と影投げて立つひと本の草
○4　枕辺にわが起伏《おきふし》をしみじみと見むと云ふごと蟋蟀《こほろぎ》来たる
5　冷やかに霧の這ひ寄る鏡にも秋の姿の映りたるかな
6　朝顔の花の少なくなりし如わが楽しみも末に近づく
○7　燕の帰らずなりしわが軒の空しき巣にも似たる心ぞ
○8　腰かけし石の冷たさかたはらの草吹く風は秋の風にて
9　愚かなる性《さが》かな心一人《いちにん》を思ふばかりに人を憎めり
10　絵かあらずこの世に生ける万人《ばんにん》の中に見出でし美くしき人
○11　赤々と夕焼けすなり彼の雲も水もとんぼも酔へるが如し
○12　木には木のわれにはわれの淋しさを与へて寒く闇のひろがる
13　狂人の如く泣き且つ笑ひたる後の淋しさ人に知らるな

14 太陽に似たる君かなその君をわが見失ひ世の闇に泣く

○15 ゆたかにも煙草くゆらす人のごと朝の木立の煙りたるかな

16 明るみを慕へる心薄暗きわがうつそ身とかけ離れゆく

17 心なくわが味ひし青春の恋のいといと甘かりしかな

○18 思ふ事すべて云ひ得し果のごと雪の明るく晴れし朝かな

○19 悲しみの石を掘り得てよろこびの宝玉は皆埋《うも》れけるかな

20 初冬や左を向けど右向けど寒き目ありてわれを見つむる

○21 ふと来たる冬の日中《ひなか》の時雨にも似て時雨れけり君を見ぬ胸

22 恋人の門を歩みてただにわれ悲しみをのみ拾ひけるかな

○23 君にあふ時近づけるうれしさにわが唇を漏れし口笛

24 快く涙湧くなりこの涙あふれ溢れて如何になるべき

25 苗代に静かに籾《もみ》を蒔き下ろす朝の心の澄みとほるかな

26 思はれてある嬉しさかはた更に人を思へる嬉しさかこれ

○27 答へんと待ちかまへたるやまびこのある心地して寒き谷かな

28 大木を切り倒したる時のごと明るく悲し君と別れて

29 うら若き瞳の如く灯ともれば習ひのごとく思ひ入るわれ

30 大声に呼び醒ませども清平の本心あはれ帰り来らず

○31 清平が恋と歌とを分ち兼ね涙流すと云ふはまことか

32 わりなしや嬉しき時も憂き時もわが身に添はぬ心なるかな

○33 大空にわが憧るる心をば遮ぎる如く黒き雲湧く

○34 鵞鳥等は羽搏《はばた》きすれど飛び得ざるその悲しさに声あげて泣く

『明星』第一巻第二号「秋声集」（大正十年十二月）

1 片恋の唄のみ歌ふ門附がこころの門に立てる悲しさ

○2 新しき涙なれども人知らぬ古き心の傷よりぞ湧く

○3 淋しくて葉は散るならず舞はんとて秋を待つなり風も吹けかし

○4 巡礼の悲しき歌につれて鳴る鈴と思はる秋の明星

5 悲めるわれを見知りて秋の風夜も枕を叩きにぞ来る

○6 薔薇の花紅きを嗅げば忘れゐし人の俄かに恋しくなりぬ

○7 驕慢の終わりと見るも哀れなり秋にくづるるくれなゐの薔薇

8 幸ひを恵まれてあるものの如棘《ごととげ》のなかより覇王樹《しゃぼてん》の咲く

9 君が名を空しく刻むわが胸は石かとばかり重く冷たし

○10 悲しさのわがいやはてに出でて見る浅間の山の黒き噴煙

○11 草の葉をむしりて語り別れたるこの思出も人に知らるな

○12 雲の上に白き日ありて栗の毬《いが》一つ落つるも静かなるかな

『明　星』第一巻第三号「砂上の草」（大正十一年一月）

○1　飛び易き実は皆風に散りゆきて残る姿を嘆く枯れ草

○2　おそれなく太陽にさへ口づくる夢を見るかな若き身なれば

○3　劇場の片隅に居て役者等の知ること難き涙すわれは

○4　わななきて立つは枯木か来ぬ人を待つ身か風の出でて日の落つ

○5　北風の吹く日となりぬ今日も亦北を向くなり屋根の風見《かざみ》は

○6　打ち並び囁き合ひし二もとの木とは見えざり枯れ枯れに立つ

○7　あぢきなし風ふと出でて大樹より草の末まで打ち鳴らし吹く

○8　この町をあさりて歩く痩犬のうしろに附きて冬の風くる

9　橋下を流るる冬の水よりもかそけくなりぬわれの望みは

○10　投げかくる紙のつぶては逸れ易くわが思ふ子は更に遠のく

○11　君といふ涼しき月を浮べたる川は明るく我を流るる

○12　くらがりのなかに物をば手さぐるとあはれ等しき邂逅を待つ

『明　星』第一巻第四号「萱の葉」（大正十二年二月）

○1　憂き思ひ枯葉《かれは》の如くいつまでも我に残りて風吹けば鳴る

○2　わが児等が遊びの井《ゐど》に掘りし穴雪のたまれり掌《たなごころ》ほど

○3 飛ぶ如く氷の上を軽やかに恋をしばらく忘れて滑《すべ》る
○4 風ふけば濡れし渚《なぎさ》の貝殻の片割れに似て寒き月かな
5 ひともとの常磐木の影雪のうへに墨より黒くにじみたるかな
○6 断食の苦しさは我れ知らねども君を見ぬ日の悲しさは知る
○7 恋と云ふ高き塔あり夜となれば街の灯よりも高く灯ともる
8 心より放つわが矢も大空の流星のごと目に見えよかし
○9 よろこびの始まる海の一点に先ず口づけて出づる太陽
10 君とわれ何れを先とすべからず狂ひ易かる心をぞ持つ
○11 冬の月風に吹かれて細るなり人の如くに愁ひざれども
12 萱《かや》しろく山に光れり或時のはかなき我れのときめきに似て

『明　星』第一巻第六号「一燈抄」（大正十一年四月）

○1 あらし吹く日も猶もゆる頬を見せて一人の旅に上《のぼ》る太陽
2 黄昏の街の灯よりも華やかに心に灯をばつけて行くわれ
○3 行く処いつも思案のあり顔に浮ぶも淋し秋のしら雲
○4 やうやくにささやく波も遠ざかり干潟にひとり寒く立つ岩
○5 墨をもて塗られし如き心なり唯だしるしほど残る金泥《きんでい》
6 誰と行き誰と帰らんわれと我が一人行き且つ帰る外無し

○7　枕べを這ふ風にさへ悲しみをさとられじとて寝返りをする

○8　鞭打てど進まぬ馬とわれなりぬ疲るるならず病むにあらねど

○9　あはれ我が心に実《みの》るものも無し藪を拓きて花を作らん

○10　薔薇さきぬ喜びをのみ知る如く太陽のみを夢みる如く

○11　あかつきのうす氷より危げに缺け残りたる空の月かな

12　雪の日の納屋に入りゐて藁を打つ清く淋しき農人のわざ

『明星』第二巻第二号「野の人」（大正十一年七月）

○1　わが胸の蜃気楼《かひやぐら》こそいみじけれこれは日も夜も分かず現る

○2　夏の宵月の国にもわが恋が噂にのぼる心地こそすれ

3　かりそめに君が心を窺ひし咎ゆゑ寒き峰に繋がる

4　ふるきをも新しきをもとりまぜて恋はいよいよ哀れなりけれ

○5　同僚の俗なる星のむれに厭《あ》き明星はありあかつきの空

○6　星一つ身を躍らせて地に飛べば驚きの目を見はる夕月

○7　くちびるを洩るる笑みにも譬ふべく赤くふくるる牡丹の蕾

8　心なる若き芽だちを掩ふまでいつしかとなく茂る雑草

○9　地下室を野鼠《のねずみ》のごと出でてきて夏の木陰の風に吹かるる

○10　方角も地の隔たりも忘れたる身の楽しきか雲雀高鳴く

○ 11 洋犂《プラオ》もて手綱を軽く執りながら馬に物言ひ田を鋤ける人
12 とこしへに芽ぐむよし無き切株の歎ける上に日の暮れてゆく

『明　星』第二巻第四号「噴水」（大正十一年九月）

1 束の間に流れて消えし星なれど光は清く我に残りぬ
○ 2 いつ見ても幸ひのみを語るごと噴水は立つ大空のもと
○ 3 空さへも踊るさまして大木に風の吹く日は快きかな
4 わが頼む空の広きに過ぐるより一人ある日の淋しかりけれ
○ 5 月の出の潮《うしほ》のごとくわが心君があたりに揺るるとぞ思ふ
6 思出は胸にせまりて感ずれど過ぎし月日の君を遮る
○ 7 なつかしや君が手にする紅絹《もみ》のおと黒髪を梳く櫛の音など
○ 8 太陽もまた疑をいだくごと雲のあなたにうづくまるかな
9 北上の川辺を行けば啄木の足あとを猶踏む思ひする
○ 10 月半ば山の端に出づゆらゆらとその山動く心地するかな
11 わが前に置かれし一の杯も二の杯も涙のみ盛る
12 山の雲あとなく去りぬ我もまた家の恋しくなりにけるかな

『明　星』第二巻第五号「行雲抄」（大正十一年十月）

○1　太陽をよこぎりたりし白雲も夜は谷間に物を思へり

○2　ジプシイのさまよふ如く淋しけれ月夜の空の雲の切れはし

3　あぢさゐの花に見入りて淋しくも片時ものを云はぬ人かな

○4　秋の空太陽のみを懸くるにはあきたらずとて白雲を置く

○5　わが心塔の如くに尖《とが》るらん最も早く秋をこそ知れ

○6　いつしかと心に茂る雑草のうち枯れながら蟲細く啼く

○7　うら枯れし物の蔓をば這ひ歩るく青蛙にも秋の迫るか

○8　行く方に我から造る蜃気楼《かひやぐら》かならず君の住めるなりけり

○9　絹を断つ鋏の音す秋の夜に寒さを刻むここちこそすれ

○10　軽率に投げ尽したる火の矢なり返るよし無きわれの熱情

○11　うなぞこの真珠貝とも云ふべかり恋は淋しく我に光れる

○12　秋となり恋しき人の消息をもたらす如く白雲の飛ぶ

『明　星』第二巻第七号「月光集」（大正十二年一月）

○1　我を見て草のたぐひと思ふらん月も冷たき瞳をば投ぐ

○2　太陽の光を身には浴びながら月の寒さを心にぞ持つ

○3 街の上に塔のさき見ゆ大空の一ところをば破る如くに

4 悲みて家を出でたる人のごと秋の木の間を行きありく風

○5 若木なる銀杏も寒き涙をばにはかにこぼす秋の夜の庭

○6 萱の月夢を出でしやたよりなき身を歎けるや死をば思ふや

○7 秋となり街の店なる硝子戸の人形もまた寒き顔する

○8 秋の月雲をはなれて溜息を洩らすと見れば寒き風ふく

○9 くちびるに永く触れざる杯のたぐひと見えて月も淋しき

10 夜となれば人の胸にもいと寒く光をしまぬ悲しみの星

○11 太陽も雲に隠れて泣く日ありかく言ひ今日の我を慰む

○12 あけがたの明星は猶夜のほどの涙乾かで空を歩めり

○13 秋風と共に行くかな野の石につまづき萱の穂に隠れつつ（以下、啄木の生地渋民村を訪ひて）

○14 しら樺のまばらに立てる十月の好摩《かうま》が原に草を食む馬

○15 白雲も岩手の山の高ければ越えんとはせで馬と遊べり

○16 雪早き岩手の山をはるばると眺めて寒し人も芒も

17 わが胸を掩へる雲は動かねど岩手の山のしら雲は飛ぶ

○18 秋の人すすきの上の石文を拾ひ読して足早に過ぐ

○19 立寄りて煙草を吸ひぬ石文も人間の香の恋しからまし

○20 かれ草に啄木の碑にわが上に黒き影をば投げて飛ぶ雲

○21 啄木の少年の日を安らかに夢みる如くありぬ池のみ
○22 朱の点を文字のかたへに打つ如く若き少女も座にまじる秋
○23 秋寒し寺の真昼のともしびに似るともしびを胸にかかぐる
○24 十人が十人別の顔をして鐘の音を聴く啄木の寺
○25 谷にして淋しき秋の山彦が人の声をばもてあそぶかな
○26 風ふけば星の飛ぶかと思ふまで叫を挙ぐる山の穂芒
○27 帰路は月夜となりぬ草木みな白く冷たし秋の顔して
○28 わが顔を好摩の駅の硝子戸に覗きに来る秋の夜の月

『明　星』第三巻第二号「杜陵の冬」（大正十二年二月）

○1 冷かにひとみを投ぐる心地してわが窓近く夜の雪ふる
○2 雪ぞ降る高き屋根にも人間の竪てし肩にも真白にぞ降る
○3 生き物の目のごと赤き煉瓦にも黒き屋根にも雪の光れる
4 口笛を聞きて走れる犬ころの悲しきまでに素直なるかな
○5 この頃に降りたる雪もわが家の日蔭にあれば青き息つく
○6 雪ふりて四方《よも》の明るし身も白くすきとほるかと清き朝かな
○7 木立などほのかに影を落したる昼間の雪をよしと思ひぬ
○8 冬枯の幹にましろき手を置きて半日ばかり縋りゐる雪

○9 一瞬に時を忘れし心地して氷のうへを滑るたのしさ

○10 ここかしこ立ちどまりつつ小走りに行く犬のごと流れたる川

○11 めぐるべき本心を持つ車さへ荷の重ければとどまりて泣く

○12 食器など影となりたるかたはらに光るナイフと鈍き硝子戸

『明　星』第三巻第三号「残月抄」（大正十二年三月）

○1 てのひらに野の花一つ載するにも恋の重さを猶感ずわれ

○2 土の香の沁みたる手もてわが拭ふ寒き涙を人に知らるな

○3 うつくしき一大事をば負ひながら他をかへりみず走る流星

○4 たましひの衰へしわれ降る雪も重き鉛の打つ心地する

5 泣き泣きて猶も涙の残りたるこころは寒し朝の月より

○6 月の顔はだか木の顔汝が顔も寒しと風の言ひながら過ぐ

○7 行く空も無きにやあらんあけがたの枯木の末に縋りたる月

○8 なつかしき人を思へと花びらのごとき雪ふる右左より

○9 冬の日も咲き香りたる薔薇一つ心に持ちて君を思へり

○10 月の夜にさまよひ慣れてうら寒き月の光に染む雲となる

11 都にも紫の香の立ち初めて二月の春となりにけるかな

○12 笠の上に雪をかづきて行く路に迷へるごとき三尺の松

『明　星』第三巻第四号「或時の記」（大正十二年四月）

○1　ひとり居て歎けば我も砕けたる瓦の如く寒き身となる
○2　恋を捨てて心は澄めり日の落ちしその後星のきらめける如
3　野にひとり立てば淋しき心にもうちひろがりぬ夕ぐれの雲
○4　土くれのたぐひとなして心をも降り隠せかし春の夜の雪
○5　鳥立ちし磯の如くに人去れば心に寒き砂の跡つく
6　見なれたる人も見知らぬ人も皆悲しき目をは我が上に投ぐ
○7　そのはては背かれて去る夢なれば半に覚めて見足らぬもよし
○8　背かれしかなしき心夢を見て満たさんとするかよわき心
○9　春の日のゆたかに射せる壁にさへかなしき我の影ぞうつれる
○10　昼の月夜のかなたに掛かるにも取り残されし我が上を泣く
○11　紫の幕の下りたるここちして君へだたりぬ目には残れど
○12　まろらかに雪をかづける裸木は角《つの》のとれたる心地こそすれ

『明　星』第三巻第五号「樹下の雪」（大正十二年五月）

1　かろやかに手をわが肩に掛くる雪人のここちになつかしきかな
○2　舞ひし日もこしかたとなり行くところ今は極まり地に縋る雪

○3 舞ひ疲れ地に安らかに臥す雪の息も聞ゆるここちするかな
○4 ひともとの木陰によりて淋しさを静に抱きのこるしら雪
5 悲しみを分つものとは知らずして我等の恋を作りけるかな
6 あはれ我れ親に逆らひ恋をして恋の終りに君に逆らふ
○7 目をとづる時のみ浮ぶおもかげぞ目を開くとき跡形も無し
○8 雲動き風木にさわぐ人去りし後の心は目には見えねども
9 空高くかなしき手より投げしかど悲しき毬は手にかへりきぬ
○10 大空をゆびさすことも打忘れ素直に組みて膝に歎く手
○11 さびしさを共に云はんと我を見ぬ土の窪みに残るしら雪
○12 夜となれば淋しく物を思ふこと薔薇も我身も相似たるかな

『明星』第四巻第一号「独行く人」（大正十二年七月）

1 心には花のつぼむと思へども春風のきて吹かぬ淋しさ
○2 幼子の踏みゆく靴の音にすら踊るが如く桜ちりくる
○3 黒猫が身ををどらせて飛びこえし屋根のかなたの赤き落日
○4 若人《わかうど》の恋語りをも読む如く弥生のさくら次次に咲く
○5 肩を寄せ笑ひくづれて行く人の顔さへ見えて桜ちる軒
○6 つばくらの入りくるたびに山陰の淋しき駅に我ありと知る

○7　わが歩む靴の音のみこもりつつ人なき山の駅の淋しさ

○8　くろがねの鎖《くさり》のなかを行く如く並木のつづく長き路かな

○9　農人の手もて一一依怙《えこ》もなく挿されし苗のすくすくと伸ぶ

○10　待ち倦きていらだちし日のことなども思はせて啼く葭切《よしきり》の声

11　ひともとの草の影よりあはれなる影をば曳きて野に立てる人

12　ほのかにも花のかをりを身にしめて家に帰れば淋しさの湧く

○13　流星の走るをよそに白き月夜の冒険を思はざる月

○14　たんぽぽは花の終わりとなりたれど命を変へて更に飛び去る

『明　星』第五巻第一号「大沢吟行」（大正十三年六月）

○1　山の風いよいよ身には沁みながら志戸平《しどだひら》よりなほ奥に入る

○2　秋の日の沈むに似たるさびしさも身に覚えつつ山あひに来ぬ

○3　わづらひも清き泉にあらはれて軽きこころの旅人となる

○4　はるかなる旅に来りし身ならねどはるかに人のなつかしきかな

○5　ただひとり温泉の夜をさまよへば秋風にのみ行き逢へる渓

○6　泉より澄めるこころを秋の夜の灯かげに抱きて山に歌書く

○7　湯を出でて楼より見れば一すぢの渓ほの白し月夜ならねど

○8　秋の山あさのいづみのきよければ祈りの心おのづから湧く

○9　山の草おなじやうなる影曳けどわが身の影はをぐらきに過ぐ
○10　しら雲はるかに山の上を飛び木の葉は軽くわが肩を打つ
○11　天人の浴することもおもはれぬいづみのきよき大沢《おほさは》の秋
○12　幻想のさかんなる身も山にきて感傷の身となりぬ秋の日
○13　湯の山に目ざめし朝のこころにもつめたき霜のおくと思ひぬ
○14　山荘もわれの電車も見送りの人も吹かれて秋かぜに立つ

『明　星』第五巻第二号「曠原より」（大正十三年七月）

○1　盛岡の街をうしろに北上の橋をわたれば寒し足おと
○2　盛岡を去る日となりておち葉すら淋しくわれの肩を打つかな
3　これわれの去りゆくなれど人等皆われを見捨てて去りゆく如し
○4　山の風草の穂さてはゆく水もわれの心を皆知れる秋
○5　なつかしき人より遠く別れきて最上平《もがみだひら》の草にしたしむ
○6　穴ありぬ雪に埋もれし人間の家に通ずる穴なりこれは
7　わが年を子より聞かれてうら寒く三十としも云ひよどむかな
○8　春のかぜ耳打ちをして過ぎゆきぬ汝が幸ひは草に幾ばく
○9　揚雲雀うたふを聞けば失はで猶空にありわが夢の国
○10　夜のうつる時を忘れて人酔へば桜の花も乱れてぞ散る

○11　汽車を降り南に細き道ゆけば馬の群れゐる好摩野の夏（以下、四首再び渋民村を訪ひて）
○12　風吹きて野の青きかな子馬らが親に添ひつつ草食むところ
○13　わが身にも山の肌にもうら寒き影をば投げて白雲の飛ぶ
○14　草のなか風に吹かれてわが背より高く立つなり白き石ぶみ

『明　星』第五巻第三号「山の夏」（大正十三年八月）

○1　身の終り雲の消ゆるに似たるべし明日を頼まず山にしたしむ
○2　いなづまと雲におびえて山は皆隠れたれども啼くほととぎす
3　わがこころ花ならねども萎れたる淋しさを知る君と別れて
○4　わづかにも麦の穂先のそよぐほどそよ風吹けばなまめかしけれ
○5　雪しろく峰に残るを近く見て七月の野にわれも鍬打つ
○6　萱《かや》の葉は歎き薊はいきどほり農人の身は汗してうめく
○7　蛇を打つわが昂奮の鞭に触れたんぽぽの穂の軽く飛び立つ
○8　日に一度そのよろこびを向日葵もわれに分つとこなたをば向く
○9　草の葉を摘めば青くも指染みぬ草にも我の思はれにけん
10　かの月もさびしき雲の行方など見つつ涙を落すなるらん
○11　朝には海にあるごと夕には山にあるごとさびしきこころ
○12　草高く波うつときは馬の背の岩かとも見ゆ船かとも見ゆ

○13　空想の絵をわがゑがく壁なれど愁の影のにじみ初めたる
○14　もの古りしつりがね堂の片隅の柱にとまる薄羽が《ママ》げろふ

『明星』第五巻第五号「故郷」（大正十三年十月）

○1　くぐるとき未だ恋をも知らざりし日のことするふるさとの門
○2　村人に異端者のごと思はれて恋せしこともそのかみとなる
○3　近よりてもの云はまほしわれを見て厩のなかにあがきする馬
○4　かの蝉も気のあがりけん大木をしかと抱きて高高と鳴く
○5　心にもほのかに薔薇の咲くけはひ感じて人に消息を書く
○6　宵となり言葉を人にかくるごと脣を解く月見草かな
○7　私《ママ》風の吹きそめし野に唯ひとり立てばわが身も萱草《かやくさ》に似る
○8　遠く来し客人《まろうど》としてもてなされ七日起き臥す故郷の家（以上、故郷に帰りて）
○9　雑草のたぐひなるべし繁れどもかをる花なき思ひなるかな
○10　明暗を心に投げぬ逢ひし人別れし人と異ならねども
○11　自らの築きし脆き塔なればわれいち早く危さを知る
○12　月見草月に言葉をかけんとす怨《うらみ》にあらで恋しき言葉
○13　白鳥は海に帰りぬ恋の子は恋より外に行くかたも無し
○14　波の来て嘆ける人の立つ岩を寒しと覗き忽ちに去る

『明　星』第五巻第六号「茅の穂」（大正十三年十一月）

1　さびしさは猶人の身に及ばねど雨に濡れたり山の茅《かや》の穂
○2　清平《せいへい》の痩せたる顔のさびしなどつぶやく声の茅の穂にあり
○3　茅の穂の白くさびしき日となりて雲早く飛ぶ高原《たかはら》の上
○4　茅刈ると鎌を執る手にその茅のしづくわりなくこぼれこしかな
○5　わが立てる茅原にのみ降りそそぐ白き光と思はるる月
○6　わが背よりやや高く立つ茅草《かやぐさ》も月をのぞきぬ少し反り身に
○7　茅の穂が月の光をみな負ひて露けき宵の野となれるかな
○8　空澄みて山の影など見えくれば身も細るやと思はるる秋
○9　飛びて行く鳥もとんぼも白雲も逢ふ約束のある日なるらん
○10　風にすら心がはりのせざるやと茅の穂を見て人を思へり
○11　土のうへ秋の日を吸ふこころよさ掘りたる甘藷《いも》と共に座りて
12　秋ふけて近きけしきも雲の飛ぶ遠きかなたもなつかしきかな
○13　秋寒し人の噂をするひまも無しとて高くしら雲の飛ぶ
14　運命のたはぶれとして云ふことの我身一つにあるよしもがな
○15　われは来て大人《うし》と夫人と萬里等が見たる蔵王《ざわう》の裏山《うらやま》を見る（以下、上の湯温泉にて）
○16　蔵王《ざわう》の山大いなりひとり来て向へばさびし秋の心に

○17 なつかしき壁に倚るごと身一つを秋の蔵王《ざわう》の西側に置く

○18 青根より松島を見し人ならで山のみを見る蔵王《ざわう》の西

○19 山の湯の宿こそ此処にちらばりてあひだあひだに穂すずきの立つ

○20 へだたれば雑木もみぢと穂すずきに埋もれてある山の宿かな

○21 原の路左右に分る山もまた二ごころをば持つかあらぬか

○22 雲過ぎぬ逢はんとねがふ人のごと追ふ人のごと断つ人のごと

○23 月いでぬ思へる人に逢ふ如く雲も我身も山も明るし

○24 ひともとの草にも秋の日が作る寒き影あり山暮れてゆく

○25 焼栗の香のただよへる軒さきに月を放ちぬ蔵王の山

○26 行きずりに見る湯女《ゆな》の顔しろくして穂すずきよりも寒げなる顔

27 山の湯のけぶりの如くたちまちに旅人《りよじん》の酔はさめにかるかな

○28 寒き目もしろき歯もあり秋の日に打なびきたる茅草《かやくさ》の中《なか》

○29 たをやめの別れる去るとは似ざれども傾くことの惜しき月かな

30 朝の靄山を掩いひてかさなれば海にあるごとこころ慰む

○31 霧しろく朝をつつめば木のしづく涙のごとし山深くして

○32 わがおもひ温泉のわく地の底に一たび触れて帰りきて醒む

『明　星』第六巻第一号「農人の歌」（大正十四年一月）

1 風吹けどこれ騒音の街ならず身は霜月の桑畑に立つ

○2 桑の枝藁もて畑に結ぶにも親ごころなど湧き出づるかな

○3 間人《ひまじん》が論ずるよりはこころよき音をあたりに撒きて枝剪《き》る

○4 枝剪れば畑に小春の日が射して人の埃《ほこり》は見るべくも無し

○5 ふるさとの秋に肥えたる大馬の駆歩のひびきを夢にして聞く

6 草花の種を撰《え》りつつ思ふなり人に撰られて嫁ぐ君が身

7 農人も歎かざらんや身一つをあまりに荒く野べに曝《さら》せば

○8 あかつきの靄の中より牽曳機《トラクタア》野を犂《す》く音のひびきくるかな

9 冬となり真昼も寒きにび色の裸の木立塗らざるは無し

10 ものおもふ暗き心にみづからの顔を埋めぬ両のてのひら

○11 土くさき両手なれども重ぬればわが温かさ心にも沁む

○12 子のために風船玉をふくらます安きひと日も我に稀なり

13 土にのみわが愛欲をかたむけて花と果《このみ》をつくる一生《いっしゃう》

14 明るくもみやびやかなる遠き街目に見えきたる春の朝かな

『明　星』第六巻第二号「短歌六首」（大正十四年二月）

○1　しらしらと雪のくさりにつながれて出羽《いでは》の空に山の並びぬ
○2　蜜蜂のごとく日の照る折折に人の出で入る雪の家家
○3　たそがれの枯木のもとに藁たけば荒野に似たりわが冬の庭
○4　冬木立風に吹かれて歎く日もはた風無きに倦む日をも持つ
○5　藁をたく里の煙のしみたるや日かげも雪も曇る冬空
○6　土くさき拳《こぶし》なれども馬を打つ日は稀にして涙のみ拭く

『明　星』第六巻第三号「出羽の雪」（大正十四年三月）

○1　わが襟につららのしづく伝はりて落つるここちに日の寒きかな
○2　家はみな雪の穴倉炉に燃ゆる榾火《はたび》のほかは日の明り無し
○3　わが友も里人のごと雪靴《つまご》穿き出羽の荒野の雪ふみて行く
○4　農場に太平山のかげさむく凍《し》みつくごとく落つるたそがれ
○5　藁塚に雪の積むごとはるかにも鳥海山のしろきいただき
○6　から松の四尺の幹をうづみたる事務所の前の雪の原かな
○7　人のゆく足跡にさへ湯殿より下ろせる雪と風の渦巻く
○8　祈りつつきよめられたる人の身も雪の野のごと寂しからまし

9 それとなく身にせまりくる愁あり山に積もれる雪明りにも
○10 ただ広くしづけき雪のかなしさよ雪けぶりなど舞ひ揚れかし
11 冬枯れの木立の仰ぐものとして曇れる空の近きなるべし
12 こころには椿の花を抱けども雪まじりなる風のみぞ吹く
13 鳥啼かず雪の荒野は離れたる島よりも猶わびしかりけれ
14 はかなけれ明日の望も枯れし木の小雪より猶淡《あは》く散るべし

『明星』第七巻第三号「筑波と故郷」（大正十四年九月）

1 男女川《みなのがわ》今日わたる人旅路には身の疲れねど恋に疲るる
○2 山の鳥こゑ清《す》みとほり路ありぬ聳ゆる樅《もみ》の大木のもと
○3 立てること巨人のごとき岩なれど涙ほどなる雫するかな
○4 かへりみぬ深山うつぎの花による蜂の羽音も雨の降るかと
○5 しづかなる山の心も変るらんしばらく晴れてまた小雨する
○6 山の霧観測台にめぐりたる風ぐるまより先づ晴れてゆく
○7 霧ふりて海めきにけりわが立てる峰の岩より下《した》なる世界
○8 霧ふかし七尺外のものを見ず山の案内《あない》の若者とわれ
○9 笹がくれ山に一すぢ細けれどわが道としてたのまるるかな
○10 弟の家すでに成りあたらしき木の香をこめて夏の雨ふる

○11 胡瓜など土間にまろぶも山の色窓にせまるも好しやふるさと
12 ふるさとのひろ野を行けば乱れたる茅《かや》にも手をば触れまほしけれ
13 棕梠の木のくろく細きを浮き出していなづまぞする夏の夕暮
14 清平が名も成さずして帰りぬと今日噂する軒のつばくら

『明　星』第七巻第四号「孤影」（大正十四年十月）

○1 先生を待つうれしさを共に鳴く新庄駅の朝のこほろぎ（與謝野雨先生と新庄駅に逢ふ、以下八首）
○2 先生と五分時ほどを駅頭に逢へる此の日の足る心かな
○3 天人の五衰も知らぬ若さもて北の駅舎におり立てる君
○4 なつかしき大人《うし》の姿を前にして九月の出羽の霧に吹かるる
○5 明けがたの霧深げれど先生と夫人とありて寒からぬ駅
○6 青みたる山うつくしき海なりき我目にありし大人《うし》と夫人は
○7 わが夫人美くしくしてその言葉泉に似たりこころにぞ沁む
○8 残るわれ霧より寒したちまちに霧に消えたる汽車を見送り
○9 帰り来て人ひとり居ぬ家の戸を開くは寂し洞《ほこら》に入るごと（以下、七首妻を故郷に留めて帰任す）
○10 夢に見し瞳かとさへはかなみて夕の星をひとり仰ぎぬ
○11 歌おもふ己がこころにしみじみと鳴き入る蟲の一つある家
○12 友去りぬ物を案ずる身に近く過ぐる風さへ淋しきものを

○13　見なれたる庭の小草《をぐさ》の花にさへ一人の朝は心ひかるる
○14　朝風に高くつばさの音をそろへ渡り鳥飛ぶ初空の秋
○15　嘆きつつ立てる男の身に近く嘲笑ふごとまろぶ落葉《らくえふ》
○16　笹の葉の触れ合ふ如き音のして空に流るるしら雲と風
○17　人住める舟底などを或る日見し心地に山の湯の里に来ぬ（銀山の湯にて）
○18　山かげの湯場のさびしさ一すぢの川をはさみて縋り合ふ家
○19　坑道の古りたる跡の残れるも傷《きず》かと見えて山あはれなり
○20　湯澤川遙かに見れば梯子《はしご》ほど橋の数あり山かげにして
○21　銀山の湯場の夜に聞く鄙歌《ひなうた》も秋寒くして身の内に沁む
○22　山にきて廃坑などを目にするもあはれなるかな湯げぶりの上
○23　湯女《ゆな》はなほ悲しとなさず板橋も温めるぼどなる渓の霧雨
○24　山の雲不運に逢へるもののごと低く下りて雨となりゆく

『明星』第七巻第五号「日光と土」（大正十四年一月）

東京殿下を我が農事試験場に迎へ奉りて七首
○1　日の御子が出羽《では》の国見に出でませぱ山も晴れつつ秋に連《つらな》る
○2　秋更けし林檎の畑とひろき野を見そなはしたるいでまし所《どころ》
3　光らざる花も無きかなかしこきや最上《もがみ》の園に仰ぐ日の御子

○ 4 秋晴れて近く光れるしら雲も今日の行啓《みゆき》に従へるかな

5 日の御子の歩ませ給ふ靴ひびく北の最上《もがみ》の高原《たかはら》の土

6 日の御子の御前《みまへ》にあれば貴《たふと》けれわが育てつる花とくだもの

○ 7 北の園あかき林檎の木《こ》のもとに印《しる》したまへるおん靴のあと（以上）

8 枯れ草を畑に焼きつつ晴れし日の最上《もがみ》の秋に歌ふ若人《わかうど》

9 花摘みて楽しかりしも十とせまへ出羽の最上に今は土掘る

○ 10 秋晴れし青空のもと遠きまで刈りたる畑の広さ明るさ

○ 11 秋ふけて修道院にあるごとくこころ澄み入る高原《たかはら》の家

12 原の草うらがれゆけばわがこころ咽ぱんとしぬ思出の中《なか》

○ 13 畑打ちて倦める心をはげますはをりをり石に触るる鍬先《くはさき》

○ 14 石くれは土に埋めてありぬべし寂しきこころ何に埋めん

15 こぼれたる豆の実やがて芽をふきぬっ君に逢はぬは久しけれども

○ 16 みづからも鍬の刃先《はさき》も傷つきし蛙のまへに物を歎けり

17 土掘れば冬眠《とうみん》に入る蛙などふと見てこころうら寒きかな

18 朝《あした》より果實《このみ》を食《た》うべ霜しろき畑に働き秋肥えぬわれ

19 わが干《ほ》せる筵の豆に秋の日がことさら赤くすべる昼かな

○ 20 わがいのち猶苦しめと風に聴く茅《かや》の穂に聴く秋の声かな

○ 21 農園の鐘ひびくなり赤とんぼ南にながれ日の暮るる頃

○22　おち葉して風ふくなかにゆらぎたる立木《たちぎ》を猶もたのむ蔓草《つるくさ》

○23　しろき菊むらさきとなり野芝居の旅役者など目に残る頃

○24　うらがれて虫ほそく啼く草むらに風もしばらく縋《すが》らんとする

25　風高く出羽《いでは》をわたりをちかたの月山《げつさん》に見ゆ十月の雪

26　「涕涙記」妻にわかれてその児等と住める卓治の歌の悲しさ

『明　星』第八巻第一号「枯草」（大正十五年一月）

○1　枯草を野にあためて枯草のいりより更に黄なる冬の日

○2　枯草の原にわが立ち思ふこと枯草よりもたよりなきかな

○3　枯れはててわが高原の農場の唯だひろびろと冬に入る色

○4　枝を剪りのこれる桑を結ぶとて握れば指に冬の沁み入る

○5　鳥海《てうかい》の雪のひかりを身に感じわが軒に鳴くしろき庭鳥

○6　原の雨凍らんとして藁塚と農人の身を斜めにぞ打つ

7　蕭《しく》として草の実木の実声ひそめ蛙と共に冬ごもる土

8　こしかたもはた行く末も悲しとて飛ばざる雲の空《そら》の溜息《ためいき》

9　みぞれにも雪にも荒き土掘《ほ》りぬ北の最上《もがみ》に住めばこそあれ

10　われと立ち枯野の風に鬣《たつがみ》を振りつつ遊ぶ若駒のむれ

○11　枯草の実などこぼるる音やみて氷雨の音に野は変りゆく

○12 いつにても高原《たかはら》に立つ裸の木雪に逢ふべき用意あるかな

『明　星』第八巻第三号「出羽の雪」（大正十五年三月）

○1 なつかしき都の人に歌として出羽《いでは》の雪の消息を書く
○2 常盤木も小鳥も息を絶つ如し明けて雪降り暮れて雪降る
3 岡山に妻を帰へしてわれ一人降り積む雪を見つつ淋しむ
○4 病する悲しさよりも相見ざる苦しさを知る君と別れて
5 雪白き野中に立てる枯木より猶も淋しき人住める家
6 静かにも雪の降り積む音ばかりわが耳に入るああ君遠し
○7 旅立てる君がうしろに風おこり雪を重ねて路さへも消ゆ
○8 新津過ぎ直江津を過ぎ夜となればわが恋ふるごと君も恋ふらん
○9 雪をのみながめて君を思ふこと忘れんとして忘れ難かり
10 歌へどもわれ自らを慰むる猶それにだに値せぬかな
11 雪光り刃を立つる峰と見え日は消え去りて既に三月《さんぐわつ》
12 心にも雪の家をばわが守りて一人祈りぬ語る人無し
○13 雪の上に顔あつる子等わが如き愁の顔は一つだに無し
○14 犬ならば追ひも出ださんこれはわが身の愁ひなり如何がすべけん
○15 野に荒るる吹雪のごとく狂ほしき心となりぬ家に居てわれ

○16　農人の雪焼けしたる顔並べする雑談もよしとして聞く

『明　星』第八巻第三号「野の人」（大正十五年四月）

○1　炬燵にてものの本よむならはしに君思ふこと一つ加はる
○2　わが居間を二たび三たび廻《まは》れども落ちつくべくもあらぬ心ぞ
○3　恋ありや夢の中にはある如しみづからすなる斯かる問答
○4　夜となれば身は底しらぬ湖に取り囲まれてある心地する
○5　身をおくは最上郡の雪の中心《なか》はさてもいづくにかある
　6　山かげに吹く夕風も身の内に湧く愁ひより寒からぬかな
　7　野の風に枯木の叫ぶ声ばかり聞く不運なる身かと思へり
　8　剰《あまつさ》へ君あらずして雪国の白き日頃となりにけるかな
○9　北海の岩に立つとも思はれて屋根に掻くなり三尺の雪
○10　窓近く太陽もある心地すれ雪ふかき野に君が文つく
○11　新庄《しんじやう》の城下に来れば一月の軒ことごとくしら雪に乗る
　12　山の肌雪の間《あひだ》に黒く見ゆ墨もて少しなでしばかりに
○13　わがひらく本箱の戸に風迫り樟脳の香もまた寒き冬
○14　草も木も風に任せて吹かるれどわが心のみ任せ難かり

『明 星』第九巻第三号「野の人」（大正十五年十月）

○1 馬もまた山と川とに親むか駆《く》歩《ほ》のひびきを秋に立て行く（友と馬にて、羽根沢温泉に赴く）

○2 山に来てわが馬秋の嘶きす茅《かや》の穂なども少し食《は》みつつ

○3 葛《くず》の葉のひるがへるをば眺めつつ吹き入る風に任せたる家

○4 湯の宿の四層の楼にひびくなり羽根沢川の秋の水おと

○5 秋かぜに山のいでゆの軒五六ならびて馬と共に吹かるる

○6 陶器《すゑもの》にひびの入りたるここちして庄内人《しやうないびと》の訛《なまり》をば聞く

○7 昼寝する友のかたはら山の名を紙に書きつつ歌を思へり

○8 浴衣《ゆかた》きる人の部屋にも裸なる人の部屋にも山の風ふく

○9 形なきわれの愁も川ぞこの石とおなじく見え通る今日

○10 しら雲もしばらく山の片はしに倚りかかりつつ風を待つらん

○11 茅《かや》の穂に立つ風を星の飛ぶ音かと聞きぬ山高くして

○12 農場の秋のひかりに我が行けば七尺はなれ飛べる班猫《はんめう》

○13 秋の雲しらしらとして高く飛ぶその青空の下《した》の農場《のうちやう》

○14 農場の真瓜《まくわ》のかをり濃く甘く昼のひかりの澄みわたる秋

○15 なつかしき燕《つばくらめ》などは飛び去りて悪ろき雀の食らふ野となる

○16 一もとの花にも足りて名の欲しき心は持たぬ今の安けさ

○17　一つづつ鬼灯《ほほづき》などを鳴らしつつ在りと覚ゆる初秋の星
18　赤とんぼ野にものおもふ我よりもゆたかに飛べり秋の晴るれば

『明　星』第十巻第一号「野の人」（昭和二年一月）

1　冬となり炉に向ふ日も目に残るしら雲のかげ秋草の色
2　行く雲も旅の心に倣ふらん溜息《ためいき》をつくけはひなるかな
○3　農場の鐘の音澄み空気澄み歌のこころも秋に澄み入る
○4　秋づける雲のあひだの日の色に葡萄の房のひかる農園
5　野の我れの淡《あは》き愁も秋の来て葡萄の実ほど色づけるかな
○6　試みに嘗むる葡萄の酸き房の心にしむも秋の哀れぞ
○7　厩なる馬も淋しき顔をして立つ秋の日に雨の降り出づ
8　秋更けてながるる水は急ぎ去り渓に動かぬ岩ばかり立つ
○9　草にゐて秋の歌詠む野のわれと同じこころを啼けるこほろぎ
○10　幸運に身を躍らせてある如しわが野を過《よ》ぎる秋のしら雲
11　草むらに風騒ぐこと秋の野の夕の癖となりもゆくかな
○12　雨に濡れ坂の半《なかば》に馬と人ともにおどろく山のいかづち
13　秋となりわれは野に聞く風のこゑ卓治が耳に聞くは誰が声（涕涙記を読みて）
○14　人生の速やかなるもまづしきも歎《かこ》つをやめて野に出でてゆく

『明　星』第十巻第二号「雪と黒点」（昭和二年四月）

○1　山すこし顔顰《ひそ》むると思ふ間に野を寒くして降る時雨かな

○2　高き野に鎌取りし子の群《むれ》去りてこの頃あるは風と我のみ

○3　襟あしの少し見えたる白さほど薄雪ふりぬ野のなかにして

○4　初冬の最上《もがみ》の峰に置く雪は波がしらとも云ふ気色《けしき》する

○5　農園もそれをめぐれる山もまた昨日に変るひといろの雪

○6　星凍るこの頃の夜と書き出でて最上《もがみ》の里とむすぶ消息

○7　雪のうへ蜜柑の皮の散りたるも北の国には日の色と見る

○8　雪のうへ船の過ぎたる水脈《みを》のごと橇のあとある朝の高原《たかはら》

○9　農人が節太《ふしぶと》の手をかざしたるかなたに白き鳥海の雪

○10　ひともとの枯木の落す影にすら諒闇の世の寂しさを引く

11　をりをりに豆の種子撰《たねよ》る手を休めてつく溜息を人に知らるな

○12　なにがしの嫁の噂をせしあとに米の取れぬを歎《かこ》つ人人

○13　やはらかき雪を踏むかな都なる花の氈《かも》とも思ひ比べて

○14　雪の野に鴉下りゐるさまに似て我の愁ひもあらはなるかな

三、『冬　柏』（昭和五年四月〜昭和十年一月）

『冬　柏』第二号「曠原の雪」（昭和五年四月）

○1　裸木《はだかぎ》も雪をかづけば人の身の我などよりは世に光るかな
○2　日もすがら氷柱《つらら》の光る家にゐて我が事執るも既に七冬《ななふゆ》
○3　わが軒の雪もはるかに鳥海の嶺なる雪も光る月の夜
○4　風出でて雪を飛ばせば冬木立雪の行くへを求めてぞ泣く
○5　冬の国人の言葉にあらずして聞くは雪吹く風の音のみ
6　雪高くつもれる上に常盤木の松いと憎く静かにぞ立つ
7　片時の乱れごころにあらぬなり物に紛るる身にあらぬなり
8　はだか木は涙も乾き恋も捨て夢をだに見ぬ我が如く立つ
○9　鳩舞へり雪に怯《おび》ゆる人の身の寒き顔衣など知らぬ如くに

『冬　柏』第二巻第一号「立石寺の秋」（昭和五年十二月）

○1　わが渡る馬見《まみ》ヶ崎川水かれて早くも石は冬の顔する（以下、羽前の立石寺に遊びて）
2　わが友は酒を好めり山寺の路のなかばに一杯を挙ぐ

3 雨ふれば宝珠の山を車より見ずして既に山寺に入る（立石寺を山寺と通称す）

○ 4 山寺の秋の岩間に日はさせど風より寒し前の川おと

○ 5 秋に来て出羽《いでは》の国の山寺の岩岩の気に吹かれて歌ふ

○ 6 山寺の岩間の秋にわが心うら寒きまで清まりてゆく

○ 7 岩あまた山に立ちつつ大いなる杉の梢をそのなかに置く

○ 8 われと鹿奇しきゆかりのある如く目と目と合へる秋の山かな

○ 9 蝉塚にむかひて聞けば山の雨蝉のこゑとも岩にひびけり

○ 10 山に踏む石のきざはし長くして雲かと見ゆれ岩岩の中《なか》

○ 11 友肥えて坂の半に疲るれど山の句多し心つかれず

○ 12 立谷川《りふやがわ》岩岩に鳴る水おとも不断の経を聞くごときかな

○ 13 山の路をりをり小き亭あれど人無し岩に憩《いこ》ひてぞ行く

○ 14 山の木がしづかに影をうつしたる秋の泉を岩にゐて見る

○ 15 旅びとの交す言葉もうら寒し岩に路ある山寺の秋

○ 16 親子路子孫《こまご》路など云ふ道に立つ岩すべて抱かまほしけれ

○ 17 祖師の手を掛けたる岩に今目触れて山に覚ゆる秋の冷たさ

○ 18 山寺の岩岩に降る秋の雨岩もみづから澄み入りて聴く

○ 19 秋に來て心にしむは山寺のむらがる岩を雨の打つ音

○ 20 仏臥石にはた弥陀仏洞を秋に見て山塞からず岩は立てども

21 立石寺《りふしやくじ》秋雨《あきさめ》ふりて人訪はず岩と大樹としら雲に立つ

22 秋ふけし宝珠の山に動くもの岩間を攀づる友と我れのみ

23 佛ます山の岩むろ高くして見るべくも無し雲に乗らねば

24 立石寺わが登りゆくきざはしの石青くしてさせる秋の日

25 僧たちが種《う》ゑたる瓜の蔓なども宝珠の山の岩に匍ふ秋

26 鎖《くさり》吊る岩をひと足踏み出でて旅の心も慄《をのの》きとなる

27 危きを好まぬ我も山に來て岩を匍ふなり雲を後ろに

28 海ちかき岩にたたずむここちしぬ下《した》なる村を雲の隠せば

29 岩岩のそばだつなかに人入りぬしばらく山の雨を避くらん

30 岩岩も杉の大樹《だいじゅ》もきざはしも落葉も濡るる山の秋雨

31 奥の院はるかに見れば雲ばかり往来《ゆきき》す雲を攀づる人無し

32 行きながら口笛ふきぬ人の世に比べて安き岩山のうへ

33 呼びつれど友は答へず我が声を山の岩むら吸ひて消すらん

34 山寺の路秋ふけて午後の日の既に小暗《をぐら》し岩につまづく

35 降《くだ》るとて石のきざはし踏む音も山にひびきて寒き夕ぐれ

36 岩もまた山に涙を流すごと雨に光りて人を見送る

37 秋の山小雨のなかに灯ともれば少しなまめく石のきざはし

38 黍《もろこし》の菓子を食らひて茶を飲むも岩立つ山の秋によきかな

39 山を辞し車にあれど岩の気の猶身に残り寒き秋かな

『冬　柏』第三巻第二号「農場の歌」（昭和七年一月）

○1 秋山に寂しきひかり見え初めぬ葛の葉かへし風わたりつつ

○2 高原《たかはら》のすすきと我れの肩寒く撫でつつ朝の霧の流るる

○3 友と立つ農場の風秋寒しプラタンを吹き人の肩吹く

○4 虫の音は細きながらに澄みたれど野に詠む我れの歌は光らず

○5 豆の長莢《たけさや》の数など書きとむるノオトに秋の影を引く雲

○6 野の旋風《つむじ》われを繞りてつと起り何を書くやと奪ふ手の帳

○7 出羽の野の寒きに鳴ける虫の音に合はする如く詠める我歌

8 農場の家新たなり清《すが》しくも木の香のなかに在りて野を見る

9 わが住むに所を得たる官舎かな野の高くして花を満たしぬ

○10 飛ぶ雲は空にまかせて世の限り野にある人は土に親む

○11 農場の路新たなり蟆蚱《ばった》さへ晴れたる秋をよろこびて飛ぶ

12 農場の路たてよこに開けたり我が思へるは行きづまれども

○13 書きくづし墨のにじめる紙よりも更に見にくし枯れし白菜

○14 ふくよかにまろき甘藍《たまな》を手に抱きぬこの重たさも大地の力

○15 野も山も秋に澄みつつかの空にしら雲ひとつ高く光りぬ

○16　枯葉など風持ち去れど野の人の寒き心は留めてぞ吹く
○17　今日を悔い明日をも歎く形して落葉せし木の野の風に立つ
○18　ものうげに背伸びをしたる猫ありて我が高原《たかはら》の秋の日あたる
19　茅《かや》の穂のほほけて立つは悲める秋の人より猶寂しけれ
○20　かなたより桑の枯葉の風に鳴るふと其の声も我れを嘲る
21　ひとすぢの水路ばかりがほの白く光る枯野となりもゆくかな
○22　たそがれの秋の思ひをかき乱し鴉のむれの野に下りて鳴く
○23　一ところ地を黒くする野がらすのむれ驚かす夕しぐれかな
24　野に遊ぶ子らが歌へる声なども秋かぜに乗り我肩を過ぐ
○25　且つ笑ひ且つ泣く如く定め無し晴れ曇りする高原《たかはら》の秋
26　畑のものみな採り入れて秋風に帰り路吹かる我れと農夫ら
○27　刈りてのち野の広きかな案山子《かかし》にも寒くや沁まん農場の鐘
○28　まろやかにふくらむ筆の穂さきほど白みて残る朝の野の月
29　秋ふけて枯野の末の山に見ゆしら絲のごと光る初雪

『冬　柏』第三巻第二号「母の喪に」（昭和七年二月）

○1　安からぬ心に聞けば汽車も呼ぶ母の病の危しとして
○2　門《もん》に入り車を下《お》りて我が逢ふは皆目の濡るるうから、はらから

○3 ふるさとに母を看護《みと》るも悲しけれわづか二日に足らぬ明暮《あけくれ》

○4 母の息たえし刹那に大気さへ凍りて夜半の身に迫るかな

○5 目に見るは是れ夢ならず死にたまひ母は冷たし石像《せきざう》のごと

○6 心いとやさしき母は死にませるそのおん顔の更にやさしき

○7 父は亡し今また母を失ひて俄かに狭き世のここちする

8 百里をば常に隔てて住みしこと今日の死別《しべつ》に早く似しかな

9 運命を覚り得ぬ身は母の死に逢ひていよいよ世の愛の湧く

10 愚かしと人云はば云へ祈るのみ母に再び逢はしめ給へ

○11 我れを呼ぶ母の御声《みこゑ》も聞き難し今は遥けき浄信大姉

○12 明るきも悲し暗きはなほ悲し昨日の母の臨終の室

○13 み柩の出づる時きぬ人の子の歎きばかりは内に留まる

○14 み柩を出だす習ひに銭撒けど蜜柑を撒けどなぐさまぬかな

15 み柩が門《もん》を出でたる刹那より我れも他界を行く心地する

○16 風もまた母をば送る葬列にまじるが如く身に沁みて吹く

○17 茅《かや》の穂も地に匍ふ蔓も人の子の我れも光を失へる今日

18 かにかく昨日は母に侍りゐぬいづこにか行かん明日の我身ぞ

19 ふるさとの山変らねど人変る父早く去り母もまた去り

20 病む母の枕に匍ひしそよ風が今日は柩のしら絹を吹く

21 み柩に煙上がれば俄かにもこころ曇りぬ青雲のもと

22 庭の隅南天の実の紅けれど昨日変る家の寂しさ

23 母なくてこの朝咲ける庭の花造花の如し我れに香らず

24 木の葉ちる音にも母のおん声の在るかとばかり驚きて聴く

25 行きまるせる方《かた》は知らねど母上の亡きおん跡に仰ぐ夕映

26 近しともはた遠しとも分き難く心にのこる母のおもかげ

27 風憎しさびしき我れの心をば楽む如く戸を叩くかな

28 帰り来て雪に光れる山にさへ目に浮ぶなり母の葬列

29 かなしみを心に持てばことさらに吹く風寒し北国《きたぐに》の駅

30 死にし日の母の息さへしのばるる今宵の野べの雪明りかな

31 わがこころ悲しき時は雪もまた歎くが如く青みつつ見ゆ

32 わが軒につらら垂るなり侘び人の涙も其れに似んを怖るる

33 日は高し身の歎きなど打捨てて風に乗るごと雪を滑《すべ》らん

34 歌成らぬ今日の心を風よりも寒しと知りて片隅に置く

*

35 広告の気球が垂るる紅き布ほかは青空依る窓の白

36 いつしかと我がくぐり來て知らぬまで後ろに高き石の門《もん》かな

37 われもまた物乏しくて歎く日は人のなかなる寒き藁屑《わらくづ》

38 休らへる平たき舟にあたる日を近く跳めて暖かき橋
39 何の芽ぞ霜のしづくに光りつつ春の音符を枝につらぬる　与謝野寛

『冬柏』第三巻第四号「雪とスキイ」（昭和七年三月）

○1 我れもまたスキイを駆りて空を飛ぷ誇りを感ずしら雪の山
○2 きぬずれに似たる音して浄らなる雪の世界を滑《すべ》り行く人
○3 山はいまスキイの世界くもる日もなほ少女さへ滑り滑れる
○4 滑り得て危き恋のさかひなど踰《こ》えしが如く楽しきスキイ
○5 スロオプの半に雪を蹴りて飛び抛物線《ほうぶつせん》を空に引く人
6 斜めなる雪の平《たひら》をわかき人けはしとなさず汗《あせ》して滑る
○7 それさへもスキイの山に見ればよし転《ころ》びて雪を身に浴ぶる人
8 山に来て雪を詠めども我歌は光らず蔭の雪のほどにも
9 雪国に冬ごもる身のうれしきは覗く青空近きこぼれ日
10 みそさざいはしこく飛びぬ雪をもて閉ぢたる国の隙《すき》を入るごと
11 雪の野に立つ我れは我れ空高く在る月は月寄るすべも無し
12 月のもと雪積む原に逢ふ人も無くて引き行く我が寒き影
13 野のはての山山にある雪のいろ射せる朝日に金粉を撒《ま》く
14 雪しろく四方《よも》を塞《ふさ》げば稾にゐて凶年に泣く北の農人《のうじん》

15 解き得ざる疑ありて太陽も冬の雲間に物思ふらん
16 わが軒を一歩出づれば遙かなる山に及べりひと色の雪
17 わが住める最上郡《もがみごほり》に雪ふかし木立の肩も埋みはてつつ
18 海ならば氷山と見て驚かん軒より高き野の雪これは

○

19 雪を裂く光に身をも比べつつスキイを駆りぬ雪の幾町《いくちゃう》
20 人の身も鳥の飛び立つ形して山のスキイにしら雪を蹴る
21 滑るとて転《ころ》べば高く笑ふなりスキイの山に人もおのれも
22 うす墨の絵を見るごとく冬に立つ枯木と雪の白き片屋根《かたやね》
23 雪しろき広野のなかを歩み来てはたと行方の無き心地する
24 野の中の七十七戸雪ふりてみな藁塚と見ゆるあけぼの
25 雪を見ぬ飼ひたる馬もにはとりも我等も屋根の暗がりのもと
26 寒き日に心ひとつを抱きしめて忍ぶが如し物かげの雪
27 こころさへかの灰色に染みぬべく此日も寂し曇る雪空
28 雪の野を過ぎゆく橇の鈴おとも二月となればなまめかしけれ
29 おほうみの夜明けの如く光るかな船びと毅《つよし》恋を歌へば（冬柏を読みて）

『冬　柏』第三巻第五号「出羽の雪」（昭和七年四月）

1 測候師《そくこうし》多弁に過ぎて当たらざる予報も笑まし雪の少なし

○2　忘れつつ在るに任せず冬の後《のち》ひと月過ぎて更に雪降る
○3　吹雪して幹の片肌みな白し白樺ならぬ野の木立かな
○4　ふくろふの一つとまりて静かなる冬の木立に白むあけぼの
○5　母逝きて百日《ももか》に足らず相見れば涙しげかり我れと妹
○6　遠く来てまた亡き母を思へるや言葉すくなく沈む妹
○7　世に残る兄といもうと涙して語れば尽きず父母のこと
○8　我が執るは路を危ぶむ杖ならずチャンプタアンの中心の杖
9　雪国のスキイに若き身を任せ恋も祈りも無き如きかな
○10　わが前の雪を飛び行く岩ありと見る束の間に滑り止む人
○11　滑る人山べの雪に身を交し飛ぶ鳥となり風の子となる
○12　人あまた乱れて雪をすべれども川は己れの静けさに立つ
○13　スキイにはつまづかずして我が心いまも馴れざる世にぞつまづく
○14　さらさらと降れる粉雪よさらさらとスキイの山を滑る人等よ
○15　杖を立てスキイのむれをやや離れ歌思ふとき汗を忘るる
16　風冴えて刃《やいば》のごとし鳥ひとつ飛ぶ影も無し野の上の空
○17　かの空に銀の器《うつは》を見るごとく澄みて凍れる冬の夜の月
○18　冬枯の木間にありて啄木鳥《きつつき》の啼ける声より寒さひろがる
○19　ふくよかに笑ひくづるる顔などもふと思はれて凝視《まも》る葉牡丹

『冬　柏』第五巻第二号「出羽より」（昭和九年一月）

1　にぶき才いよいよにぶし怠りて歌無し師にも恥づべかりけり
2　わが歌を促したまふ師の言葉ひろ野の雪のなかに身に沁む
3　おん歌を常に読めども訪はずして十とせとなりぬ師の大人の門《もん》
4　野をわたる荒き吹雪に電線も砕けし琴を抱きてわななく
5　わが行くは毅《つよし》のわたる海ならで浪より白く小雪ふる原
6　隔たれる島に行くごとスキイして役所に通ふ雪の野の上
○7　雪のうへ滑るこのとき身の軽しスキイに乗れど風に乗るごと
○8　大浪のうねるが如き雪のうへスキイに越せば笑ふ間に過ぐ
○9　滑りつつふと尻つきぬ雪にある笑窪《ゑくぼ》と呼びて窪《くぼ》を咎めず
○10　おもしろく小人《こびと》の島の小人《こびと》より小さき子らも雪すべりゆく
○11　わが如く骨硬《こは》ばらず重からず流るる如し子らのスキイは
○12　まろびけん雪にまみれて子は帰りなほ笑ひつつスキイをば脱ぐ
○13　高きより雪すぺる人飛ぶごとく身を躍らせば天つ日も笑む
○14　雪の原はじめてここに自由をば得たる身のごと我れすべりすべる
○15　なつかしきものとはなりぬ雪のうへスキイのひまに香る煙草も
16　つもりたる町の大雪雪よりもはるかに低しともる電燈

○17 雪原《ゆきはら》の月のあかりも湯の宿に寒しとなさで見つつ歌よむ（天童温泉にて）
○18 澄みわたる光に立てばその月もわが身に近き思ひするかな
○19 目ざめつつ天童《てんどう》の湯に心冴ゆ今宵の月の空に澄むごと

『冬　柏』五巻第三号「出羽より」（昭和九年二月）

○1 スキイ人《びと》おのが世界の路として雪にしるしぬ光る幾すぢ
2 山の背の土雪崩《なだれ》してあらはれぬ浮ぶ鯨を沖に見るごと
○3 少年にまじりて我れも少年の若きにかへる雪をすべれば
○4 わらべ等にいたく劣りぬ巧みをば求めてころぶ我れのスキイは
○5 雪ひろき斜面に立ちてスキイより先づ我がこころ走《わし》らんとする
○6 七ころび八ころびと云ふことのごとところびころぶも楽しスキイは
7 楽みて雪をすべれど少年とことなる我れはまたもころびぬ
○8 風は風、スキイはスキイ、こころよき速《はや》さに雪の山を流るる
9 ほのぼのと朝より曇る北空《きたぞら》にうす墨いろす鳥海の雪
10 カンジキを穿かず袋《サック》を負はねども山の男と我れの見ゆらん
11 雪すこしかづけるほどはめでたけれ埋もれはてて今は悩む木
12 屋根の雪軒端の雪につらなれば里の少女も越えてすべれる
13 ほのかにも日の射しながら雪ふれば空より繁く散る花と見る

14 野べの雪ありて久しく消えねども日の射すほどは美くしきかな
15 吹雪して木と電線とわななけばつれてわななく石の門柱《もんちゅう》
16 鳶もまた心ゆくらん空高く晴れたる雪の原に舞ふかな
17 天地もあらぬが如く吹雪して見がたくなりぬ三尺の前
18 雪の原兎の跳《は》ねし跡さへも惜しき傷ぞと思はるるかな
19 我が見るは凍れる峯の鷲ならで屋根に雪かく黒き人かげ
20 屋根に乗る雪も危く雪に乗る屋根も危しかく見ゆるかな
21 出羽の野の冬の習ひに積む雪を更に重ねて風よけとする
22 一すぢの汽車の路のみは現はれて百里の雪に踏まん路無し
23 野の牧の馬場も吹雪の吹き溜り泳ぐかと見ゆ雪を行く馬
24 くりかへし雪のうへなる馬場の路駆歩《くほ》する馬も悲しかるべし
25 足掻《あがき》する厩の馬も寂しきか軒端の氷柱《つらら》二尺ひかりぬ
26 執らざれば冬の農舎に鍬《くは》錆《さ》びぬわが歌はざる心の如く
27 歌ふべき時はあれども無き如く年経ることは足らぬ才《さい》ゆゑ（以下、越渡彰裕君に）
28 学びつる農は捨つとも若き日を永くたもちて光る歌あれ
29 北の野に年を重ねて歌はねば心も土に黒みたりわれ

『冬　柏』第六巻第一号「凶作の歌」（昭和九年十二月）

○1　この夏は身に汗を知る日も無くて土用となれど秋ごこちする

○2　北の野に寒き雨ふる稲の花開く間も無く秋に入らんか

○3　稲を見て立つ里人の顔くもり語れることの哀れなるかな

○4　天候の常ならぬをば猶たのみ百日《ひやくにち》を経て田は三分作《さんぶさく》

○5　ほそぼそと短き茅《かや》の立つ如く出でて稔《みの》らず痩せし稲の穂

○6　布子《ぬのこ》をも著る日のありと秋に書き米の不作に云ひ及ぶ文

○7　稲の穂の何れの田にも黒ずみて天《てん》に向きたり恨めるがごと

○8　田の草も寒きに病みて色にぶく朽ちたり稲はまして穂の無し

○9　秋に見る金色《こんじき》も無し灰色の空にひとしき田の稲の色

○10　手に触れて重きここちも無き稲を人なほ刈りぬ寒く曇る日

○11　羊など放ちて食むに任せんか刈るべき稲は幾ばくも無し

○12　田も畑も依るよし無くて山に入り飢ゑてあさりぬ木の根草の根

13　立札《たてふだ》の唯だ白きなど悲しけれ我が農場の畑も凶年

○14　雨寒し晴るれど寒し農場も空しく広く見ゆるこの秋

○15　茅《かや》などの細きたぐひと見ゆる稲みのらざるまま霜に枯れゆく

○16　冬となり空の晴るれど背に負へる稲の軽きを歎く農人

17　農人の足らぬ力を悲まで今は天をも怨まんとする

○18　枯草のたぐひと稲を今年見ぬ後に語るも悲しかるべし

○19　垂るる穂と見しはみのれる穂にあらで是れは傷《いた》まし頸《くび》の病める穂

○20　扱《こ》きつれど籾《もみ》は粃《しひな》のたぐひにて莚に干せば塵屑《ちりくづ》に似る

○21　田づくりが田に米無くて米売らず飼へる馬売る我子さへ売る

○22　葛の根と橡の実を食む其れもよし聞くに堪へんや娘さへ売る

23　みのらねば山べに鳴ける鳥の音も悲しきものと此の秋は聴く

○24　年なかば積める辛苦も今空し坪一粒《つぼいちりふ》の実もあらぬかな

○25　秋ふけてなほ枯稲《かれいね》の田に立つは世に天保のこのかたのこと

○26　見て歎き語りて歎きはた聞きて歎くも足らず北の凶作

○27　日は射さで既に光るは鳥海《てふかい》の峰に積む雪みのらず北は

○28　大根《だいこん》の干葉《ほしば》、くづ諸《いも》、この冬の命をたもつ糧《かて》なり我等

○29　馬の背に積む荷のかろし田も畑も常の年なる秋としも無し

『冬　柏』第六巻第二号「凶作地と雪」（昭和十年一月）

○1　凶年の出羽に藁無し粟《あは》の殻《から》稗の殻をも厩《うまや》にぞ敷く

○2　里の人みのらぬ秋につぶやきぬ縄つくるにも藁の悪ろしと

○3　凶年に藁もおほかた朽ちてあり馬さへ食まず豚に踏ましむ

○4　子を売りし憂さを紛らす杯もこの世を咀ふ酔となりゆく

○5　軒ごとに大根《おほね》の乾葉《ほしば》ならべども家に米無し凶作の里

○6　凶年に小学生も縄を綯《な》ひ紙鉛筆に代へんとぞする

○7　米無きを歎くかたはら凶年の国に起らん病を恐る

○8　病めばとて家に干したる「せんぶり」を飲みて臥すのみ凶年の民

○9　幾ばくの銭を得んとか農人ら縄を負ひつつ街に出でゆく

○10　爐に煮るはうすき雑炊つるしたる大根《おほね》も凍る零下十五度

○11　うら寒く人の黙《もだ》して空《うつ》ろなる洞にもひとし物あらぬ家

○12　あても無く生くるならねどみのらねばあて無き如し北の農人

○13　里の家みのらぬ冬の寒くして枯木の山に在る心地する

○14　食らへども橡《とち》鈍栗の実の苦《にが》し是れだに勝《まさ》る身の死なんには

○15　藁餅は知事も来りて試《ため》せどもまだ知らざらん松皮《まつかは》の餅

○16　炭を焼く煙は山に昇れども煙稀れなり凶年の国

○17　凶年の路に行き会ふ橇の荷も米にはあらでおほかたは炭

○18　雪しろき野山を見つつ凶年の里人あはれ薯《いも》食ひて生く

○19　食む藁の乏しき年に衰へて足掻《あがき》だにせず厩なる馬

○20　天命は天に任せん自力にて生くべき道を我等はげまん

○21　わざはひの試練に堪へんかく云ひて共に励まば慰みなんか

○22 明るきは積める雪のみ家ごとに暗く食無し凶作の村

○23 明日はまた誰れに乞ふらん里人に今日の食ぞと我が送れども

○24 板敷きに炉をかこめども食無きを共に語りて寒き野の家

25 雪を割り身に汗しつつ山べなる路を開きぬ出羽の少女ら

○26 板敷きに雪をながめて食無きを年の明くれど猶なげくかな

○27 わが妻もためらふ如し農人が買へと勧むる午蒡葉《ごばうは》の餅

○28 雪高し楮《かうぞ》の皮を蒸す桶のあたり五尺を余したる外

29 日の見えて枝より雪の落つる日に鷹づかひなど野を過ぐるかな

30 雪の野に屋根のみ一つ黒く見ゆ霧ふる海に船の浮くごと

31 朝の霧わが野に深し原人《げんじん》の住みつる世さへ思はるるまで

32 うす日して霧の濃くなり薄くなりまぼろしのごと雲の山立つ

33 をりをりに鈍く飛べども雪に鳴く掛巣《かけす》のこゑの澄みわたる山

34 北の人高く降れるに住み慣れて足らずとすなり一尺の雪

35 みをしへに励まされつつ師の前に自ら恃む我が歌もがな

36 夜半にさへ目覚めて歌の成るときは枕のもとの帖《てふ》とりて書く

37 朱を添へて俗をいましめ且つ正しなさけあるかな我が大人の筆

38 清きをば学ばんとして我が思ふ師のみこころに通ふ雪ふる

39 冬の山掛巣も人の恋しきか木間の雪に我れを見て鳴く

清平宛　寛・晶子書簡集

書面の中には月日のみの記載のため、何年のものかを断定するに当たり、書簡の内容、使われている便せん、同時期の類似書簡などを手がかりにした。また封のあるものは消印などを手がかりにした。

尚、①から⑱までの書簡は古宇田昭三氏所蔵・⑲葉書は横浜学園所蔵。

① 大正四年十月五日　　作歌の注意

封筒　表　消印　大正四年十月五日　麹町
住所　筑前市飯塚町字筑里
宛名　古宇田清平様
裏　差出　東京　与謝野晶子

和紙　巻紙　毛筆

拝復
歌は自身に會切することが尤も大切かと存じ申候。自身に會切すると云ふことは自分に歌ふべき思想と、歌ひたき要求とを持ち、併せて熱心に歌ふことの外に方法無しや。言語などに心を労せず、専ら自分の人格の充実を心がけて、その人格より□を出づるものあらば、それを如何なる形式（単に短歌と限らず）で有りても御表現なされるやうお勧め申上候。
お返事まで　艸々。
十月五日　晶子
（□□代筆）
古宇田様

② 大正九年十二月十三日　『明星』復活と清平歌集出版の注意

封無し・毛筆半紙

啓上
お手帋を拝見いたしました。あなたの御作を久しく拝見して、いつも良人と共に御噂をして感服して居ます。只今の日本で、新しい歌人の中で、私はあなたの名を必ず数へたいと思ってゐます。来年私共の「明星」と云ふ雑誌を復興しましたら、あなたを同人に推薦したいと昨年から考へてゐる位です。平俗な歌の流行する時に、あなたがよく叙情詩の本流に棹さしていらっしゃることを敬服致します。歌集を自費でお出しになることに、私は勿論賛成いたします。御作も、お望みの通りに拝見します。出きるだけ御撰擇の上美しい躰截でお出しになることを祈ります。多数人には理解されずとも、見る人は必ず見て、あなたの価値を認めるにちがひありません。出版は東京でなさることが立派に出来てよろしいでせう。御作を拝見する事に物質上の御調配などをお考へになるに及びません。忙しい私ですけれども、喜んでお引受します。年内にはそのひまがありませんけれど、春になりましたら、拝見することが出来ます。御歌稿はいつでも御送り下さいまし。（書留郵便にて）

御返事まで。草々。　　十二月十三日、

与謝野晶子

古宇田清平様

児供が病気をしてゐますので、この御返事は、良人に代筆をして貰ひました。

③　大正十年二月二十五日　　『明星』復活の為、寄附の依頼

封なし　半紙・毛筆

啓上

御清安と存じます。いつもお噂を致しながら御無沙汰を申上げてをります。おゆるし下さいまし。さて「明星」をいよく復活する事に決議しました。然るに、もはや小生どもには、資力調達の道のないまでに、これまでの「明星」に物質の調達をしましたので、今回は諸友の力に由り、四千圓ほどの費用を初めに作り、之を以て広告費其他の苅□費に当てることに、同人の相談が決まりました。就ては、甚だ申上かねますが、この事情を御領

承上下。あなた様より一百圓御寄附下さるやう願上ます。之は三月十五日までに御恵送を頂きたいのです。

次に今回は全く直接の読者のみに頒ち、書肆へは一部も出さない計画です。それで何卒直接の読者を御勧誘下さいまし。何れ広告の刷物を差出します。「明星」への御作は三月十五日までに御送りを願ひます。

右御願まで、草々。拝具。

二月十五日

与謝野寛

晶子

古宇田清平様

④ 大正十年三月二十五日　『明星』復活について

封無し・半紙毛筆

啓上

東京は暖かになりましたが、御地はまだ気節が和らがない事でせう。

さて早速「明星」へ御送附下され、忝く拝受しました。ここに御禮を申上げます。「明星」は五月一日に出す積りです。近日印刷物を差上しますから、御友人へ、直接の購読をお勧め下さいまし。今度は高踏的でなく、少しく日本の他の詩歌に對して衝突する積りです。と云って、自分達に我とわが感心するよい作の乏しいのに赤面します。

御健安を祈上ます。　草々

三月廿五　　与謝野寛
　　　　　　　晶子
古宇田社盟御もとに

⑤ 大正十年十月三日　『明星』復活初号に載せる歌について

封無し・便箋二枚毛筆

啓上
あなたの御作を撰すことが遅れましたがひま〳〵に、大分見て、思ひ切って撰抜をしてゐるのです。今少しお待ち下さいまし。
今度いよ〳〵私共の雑誌「明星」を出しますので、それのために多忙を極めても居るのです。「明星」の第一号はあなたのお作を三十余首載せることにしました。私共の推讃の微意です。「明星」は十一月一日に初号を出します。之で歌壇の方にも少しは新しい運動を導くことが出来るでせう。何卒御声援下さいまし。
何れ数日中に「明星」の広告文をお送りいたします。
御清安を祈り上げます。　草々
十月三日、夕　与謝野晶子
古宇田清平様御もとに

⑥ 大正十年十月二十日　　清平歌集添削について。添削に対する清平謝礼の礼状

（印刷封筒）

表　消印　大正十年十月十九日　九段

宛先　盛岡市大沢川原小路

古宇田清平様御もと江

裏　東京市麹町區冨士見町五丁目九番地　與謝野方

「明星」發行所

電話　九段二一一〇番

与謝野寛

晶子（自筆署名有り）

巻紙・毛筆

啓上

ご清安を賀上げます。先日は御芳書と共に過大なる御礼を頂き忝く存じます。御辭退致すべきですが、只今雑誌のために必要な時ですから、出版費に使用します。茂重にも御礼を申上げます。お作は大半朱をいれましたが、

猶全部を拝するまでには半月ほど時間を下さい。只今「明星」の校正や雑務に両人とも追はれてゐますから。明星の誌代も御送り下され拝受しました。初号から二三号までは不完全でさうが、おひ〳〵好いものが掲載されると信じます皆々非常に元気ですから。延れながらのご挨拶を申上げます。

艸々

十月二十日　　寛

晶子

古宇田御兄おもと江

⑦ 大正十一年十二月十八日　清平歌集の添削について

封なし　半紙毛筆

十二月十八日

冬木の野は自愛を願ひます。

啓上

御高書を拝し、今更愢入ります。併し一概に怠けてゐたわけではありません。すでに大半は直してあります。新春早々必ず全部を直してお返し致します。実は本年に入って、非常に多忙なのです。旅行をしても、其所ゝいろ〳〵のものを持って行って整理してゐる次第ですが、一昨年末のものが渋滞又渋滞してゐます。正月に御上京を待ちます。その御時までに二人で見ておきます。

次に大兄の御作は明星になって、もっと飛躍を望みます。「明星」の歌などは脚下に踏みて、廣く古今のすぐれた文学を御参考下され、さうして、あなたの実感を御精錬下さい。小生どもは、赤木君とあなたとに期待してゐるのです。赤木君は毎月三四百首作ります。其中から、あれだけ厳選してゐるので、よい作が多いのです。大兄も御飛躍下さい。もっと〳〵お苦みを願ひます。

晶子よりもよろしく申し侍へよし候。　　艸々。

寛

古宇田様

⑧大正十二年四月十九日　　清平歌集出版に対するアドバイス

表　消印　大正十二年四月十九日　九段

住所　盛岡市大沢川原小路

宛名　古宇田清平様

（「歌集出版に対するご返事」の清平朱書き有）

裏　住所　東京市麹町区富士見町五丁目九番地　与謝野方

「鷗外全集」編纂所

電話　九段二一一〇番

差出　　与謝野　寛

巻紙毛筆

古宇田清平様御もと江

啓上

御返事がおくれました。

さて、御歌集御出版のことを喜びます。御書中の家の主人は信用ができません。高村光太郎君なども大へん迷惑したことがあると話されました。私の直接知らないことながら、いろいろ聞く所では、よくない事が多いやうです。小生夫婦よりどこか外へ頼んで見ませう。それで出版費はどれだけ出されるのか。頁数、本の形などを御示し下さい。廣川君へ頼む装幀のことは引受けます。題名もお知らせ下さい。序文は晶子が書くでせう。

艸々。

十九日　　寛

⑨ 大正十二年五月三日　清平歌集添削状況について（未解読文字多数の為現段階での翻刻不可能）

⑩ 大正十二年十一月十三日　　　清平の栄転を祝う

封有・消印不鮮明

表　宛先　山形県最上郡戸沢村最上分場

古宇田清平様

裏　東京市麹町區冨士見町五ノ

与謝野寛　晶子

半紙・毛筆

古宇田清平様

啓上

御栄転のお知らせを拝し、お喜び申し上げます。東京より又々遠くおなりなされた事と思ふと、淋しい心地も致します。

「明星」は明春二三月まで休刊しますが、お歌はお止めなされぬやうに祈上ます。冬に向かひます。ご清安を祈上ます。

東京はトタン屋根の不愉快な市街となりました。

十一月十三日夕　　寛　晶子

（推定）大正十二年十一月十三日

⑪ 大正十四年九月八日　　十和田旅行について

封有・毛筆巻紙

表　消印　大正十四年九月九日　九段

住所　山形県最上郡戸沢村

最上分場

宛先　古宇田清平様

（「歌集添削要求に対する返事」の清平添え書き有）

裏　住所　東京市麹町区富士見町五丁目九番地　与謝野方

「明星」編輯所

東京市神田区駿河台袋町12番地　文化学院内

「明星」發行所

差出　与謝野寛

与謝野晶子

巻紙毛筆

啓上

御清安と存じます。小生と妻とが来る十五日の夜行（急行）にて上野を立ち、翌朝五時五十七分に山形へ着、直ちに十和田湖畔に向ひ、同夜は途中の大湯ホテルにて一泊可致候。若しおひまならば、十和田へおいで如何。十和田にては和井内ホテルに二三泊し、大館に引返して、青森県北津軽郡杉柳村安田秀治郎君方に二泊し、五所川原町へも廻り、帰京の予定です。東北の山川を初めて見ることが二人の心を躍らせます。若し御目に懸らるれば幸ひです。

草々

九月八日

寛

晶子

古宇田清平様

御もとに

或は平野、関戸二君も同行するかも知れません。

⑫ 大正十五年三月十六日　　新詩社同人、中原綾子の住所返答

表　消印　大正十五年三月十六日　九段

宛先　山形県最上郡戸沢村最上分場
宛名　古宇田清平様
（「中原綾子住所知らせ」清平書き込み有）

裏　住所　東京市麹町区富士見町五町目九番地、与謝野方
「日本古典全集」編纂所
東京府落合局区内長峰村一六二、新しき村出版部内
「日本古典全集」刊行會

巻紙毛筆

啓上
御清安と存上候。まだ御地には雪が残りをり候や。東京は本年は早く暖かに相成候。
お尋ねの中原綾子夫人は
東京市外下渋谷、七一七
に住まはれ候。
お作、四月号に（拝見のうへ）載せ申し候。　艸々
三月十六日　寛　晶子

古宇田清平様
御もとえ

⑬ 昭和三年七月八日　満州の旅の感想。さくらんぼ礼状

封なし　便箋　ペン

啓上

私どもよりも御疎音に流れ申し候。おゆるし上下度し。

このたびは御国産のさくらんぼを御恵み上下難有く頂戴して、賞味致し申し候。東京にて買ひたるものとは、風味ことなり申し候。日数を経過しをらぬためと、特によき品をおえらび下されたがためなるべし。御礼申上候。

先頃五十日近く満蒙の旅を致し五月十七日に帰京致し所、留守中の用事重なりをりて、忙しく暮し申し候。

明星の休刊が存外に長引き心くるしく候。経済的に困りしゆゑに御座候。この秋より是非とも復活致したく候。

歌は皆々詠みつゞけをり申し候。

中原女史の近頃のお宅を存ぜず候。府下烏山村の由なれど御当地を存ぜず候。

この夏は八月に入りて軽井沢に十日程参りたしと存じをり候。

御近状いかゞあらせられるや。御歌も御見せ上下度し。世間には平凡にして生硬なる似而非歌のみ流行致しをり候。かゝる頽廃時代に、我々のみは精進致し、自分だけの歌を作り度し。平凡歌人には伍し御考心無候。

妻からもよろしく申上候。御清安に入らせられるやう御奉祈上候。

艸々拝具

七月八日　　　　寛

古宇田詩兄

御もとへ

⑭昭和六年六月二十三日　「冬柏」への原稿依頼

表　消印　昭和六年六月二三日

住所　山形県最上郡最上農事試験場　最上分場

宛先　古宇田清平様

裏　住所　東京市外下荻窪三七一　電話　荻窪一五三

差出　寛（毛筆署名あり）

与謝野晶子

（「冬柏時代　さくらんぼ礼　歌の注意あり」清平書き込みあり）

巻紙毛筆

暑中の御自愛を一層祈り上げ候。

啓上

御雄健に入らせられる御事を何よりも奉賀し上候。

昨日は結構なる果物を遙々御恵み上下忝く拝受仕り候。

多年に亘る御芳情を蒙り、両人に於て、常に感激致しをり申し候。老境に入り候ためか、昔の友人達が殊におなつかしく存ぜられ候へども、皆々境遇が変化し、しげしげと御消息を承ることも出来ず、それが一しほ思慕の情を切ならしめ申し候。「冬柏」を出だし候も、せめて其著の舊友の連作を、新しき友人のものと併せて掲載致したきために候。貴兄も絶えず御作を御寄せ上下度し。短歌は平凡主義に堕落致し御傾向著しく、今後百年ぐらゐは衰退致すものと推断致し候。唯だお互が辛うじて萬葉の真精神を維持し、新しき世界的の叙情詩を短歌に試みるものと信じ候。お互の一団が墓中に入り候はゞ、短歌はその質に於て全く沉衰する外無べし。詩とても現状のやうには、千載に光る佳作は出でず、一時を快しとする浮薄風の作品のみ重畳すべく候。併し他日はまた後の俊才が出現して、遙かに我々の精神に盟座し、更に我々の意表に出でたる新聲を地上に放ち、候ことを期待致し候。

御上京の事もあらせられ候はゞ御光来上下るやう願上げ候。

「冬柏」は御覧上下る事と存じ候。推賛致すためには、御友人中へも御勧誘願上候。平野萬里兄が主として経済上の衡に当りくだされた故、何卒同君を御援助上下度候。公務の殊の外忙しき中より同君が雑務までを見て熱心に何かと御心遣ひを上下。同君の詩歌の才能は友人中の随一と推讃致しをり候。世人は白秋、勇両君などの處家を評判致候へども、真の実力は

萬里君に有。東西の学識もあり、科学者にして詩歌の秀れたるは珍しき事なる。

草々

六月二三日　　寛　　晶子

古宇田清平様御もと

⑮ 昭和七年一月十二日　　清平の母への弔意と励まし

表　消印　不明

宛先　山形県最上郡豊里村

宛名　古宇田清平様御前

（「昭和七年冬柏時代」清平書き込み有）

裏　住所　東京市外荻窪二一一一九

差出　与謝野

巻紙毛筆

啓上

御雄健に入らせられる御事を賀上候。久振に沢山の御歌を御見せ上下、春草々この年を第一によろこび申し上候。何卒おつゞけ上下るやう祈上し候。横濱の菅沼宗四郎君（もと石引夢男）が「萬朝」時代より貴下の御名を記憶しをりて、いつも貴下のお歌が「冬柏」に出でぬを惜まれをり候。猶「新しき感じ」を「新しき言葉づかひ」にて、音楽的に新しく御作曲上下るやう、お心掛け上下度し。昨日の言葉遣にては、折角の新しき感じが卻て古臭く奉り、作者自身にも真に「新しく作れリ」と云ふよろこび無く、読者にも心を打たる新しき感激に接し難く候。

御母君を失ひ給ひ候こと、御作によりて承知し候。御哀悼申上候。

歌は自ら考いて後にいよいよなつかしきものに御座候。貴下は御位地も定まり候のちにて、御母上の御心に御安心と御満足とを十分にお捧げ奉る事と存じ上げ候。私ども夫婦は、何れも身の定まらぬ三十歳前に父母を失ひしため、御思ひ出でて、何の満足の一端をも与へ得ざりしことを遺憾に存じ申し候。

御作の一部を撰して二月の「冬柏」に載せ申し候。本月は原稿多く其れゆゑ御作の残部は三月號に載せ申すべく候。右お含み上下度候。

私ども、もはや長くは生きをらざる。生前に、出来るだけ多く詩友の佳作を拝見致度と存じ申し候。　拝具

正月十二日　寛　晶子

古宇田清平様

御もと

⑯昭和七年六月二十九日　さくらんぼ礼状

表　消印　昭和　年六月三十日　中？
住所　山形県最上郡豊里村
宛先　古宇田清平様御もと
（「昭和さくらんぼ」清平書き込み有）

裏　住所　東京市杉並区荻窪2ノ一一九
　　差出　与謝野寛
　　電話　荻窪一一三番

便箋ペン

啓上　御清健に入らせられる御事と存じ上げ候。この度は御國産の「さくらんぼ」を沢山にお遣し上下、御厚意によりて、山形産の土より成れる甘味に心を沾ほし申し候。御禮申し上候。家も両氏も多事多難の時、ますます御自愛上下度し。お作を毎月お待ち致しをり候。平凡なる詩歌時代に、お互が勉強さずば、後人に昭和の廃頽を笑はれ申すべく候。御勉め上下度し。
御上京の機會あらせられずにや。　　拝具
　六月廿九日　　寛　晶子
古宇田　雅兄
　御もと

⑰昭和八年六月二十六日　　さくらんぼ礼状と作歌の勧め

表　消印　昭和八年六月二十六日　杉並
　住所　山形県最上郡最上農園分場

宛名　古宇田清平様御前

裏　住所　東京市杉並区荻窪二ノ一一九
　差出　与謝野
　電話　荻窪一一三番

巻紙毛筆

啓上　　結構な「さくらんぼ」を沢山におめぐみ下され、早速家人、友人と共に賞味致しをり候。御芳心に浴し候こと、忝く奉存候。

久しく御高作を拝見いたさず候。つづけてお作り上下るやう願上候。近頃、山城正忠君など廿五年前の同人が咲返り、頻りに新作を示され、うれしく存じをり候。社中同人の奮き詩君は、みな貴下の名を知り、貴下のお作を承知いたしをリて、近頃御作の無きは何故かなど噂致し申し候。殊に菅沼宗四郎君（前姓石引）などは　貴下のお噂を致し「萬朝」時代よりの熟知に由ることに候。白仁君なども「萬朝」時代よりつゞけて今日に及び、一ト月も休まれず、驚嘆仕り候。

思ふに小生と妻も永くは地上にあらざるべく、生前に成るべく詩友と友に歌ひたしと存じ候。詩君にして御奮發下さらずば、新詩社の唱へ候新しき歌は、小生夫婦の歿後、或は全く滅び去るべしと憂慮せられ候。（尤も多くの年月を経過する内には、真価を認め候文学所家も作をも現れ候ことは疑ひなく候へども、一時は滅び申すべく候）

敬具

六月廿六日　　　　　　　　　　　寛

古宇田清平様　御前

⑱ 昭和九年四月十六日　　　作歌の心得

封なし

巻紙毛筆

啓上　　御清安を賀し上候。お歌延れながらお返し申上候。直言致すことをお許し上下度候。お作にもっと新しき着想と、新しき表現（言葉づかひ、言葉の音楽）をお出し上下度候。歌と散文との差を最柊にお考へ上下候て、あと著想（詩になる著想）をしかとお摑へなされ、其上、如何に、それを言語に作曲せんかと御苦心上下度候。言葉の音楽が新しくなければ歌の創作とは申されず候。言葉のおもしろさと著想とが一体になるやうに御苦心下されるやう、願上げ候。大兄の感じ方や、表現や、型が出来をり候。一首ごとに新しき型を発明なされ候やう御努力上下度候。誰れと感じるやうなることを、誰れと云ふやうなる言葉づかひにて表現せられ候には貴兄の新作（発~~見~~明権ある作）とは申し難く候。

かく申せども、とかく自己の型に篭り易きやうに候。何卒、いつでも~~新しく~~旧き型より飛び出して、新しき言葉の踊りをお見せ下さるやう、お心がけ願上げ候。貴下の御作の態度が安易なるやうに見受けられ候。雪の中の冬木立のやうにお苦み下され。同じ詩境に停滞なさらぬやうに願上候。お返し致し御詠艸の中、二点はわづかに歌に入れるのみ。三点はやや可なるのみ。私共に四点、五点の批点を附けたさるお作をお見せ願上げ候。次に申上げにくき事ながら、新詩社の社費を御詠艸にお添へ上下度し。私共少なくも一日はこの御作を拝見することに費しをり候。貧しき身の上につき、御諒察の上、社費を頂き度し。かかる事、他の人には書きしこと無し候。

寛　晶子

四月十六日

古宇田清平様御前　　拝具

⑲ 昭和九年六月二十八日　さくらんぼ礼状（葉書）

（葉書）ペン

表　消印　昭和九年六月二十八日

宛先　山形県最上郡豊里村

宛名　古宇田清平様御もと

差出　東京市荻窪二―百十九

与謝野寛

裏　啓上　御雄健を賀上候。本年も桜桃をお遣し上下、おかげにて御地の美味を新嘗致し申し候。多年の御深切を忝く感銘仕り候。さて、其後御歌ハ如何に候や。釜に水を汲み出したまふやう御努力を願上候。妻よりも御礼を申し侍り候。

引用・参考文献

『摘英三千首―与謝野晶子撰―』南北社（大正六年十月）
『明　星』第一巻第一号　大正十年十一月　青涙集
『明　星』第一巻第二号　大正十年十二月　秋声集
『明　星』第一巻第三号　大正十一年一月　砂上の草
『明　星』第一巻第四号　大正十一年二月　萱の葉
『明　星』第一巻第六号　大正十一年四月　一燈抄
『明　星』第二巻第二号　大正十一年七月　野の人
『明　星』第二巻第四号　大正十一年九月　噴　水
『明　星』第二巻第五号　大正十一年十月　行雲抄
『明　星』第二巻第七号　大正十二年一月　月光集
『明　星』第三巻第二号　大正十二年二月　杜陵の冬
『明　星』第三巻第三号　大正十二年三月　残月抄
『明　星』第三巻第四号　大正十二年四月　或時の歌
『明　星』第三巻第五号　大正十二年五月　樹下の雪
『明　星』第四巻第一号　大正十二年七月　独り行く人

『明　星』第五巻第一号	大正十三年六月	大沢吟行
『明　星』第五巻第二号	大正十三年七月	曠原より
『明　星』第五巻第三号	大正十三年八月	山の夏
『明　星』第五巻第五号	大正十三年十月	故　郷
『明　星』第五巻第六号	大正十三年十一月	茅の穂
『明　星』第六巻第一号	大正十四年一月	農人の歌
『明　星』第六巻第二号	大正十四年二月	短歌六首
『明　星』第六巻第三号	大正十四年三月	出羽の雪
『明　星』第七巻第三号	大正十四年九月	筑波と故郷
『明　星』第七巻第四号	大正十四年十月	孤　影
『明　星』第七巻第五号	大正十四年二月	日光と土
『明　星』第八巻第一号	大正十五年一月	枯　草
『明　星』第八巻第二号	大正十五年三月	出羽の雪
『明　星』第八巻第三号	大正十五年四月	野の人
『明　星』第九巻第三号	大正十五年十月	野の人
『明　星』第十巻第一号	昭和二年一月	野の人
『明　星』第十巻第二号	昭和二年四月	雪と黒点

『冬　柏』第二号　昭和五年四月　曠原の雪
『冬　柏』第二巻第一号　昭和五年十二月　立石寺の秋
『冬　柏』題三巻第二号　昭和七年一月　農場の歌
『冬　柏』第三巻第三号　昭和七年二月　母の喪に
『冬　柏』題三巻第四号　昭和七年三月　雪とスキイ
『冬　柏』第三巻第五号　昭和七年四月　出羽の雪
『冬　柏』第五巻第二号　昭和九年一月　出羽より
『冬　柏』第五巻第三号　昭和九年二月　出羽より
『冬　柏』第六巻第一号　昭和九年十二月　凶作の歌
『冬　柏』第六巻第二号　昭和十年一月　凶作地と雪
『自然を愛し人間を愛す』古宇田清平　浅間嶺発行所（昭和四十四年十月）

あとがき

私が古宇田清平という人物と巡り会ったのは、全くの偶然からでした。横浜学園高校の蔵書整理を行っていたところ、本の間から古宇田清平宛の与謝野寛を差出人とする葉書一葉を発見した事がきっかけでした。新詩社の同人だった清平が、新詩社とゆかりのある横浜学園に蔵書を譲ったいきさつがあったことは、図書館の台帳を見て確認ができたけれども、それも昭和三十年代のことで、すでに四十年の年月を経ており、記されていた住所には清平やそのご家族はいなかった。そこで小さな手がかりを積み重ね、数年後にやっと清平のご家族を発見することができた時には本当に嬉しかった。（卒寿を超えて天寿を全うされた清平には、残念ながらお目に掛かることはできなかったが。）更にご家族が大変協力して下さって、新資料となる清平宛寛・晶子書簡を発見して下さった感動は筆舌に尽くしがたい。ご家族のご協力があって、研究を行うことが可能となったわけです。まずは、心から感謝申し上げます。

清平の研究はゼロからの出発と言っても過言ではない状況から始まりました。ご家族に発見していただいた清平宛の書簡を翻刻し、読み解くだけでも相当の時間を要してしまったけれども、書簡の内容が明らかになってくればくるほど、研究史上で置き忘れられている大切なものが明らかになってきました。清平を正当に評価していた与謝野寛・晶子がしたためた書簡から寛や晶子の生の声を聞き取ることで、いわゆる第二次『明星』や『冬柏』の発刊意義とその評価について研究することの重要性を、一人から直接学んでいるような心持ちになりました。

しかし先行研究が皆無の古宇田清平研究を行う過程では難航を極めたことは否めない状況でした。そんな折、逸見久美氏の『与謝野寛晶子書簡集成』が刊行されたことで、研究を飛躍的に進めることができました。また、逸見久美氏がご講演などでも折り触れ、大正期に復活した『明星』の発刊の意義があまり評価されてこなかったことをご指摘していることも、研究を続ける上では心強いものとなりました。

尚、本書は博士学位論文を部分的に改稿したものです。本書を上梓した今、恩師の今西幹一先生と半田公平先生を失ってしまった悲しみを改めて感じています。

また、私自身が研究の途中で不慮の事故に遭い、将来の希望をなくしていた時に、叱咤激励して再度研究に向かわせて下さった雨海博洋先生はじめ針原孝之先生、牧角悦子先生に深謝申し上げます。

そして最後になりましたが、このように初めての単著を世に発表できましたのは鼎書房の加曽利達孝氏のおかげです。ご協力とご助言に厚く御礼申し上げます。

二〇一四年三月

小清水裕子

小清水裕子（こしみず　ゆうこ）

1965年生。　神奈川県出身
二松学舎大学国文学科卒業
二松学舎大学大学院文学研究科博士前期課程国文学専攻修了
二松学舎大学大学院文学研究科博士後期課程国文学専攻学位取得修了
現在：横浜学園高校教諭
文学博士、日本近代文学専攻

歌人 古宇田清平の研究
――与謝野寛・晶子との関わり――

発　行――二〇一四年六月三〇日
編　者――小清水裕子
発行者――加曽利達孝
発行所――鼎　書　房
〒132-0031 東京都江戸川区松島二-一七-二
TEL・FAX 〇三-三六五四-一〇六四
印刷所――太平印刷社
製本所――エイワ

ISBN978-4-907282-14-1　C3092